男子의 꿈 3

이원호 장편소설

男子의 꿈 3

한길미디어

목 차

남북 동거

남북 합작 사업은 순조롭게 추진되었다. 자금은 끊이지 않고 지원되었으며 남북한 사업소의 직원들은 일심동체가 되어 밤낮을 가리지 않고 일을 했다. 조철봉은 베이징에 아파트를 한 채 구입하여 장선옥과 동거에 들어갔는데 양국의 공인을 받은 터라 가끔 간부급을 초대하여 파티도 했다. 그러나 조철봉이 어디 한 곳에 매일 있을 인간인가? 장선옥과 함께 지내는 날은 한 달에 일주일 정도였고 나머지 이 주일은 서울 본가에서, 그리고 나중 일주일은 또다시 지금까지의 행각을 되풀이했다.

본래 사업에 대해서는 큰 그림만 그려놓고 세세한 결정은 전문 경영인에게 맡겨온 조철봉이다. 이번의 합작사업도 마찬가지였는데 그 방식이 맞아떨어졌다. 각 업무부문 팀장은 권한과 책임을 동시에 부여받고 힘이 배가되었으며 조철봉은 조철봉대로 공정이 끝날 때마다 리베이트를 챙겨 장선옥과 나누기만 하면 되었다. 물론 이제는 장선옥의 몫이 따로 떼어져 스위스 은행 비밀 계좌에 차곡차곡 쌓였다. 그리고 그 금액이 150만 불이 되는 날 아침에 조철봉과 장선옥은 태산으로 2박3일의 여행을 떠났다. 베이징에서 자동차로 떠난 것이다. 중국의 고속도로는 세계에서 가장 새 것이며 넓고 긴 경우에 든다. 거기에다 길이만큼 아직 차량 수요가 많지 않아서 고속도로 여행은 즐길 만하다.

"지난달에 감독관으로 온 윤달수 말야."

벤츠500을 시속 180킬로미터로 운전하면서 장선옥이 말했다. 옆자리에 앉은 조철봉은 잠자코 앞만 보았다. 북한 측 사업소에는 지난달에 평양에서 감독관이 새로 부임해왔다. 이름은 윤달수, 대남 사업 부서에서 오래 일하다가 베이징으로 파견되었다고 들었다. 장선옥이 말을 이었다.

"눈치가 이상해. 슬슬 장부를 뒤지고 내 뒤를 캐는 것 같아."

"설마."

쓴웃음을 지은 조철봉이 장선옥을 보았다.

"김성산 대표가 있는데 무슨 일 있을라고."

"김 대표 뒤도 캐고 있어."

"그게 무슨 말야?"

긴장한 조철봉이 상반신을 세웠다.

"김 대표도 신임을 받고 있지 않단 말야?"

"그럼 당신은 신임을 받아?"

되물은 장선옥이 앞쪽을 향한 채로 입술을 비틀며 웃었다.

"당신도 이용당하고 있는 거 다 알아."

"이용당하다니?"

"나한테서 가져간 정보만큼 당신 가치가 높아지겠지."

"그건 당신도 마찬가지 아냐?"

머리를 돌린 조철봉이 장선옥의 옆얼굴을 똑바로 보았다. 서로 포섭했다고 보고한 터라 이쪽도 꽤 높은 수준의 정보를 건네준 것이다. 물론 정보실장 이강준이 준 정보였으므로 이쪽에 해가 될 일은 없을 것이다. 장선옥이 앞쪽을 응시한 채 입을 열었다.

"다 안 믿는 것 같아."

"다라니?"

"양쪽 다."

가속기에서 발을 뗀 장선옥의 얼굴에 다시 웃음기가 떠올랐다.

"그쪽도 내 전향을 믿지 않는 것 같고 우리 쪽도 마찬가지야."

"……."

"그래서 자연히 우리 둘이 작당을 했는가 의심하게 된 거야. 아마 그쪽도 마찬가지일 걸?"

"그것 참" 했지만 가슴이 철렁해진 조철봉이 한동안 입을 열지 않았다. 이쪽은 염려할 것이 없다. 하지만 장선옥의 행적이 드러나면 모든 것이 허사가 된다.

그날 밤 둘은 알몸으로 누워 천장을 바라보고 있었다. 방 안에는 아직도 향락의 흔적이 질펀하게 남아 있었는데 숨을 들이쉴 때마다 비린 정액 냄새가 맡아졌고 피부에 열기가 닿았다. 둘에게는 이 열기와 냄새가 익숙해져 있어서 향에 덮인 천국이나 같다.

"그렇다면……."

호흡을 고른 조철봉이 천장을 향한 채로 말했다.

"그놈, 윤달수를 매수하는 것이 어때?"

그러자 장선옥이 바로 말을 받았다.

"나도 그 생각을 했는데 위험해."

"뒷조사를 해본 거야?"

반듯이 누운 장선옥이 차분하게 말을 이었다.

"성분이 좋고, 부친이 자강도 당비서를 지낸 데다 누이는 사단장 부인이야."

"그래서?"

"그래서라니?"

머리를 돌린 장선옥이 조철봉을 보았다. 불을 환하게 켜놓아서 장선옥의 이마에 밴 땀방울이 반들거리고 있었다. 조철봉이 쓴웃음을 지으며 대답했다.

"걔들은 밥 먹고 똥 안 싸느냐고 물었어."

"우리하고는 달라."

"우리라니?"

정색한 조철봉이 상반신을 비스듬히 일으켰다.

"너희들이 귀천 따지냐? 가만 보니까 성분, 신분 해쌓는 게 남한보다 더 차별하고 자빠졌네."

"그래."

선선히 머리를 끄덕인 장선옥의 시선이 다시 천장으로 올라갔다.

"거긴 반정부 데모했던 인간도 고시 합격해서 판검사가 되지만 우린 안 그래."

"좋아."

다시 상반신을 눕힌 조철봉이 길게 숨을 뱉으며 말했다.

"내가 해보지."

"뭘?"

"내가 그놈을 매수하겠단 말이야."

"글쎄, 위험하다니까."

"넌 몰라."

조철봉이 뱉듯이 말하자 이번에는 장선옥이 상반신을 비스듬히 일으켰다. 시트를 덮지 않아서 젖가슴 한쪽도 비스듬하게 늘어졌다.

"뭘 모른단 말이야?"

장선옥이 또렷한 시선으로 조철봉을 내려다보았다.

"말해, 당신."

"내가 얼마나 많이 매수를 해왔는지 모른단 말이야."

또박또박 말한 조철봉이 얼굴을 일그러뜨리며 웃었다.

"넘어가지 않은 상대가 없었지."

"하긴 나도 넘어갔으니까."

웃지도 않고 말했던 장선옥이 다시 머리를 저었다.

"하지만 그 작자는 위험해."

"그렇다고 놔둘 수는 없어. 네 뒤를 캐면 꼬리가 잡혀."

정색한 조철봉이 말을 이었다.

"우리 대화를 녹음하고 지출 내역을 조사하면 증거가 드러나게 되어 있어."

"차라리……."

입 안의 침을 삼킨 장선옥이 조철봉을 보았다.

"없애버리는 게 어떨까? 남한 측에서 말이야. 사고로 위장해서."

그 순간 숨을 들이쉰 조철봉은 외면했다. 가슴이 서늘해지면서 머리가 맑아지는 느낌이 들었다. 장선옥의 입에서 칼이 뱉어졌다. 조철봉으로서는 생각지도 못한 방법이다. 이윽고 조철봉이 다시 입을 열었다.

"내가 상의해볼 테니까 좀 기다려."

"그것 참."

조철봉의 이야기를 들은 정보실장 이강준이 입맛부터 다셨다.

"없애버리자고 했단 말이죠? 장선옥 씨. 대단한데."

소공동의 룸살롱 안이었다. 술과 안주만 들여놓고 여자는 부르지 않아서 방 안에는 둘뿐이었다. 조철봉은 베이징에 돌아오자마자 서울로 날아온 것이다. 이강준의 말이 이어졌다.

"맞습니다. 우리도 윤달수에 대한 자료가 있거든요. 부친이 자강도 당비서로 있다가 2년 전에 사망했고 손위 누이가 휴전선 근처의 제2군단 소속 17사단 사단장 부인이죠."

외우고 있었던 것처럼 술술 말한 이강준이 정색하고 조철봉을 보았다.

"없애라고 할 정도면 이미 우리 쪽에 마음이 기울었다는 증거 같기도 합니다. 그렇지 않습니까?"

분석은 했지만 동거하고 있는 조철봉의 판단을 존중하는 표현이었다. 조철봉이 머리를 끄덕였다.

"저도 그런 생각이 들었어요."

"하지만 그 방법은 과격하고 위험합니다. 상부에 보고할 필요도 없습니다."

길게 숨을 뱉은 이강준이 말을 이었다.

"장선옥 하나를 위해 대업을 망칠 수가 없거든요."

장선옥을 희생하더라도 남북한 합자 사업은 계속되어야 한다는 말이었다. 그것은 장선옥의 이용가치가 합자 사업과는 비교가 되지 않는다는 말과도 같다. 그때 이강준이 시선을 들어 조철봉을 보았다.

"윤달수가 작심을 하고 장선옥 씨 뒤를 캔다면 당해낼 수가 없습니다."

이강준의 시선을 받은 조철봉의 얼굴에 쓴웃음이 떠올랐다. 이제 방법은 결정이 된 것이다.

"좋습니다. 해보지요."

"윤달수는 옌지에 자주 들렀습니다. 그런데 그곳에 살림 차려준 조선족 동포가 있더군요."

놀란 조철봉이 눈만 크게 떴을 때 이강준은 소리 없이 웃었다.

"무용을 했던 미인이죠. 새 아파트 한 채를 사 주었고 차도 있더군요. 둘 사이에서 난 아이가 세 살입니다."

"그렇군."

조철봉도 얼굴을 펴고 웃었다.

"영웅호색이란 말이 있지요. 영웅은 여자를 밝힌다는 말입니다."

맞는 말인지 아닌지 확실하지 않았지만 흥이 난 조철봉의 말이 이어졌다.

"이제 그놈 약점을 알았으니 일이 쉬워졌습니다."

"도와드리지요."

이제는 정색한 이강준이 말을 이었다.

"서울에서 요원 하나를 보내 드리겠습니다. 여자 요원이죠."

조철봉의 시선을 받은 이강준이 그 표정 그대로 말을 이었다.

"제대로 정보원 교육을 받은 요원입니다. 윤달수 매수 작전에 활용하도록 하십시오."

"알겠습니다."

심호흡을 한 조철봉이 손목시계를 보는 시늉을 했다. 이만 일 이야기는 끝내자는 표시다. 그것을 본 이강준이 벨을 누르자 곧 마담이 들어섰다.

"아가씨."

손가락 두 개를 펴 보였던 이강준이 문득 정색을 하더니 주머니에서 휴대전화를 꺼내 들었다.

"그렇지. 그 요원을 여기로 부르는 것이 낫겠군."

그러더니 아직 가지 않고 어물거리는 마담을 향해 손가락 하나를 폈다.

"한 명만 데려와. 내 파트너로. 여기 조 사장님 파트너는 내가 부를 테니까."

30분쯤 후에 방문이 열리더니 정장 차림의 여자가 들어섰다. 방 안에는 이미 이강준의 파트너가 와 있었으므로 요원이 온 것이다. 여경이나 여군은 많이 보았지만 여자 요원은 처음이다. 조철봉은 긴장했지만 이강준은 반갑게 맞았다.

"어, 거기 앉아."

인사를 받은 이강준이 눈으로 조철봉 옆자리를 가리키더니 소개했다.

"아까 잠깐 말했지만 남북 합작사업을 하고 계신 조 사장이셔, 인사해."

"나명진입니다."

여자의 분위기도 밝다. 똑바로 시선을 주었지만 웃는 얼굴이어서 눈이 부신 느낌을 받은 조철봉은 시선을 내렸다. 인사를 마친 나명진이 조철봉의 옆에 앉았다. 이강진 옆에 앉은 아가씨가 잔뜩 긴장하고 있었다. 그

14

만큼 나명진의 미모가 빼어났기 때문이다. 여자는 자신보다 월등한 용모의 동성과 접촉했을 때 먼저 긴장한다. 이것이 반감이나 호감, 또는 무관심으로 진행되는 것은 각자의 성격, 교양 나름이다. 이강준의 파트너도 보통 이상의 미모였지만 나명진이 월등했다. 더구나 자신감까지 배어나고 있다. 조철봉의 시선이 무의식중에 나명진의 손으로 옮아갔다. 허벅지 위에 자연스럽게 놓인 손가락은 가늘고 길었다.

"술 따라 드릴까요?"하고 나명진이 물었으므로 조철봉은 정신을 차렸다. 술병을 쥔 나명진이 웃음 띤 얼굴로 조철봉을 보았다.

"무슨 생각을 하세요?"

"나명진 씨는 정보요원 같지가 않은데."

이강준은 파트너하고 이야기 중이었지만 조철봉이 낮게 말했다. 그러자 나명진이 풀썩 웃었다.

"007 영화 보셨죠? 거긴 미인 정보요원이 필수인데."

"글쎄, 그건 영화고 실제로 이런 경우가 오리라고는……."

"그래서 실망하신 건가요?"

"아니, 천만에."

눈을 크게 뜬 조철봉이 손까지 저었다.

"영광이죠. 이렇게 만나게 되어서 말입니다."

"실장님이 제가 필요하신 모양이네요."

그때 이강준의 파트너가 자리에서 일어서더니 방을 나갔다. 이강준이 내보낸 것 같았다. 나명진을 향해 이강준이 입을 열었다.

"조 사장님하고 같이 베이징에 가도록. 내가 곧 작전 내용을 알려줄 테니까."

술잔을 든 이강준이 이번에는 조철봉에게로 시선을 돌렸다.

"두 분이 호흡을 맞춰야 할 것 같으니까 난 먼저 실례하겠습니다."

그러더니 자리에서 일어섰으므로 조철봉이 당황했다. 둘이 따라 일어서자 이강준이 조철봉에게 말했다.

"조 사장님은 앉아 계시지요 제가 나명진 씨하고 잠깐 이야기를 하고 돌려보내드릴 테니까요"

둘이 방을 나갔으므로 조철봉은 다시 자리에 앉아 술잔을 들었다. 심장 박동이 빨라져 있는 것이 느껴졌다. 기대감 때문이다. 지금까지 온갖 직업, 갖가지 부류의 여자를 겪었지만 여자 정보요원은 처음이다. 본래 처녀, 비처녀 따위를 따지는 인간이 아니었던 조철봉이지만 처음 만난 여자 정보요원에 대해서는 호기심과 기대감에다 실제로 눈앞에 펼쳐진 나명진의 매력에 압도당한 것이다. 술잔을 세 번 비웠을 때 나명진이 들어섰으므로 조철봉은 상기된 얼굴로 맞았다.

"나가시죠"

나명진이 앉지도 않고 문앞에 서서 말했다.

"괜찮으시다면 여주 별장으로 가시죠 제가 모시고 갈 테니까요"

"긴장 푸세요"

고속도로를 달리면서 나명진이 불쑥 말했다. 조철봉의 눈과 마주쳤을 때 나명진은 입술을 펴고 웃었다. 눈도 초승달 모양으로 변했다.

"너무 기대하시지도 말고요"

다시 앞쪽을 주시한 채 나경진이 말했으므로 조철봉은 잠깐 숨을 멈췄다.

"기대라니?"

조철봉이 묻자 나명진은 가속기를 밟아 차의 속력을 내었다. 밤 12시가 되어가고 있는 데다 평일이다. 영동고속도로에는 차량이 뜸해서 속도계가 170을 가리키고 있다.

"우리 둘이 이 시간에 별장을 간다고 해서 무슨 일이 일어난다는 보장은 없다는 말씀입니다."

나명진이 차분하고 분명한 목소리로 한 마디씩 끊어서 또박또박 말했다. 그러나 옆모습은 웃음기가 떠올라 있다. 옆얼굴의 선이 그린 것처럼 곱다. 반듯한 콧날, 둥근 턱선과 윗입술이 조금 솟은 단정한 입술, 옆모습에 반했다가 앞모습을 보고 가슴이 철렁 내려앉는 느낌이 드는 경우가 흔하다. 예를 들면 눈 사이가 넓어서 가오리 인상이 되었다든지 코가 옆으로 벌어졌다든지 앞에서 보는 입술이 영 딴판인 경우도 많다. 그러나 나명진의 앞모습은 옆모습보다 더 나았다. 정보요원 선발 기준을 미모로 정한 것 같다는 생각이 들 정도였다. 차 안에 잠깐 엔진음만 울리고 나서 나명진의 말이 이어졌다.

"실장님이 호흡을 맞추라고 하신 건 손발을 맞추라는 의미죠, 입을 맞추는 상상을 하신다면 곤란하죠."

"글쎄."

마침내 조철봉도 입을 열었다. 의자에 등을 붙인 조철봉의 목소리도 차분해졌다.

"오밤중에 단둘이 별장으로 달려가는 판이니 딴 생각을 안 하는 놈씨가 있다면 그놈이야말로 위선자 내지는 비정상이지."

"당연하죠."

"당연하다고 말하면서 상상 금지, 기대 금지, 해쌌는 건 또 뭐요? 갖고 노는겨?"

말은 그렇게 했지만 웃음 띤 얼굴로 조철봉이 나명진의 옆얼굴을 보았다.

"더구나 호흡을 맞추라는 상관의 은근한 지시도 있었고 말야."

"그렇죠."

"거, 맞장구나 치지 마시라고 사람 열불 나게 만들라는겨?"

"미안합니다."

"상대가 그저 그런 여자라면 내가 기대도 하지 않았을 거야."

"그럼 기대는 하신 거군요?"

웃지도 않고 나명진이 물었다. 그러나 시선은 여전히 앞쪽을 향하고 있다.

"당연하지."

심호흡을 한 조철봉이 말을 이었다.

"그리고 또 작전이란 게 저쪽 남자한테 미인계를 써서 매장시키든 포섭하든 하는 거 아니겠어?"

열띤 목소리로 말한 조철봉이 나명진의 옆모습을 보았다.

"그러려면 우리가 손발을 맞추는 것보다 입을 맞추는 것이 훨씬 팀워크가 잘 조성될 텐데 말야."

그때 나명진의 옆얼굴에 웃음기가 떠올랐고 그것을 본 조철봉의 기가 살아났다.

"좋아, 어쨌든 같이 일해야 할 입장이니까 서로 존중하도록 하지. 갑자기 이야기가 이상한 방향으로 흘러서 어색해졌는데 말야."

"······."

"누가 달라고도 안 했는데 미리 죽여 놓지 말라고, 알아? 남자는 성적 환상이 생활에 가장 활력을 준다는 통계도 있어."

누가 낸 통계인지 과연 그 통계가 있는지도 알 수 없었지만 설득력은 있는 말이다.

별장은 작고 낡은 단층 시멘트 집이었지만 깨끗한 데다 갖출 건 다 갖춰져 있었다. 골짜기의 바위 밑에 위치해 있어서 아래가 훤히 내려다 보였고 뒤쪽은 절벽이다. 요새가 따로 없었다. 주위에 인가도 없는 데다 찻길도 만들어져 있지 않아서 둘은 차를 산길에 세워두고 50미터쯤이나 골짜기를 올라와야 했다. 그러나 집 안에는 전기도 들어왔고 벽 쪽 테이블에는 컴퓨터도 놓여졌다. 원룸 구조의 오피스텔 같았다. 방으로 들어선 나명진이 컴퓨터 앞에 앉더니 말했다.

"저기 옷장에서 가벼운 옷으로 갈아입으시고 씻으시죠. 전 잠깐 일이 있어서."

그러고는 모니터를 켰으므로 조철봉은 벽에 붙은 옷장 문을 열었다. 옷장 안에는 남녀의 옷이 가득 차 있었는데 모두 새것이다. 아직 포장지를 벗기지 않은 것도 있다. 갈아입을 옷을 꺼내 욕실로 들어간 조철봉은 다시 놀랐다. 욕실은 컸다. 유리 칸막이가 되어 있는 샤워실이 따로 있는 데다 욕조는 둘이 들어가도 남을 정도였다. 샤워를 하면서 조철봉은 이 별장이 어떤 용도로 쓰이는지 궁금해졌다. 규모나 시설, 위치로 보면 두 명쯤이 며칠간 은거하기에는 적당했다. 침대가 하나뿐이어서 남녀 한 쌍이 어울릴 것이다. 조철봉이 샤워를 하고 나왔을 때 소파에 앉아 있던 나명진이 기다리고 있었다는 듯이 일어섰다.

"한잔하고 계세요"

옆을 스치고 지나면서 나명진이 말했다. 얼굴에 웃음기가 떠올라 있었다. 탁자 위에는 이미 양주와 마른안주가 차려져 있었는데 얼음통까지 놓여졌다. 새벽 1시가 훨씬 넘어 있었지만 조철봉의 머릿속은 또랑또랑했다. 잔에 위스키를 채운 조철봉이 힐끗 욕실 쪽을 보았다. 차 타고 오면서 선문답 같은 이야기를 주고받았지만 건강한 남녀가 이런 조건에서 일 없이 보낸다는 것이야말로 이상하다. 그것이 비정상적인 일인 것이다.

한 모금에 양주를 삼킨 조철봉은 소파에 등을 붙이고는 두 다리를 길게 뻗었다. 그동안 숱한 상황을 겪고 나서 터득한 요령이 있다. 조철봉은 경험을 처신의 기본으로 삼아 왔다. 나명진이 제아무리 훈련과 지식을 쌓아 왔더라도 남녀 간의 관계에 대해서는 몇 수 아래일 것이다. 내일 날이 밝기 전에 나명진은 육체의 기쁨을 알게 될 것이며 바라보는 시선에 애정과 존경, 찬탄의 느낌까지 다 포함되어 있을 것이다.

수없이 그런 아침을 겪어온 터라 조철봉한테는 익숙해진 눈빛이었다. 조철봉이 위스키를 세 잔 더 마셨을 때 욕실에서 나명진이 나왔다. 머리를 든 조철봉의 눈빛이 강해졌다. 예상했던 대로 나명진은 진주색 실크 가운 차림이었다. 맨다리가 드러났고 맨발로 성큼성큼 다가온 나명진이 앞쪽에 앉았다. 로션만 바른 얼굴은 유리처럼 반들거렸고 긴머리는 어깨까지 늘어졌다. 가슴이 꽉 막히는 느낌을 받은 조철봉이 크게 헛기침을 하고 나서야 숨을 쉴 수 있었다.

"그동안 윤달수의 자료를 다운받아서 검토했는데요"

제 잔에 술을 따르면서 나명진이 말했다. 차분한 표정이었고 이쪽에 시선도 주지 않는다.

"여자를 밝히는 놈이더군요. 엔지에 자주 다니는 룸살롱이 있는데 거기에도 애인이 있어요."

한 모금에 술을 삼킨 나명진이 시선을 들더니 똑바로 조철봉을 보았다.

"잡식성이죠."

웃지도 않고 말했으므로 조철봉은 듣는 순간에 무슨 말인지 몰랐다. 뒤늦게 말뜻을 알았을 때 나명진이 그 얼굴 그대로 말했다.

"시험적으로 저하고 한번 해보실래요?"

"아니."

조철봉은 제 입에서 저절로 터져 나온 말을 들은 순간 정신이 났다. 인간은 가끔 뇌에서 결정하기도 전에 말부터 터지는 경우가 있다. 그것이 속마음이라고 믿는 사람도 있지만 조철봉의 경우는 다른 것 같다. 말을 듣고 나서 가슴이 미어지는 느낌이 왔기 때문이다. 후회, 또는 원망 같았다. 그런데 그 말을 들은 나명진이 그럴 줄 알았다는 표정으로 머리를 끄덕이더니 술잔을 들었다.

"좋아요, 생각나면 언제든지 말씀하세요."

한 모금에 양주를 삼킨 나명진이 이를 드러내고 활짝 웃었다.

"우린 만 하루 동안 여기에서 호흡을 맞춰야 할 테니까요."

"만 하루 동안?"

놀란 조철봉이 눈을 크게 떴다.

"여기서 말야?"

"그래요, 그동안 본부에서는 작전 계획을 수립할 것이고 수시로 지시 사항이 전해질 테니까요."

나명진이 턱으로 컴퓨터를 가리켰다.

"우린 한 팀이 되어 있는 거죠"

"말하자면 만 하루 동안 합숙훈련이군."

"그러네요"

웃음 띤 얼굴로 나명진이 조철봉의 잔에 술을 채웠다.

"베이징의 장선옥 씨, 미인이더군요"

"벌써 알고 있었어?"

놀란 조철봉이 묻자 나명진이 눈을 가늘게 떴다.

"잠깐 들여다봤어요. 시간이 많지 않았기 때문에."

"앞으로 많이 들여다보겠구먼."

입맛을 다신 조철봉이 술잔을 쥐었다. 술을 꽤 마셨지만 취기가 빨리 오르지 않는다. 긴장하고 있기 때문이다.

"정보기관원하고는 연애하기 힘들겠어. 거기에 점 박힌 것까지 다 알고 있을 테니까 말야."

조철봉은 문득 나명진이 윤달수와 엉키는 모습을 상상하고는 길게 숨을 뱉었다. 아깝다는 생각이 든 것이다.

"먼저 주무세요"

벽시계를 본 나명진이 말하더니 자리에서 일어섰다. 오전 2시가 되어가고 있었다.

"전 정리 좀 하고 잘 테니까요"

"그럴까?"

일어선 조철봉이 침대로 다가가면서 나명진에게 물었다.

"침대로 올 거지?"

"그럼요"

술잔을 치우면서 나명진이 눈웃음을 쳤다.

"생각 있으시면 자지 말고 기다리시라고요"

"젠장, 너무 쉽게 말하면 김이 샌단 말야. 좀 튕겨줘야지."

투덜거리는 시늉을 하면서 조철봉은 침대에 누웠다.

"불 꺼드려요?" 하더니 나명진이 대답도 듣지 않고 불을 껐다.

"미인계는 아주 오래된 방법이지만 지금도 효과가 있는 편이죠"

어둠 속에서 나명진의 목소리가 울렸다.

"알면서도 빠져드는 경우도 있으니까요 남자의 욕정은 억제하기 힘들기 때문이죠 안 그래요?"

어느새 침대 옆으로 다가선 나명진이 나긋나긋한 목소리로 물었다. 달도 보이지 않았지만 어둠에 익숙해진 조철봉의 눈에 나명진의 윤곽이 드러났다. 나명진이 속삭이듯 말했다.

"난 섹스 테크닉을 철저하게 교육 받았죠 그래서 남자들의 생리라든가 침대에서의 반응, 또 쾌락을 배가 시킬 수 있는 방법에 대해서 꽤 아는 편이죠"

그러고는 나명진이 목구멍을 울리며 낮게 웃었다. 그 순간 조철봉은 목이 막히는 느낌을 받고는 이를 악물었다. 나명진이 도전해 오는 것이다.

그러나 조철봉은 심호흡을 하고 나서 참았다. 조금 전에 남자의 욕정은 억제하기 힘들다고 나명진이 단언하듯 말한 것에 대한 반감도 작용했다. 그러자 눈꺼풀이 무거워졌고 등이 침대에 빈틈없이 붙는 것 같더니 금방 잠이 들었다. 참기로 말하면 조철봉은 선수가 아니던가? 침대에서 여자를 절정으로 이끄는 힘은 오직 참을 인(忍)자에서 온다. 지금 나명진에 대한 욕정쯤은 얼마든지 참을 수가 있는 것이다.

다음 날 아침 조철봉은 된장찌개 냄새를 맡고 눈을 떴다. 이쪽에 등을 보이며 나명진이 주방에 서 있었는데 햇살이 환하게 방 안을 비췄다. 벽시계는 오전 8시 반을 가리키고 있었다. 조철봉이 침대에서 몸을 일으키는 기척을 들은 나명진이 머리만 돌리고는 웃음 띤 얼굴로 말했다.

"아주 잘 주무시데요."

"그래서 어젯밤 무사했구먼."

"그래요. 잘 참으시는 것 같아요."

"눈 뜨자마자 진한 이야기 말자고."

"된장찌개에다 콩나물국도 끓여요."

찌개 간을 보면서 나명진이 말했다. 나명진은 핫팬츠에 반팔 셔츠를 입었는데 머리는 뒤로 묶어 올렸다. 산뜻한 차림이다.

"씻고 나오세요. 아침 다 되어가니까."

나명진이 서두르자 조철봉이 욕실로 다가가며 말했다.

"진짜 기분이 묘하네. 아무 일 없었던 것이 내가 생각해도 믿기지가 않아."

"그러게요."

뒤에서 나명진이 거들었다.

"저도 그렇게 듣지 않았거든요? 그래서 혹시 거기에 이상이 생기지 않았나 궁금해지더라고요."

"그래서?"

욕실 문고리를 잡은 조철봉이 몸을 돌려 나명진을 보았다.

"설마 나, 자는데 어떻게 한 건 아니지?"

"에이, 그럴 리가요."

시선이 마주치자 나명진이 눈웃음을 쳤다.

"새벽에 잠깐 보았죠."

"뭘 봐?"

"솟아오른 거요."

"그래서?"

"엄청나더군요, 과연."

"과연이라니?"

"백문이 불여일견."

그러더니 다시 몸을 돌렸으므로 조철봉은 욕실로 들어섰다. 어젯밤 나명진과 섹스를 했다면 친근감이 증가할지는 몰라도 이런 분위기가 되지는 않을 것이었다. 샤워를 하면서 조철봉은 나명진이 선수라고 인정했다. 프로인 것이다. 침대에서의 기술만으로 진정한 프로가 될 수는 없다. 프로는 분위기에서부터 마무리까지 장악을 해야만 한다. 조철봉은 나명진이 과연 어떤 방법으로 단련했으며 어떤 경지까지 이르렀는지 궁금해졌다. 욕실에서 나온 조철봉은 식탁에 차려진 아침상을 보고는 눈을 크게 떴다. 밑반찬도 여러 개였고 찌개에 국까지 잘 차려진 아침상이었다. 식탁에 앉았을 때 나명진이 웃음 띤 얼굴로 말했다.

"윤달수는 밝고 화사한 스타일을 좋아하는 편이더군요. 옌지의 두 여자가 모두 그래요."

잠자코 밥을 떠먹는 조철봉을 향해 나명진이 말을 이었다.

"그리고 둘 다 약간 살찐 편이고."

"변태가 아니었으면 좋겠는데."

씹던 것을 삼킨 조철봉이 불쑥 말하자 나명진이 정색했다.

"만나면 알게 되겠죠. 변태가 오히려 조종하기가 쉬워요."

"그런가?"

수저를 내려놓은 조철봉이 물끄러미 나명진을 보았다. 점점 더 호기심이 솟았기 때문이다. 도대체 어떤 여자인가?

오후 4시경이 되었을 때 별장 아래쪽의 계곡에 내려가 있던 조철봉에게 나명진이 다가왔다. 나명진이 컴퓨터로 화상회의를 하는 바람에 조철봉은 밖으로 나왔던 것이다. 계곡의 평평한 바위 위에 나란히 앉은 나명진이 말했다.

"회의 끝났어요."

조철봉의 시선을 받은 나명진이 말을 이었다.

"제가 베이징 룸살롱 장원의 아가씨가 되기로 했어요."

"그럼 거기서 윤달수하고 엮어진다는 계획인가?"

"제가 윤달수 파트너가 되는 거죠."

조그만 돌멩이를 집어 흐르는 개울물에 던지면서 나명진이 말을 이었다.

"윤달수는 며칠 전에도 장원에 들렀는데 거기서 한족 아가씨를 데리고 나갔더군요."

장원은 조선족이 경영하는 고급 룸살롱으로 조철봉도 두 번 가본 적이 있다. 3층 건물에 방이 40개나 되고 아가씨가 3백 명이 넘었는데 주로 중국인 손님을 받는다. 몇 년 전만 해도 룸살롱 손님은 한국인이 많았지만 지금은 역전되었다. 그만큼 중국 경제가 성장한 것이다. 골짜기는 벌써 그늘이 졌으므로 서늘했다. 어깨를 움츠린 나명진이 팔짱을 꼈다.

"한족 아가씨한테 윤달수의 테크닉을 들었어요. 예상했던 대로 윤달수는 빨라요. 일방적이고."

조철봉은 심호흡을 했다. 그러자 맑고 시린 공기가 폐 안에 가득 찼다. 주위는 조용했다. 바람결에 풀잎이 스치는 소리만 났다. 그때 나명진이 말했다.

"들어가서 계획 검토하자고요."

"그럴까?"

그때 일어서려던 조철봉의 팔을 나명진이 잡았다.

"어때요?"

"뭐가?" 했지만 조철봉은 나명진의 눈에 떠오른 분위기를 읽었다.

"여기서?"

조철봉이 묻자 나명진이 눈웃음을 쳤다.

"다 벗지 말고."

"그래도 추울 텐데."

"분위기가 멋지지 않아요?"

나명진이 턱으로 골짜기를 가리켰다.

"여기서 소리 지르면 메아리가 울릴까?"

"그럼 팬티만 내려."

조철봉이 말하자 나명진이 금방 스커트를 들치더니 팬티를 끌어내렸다. 흰 팬티였다. 조철봉의 가슴이 뛰었다. 그늘은 졌지만 아직 사방이 환했고 골짜기 한복판이다. 인적도 새소리도 들리지 않았지만 둘러싼 골짜기가 마치 무대처럼 느껴졌다.

"해요."

나명진이 작은 바위에 팔을 얹고 엎드렸으므로 조철봉은 고인 침을 삼켰다.

다가간 조철봉이 스커트를 들쳐 올리자 희고 단단한 엉덩이가 드러났다. 그리고 엉덩이 사이에 패인 짙은 골짜기도 선명하게 보인다. 그때 나명진이 말했다.

"그냥 해요."

조철봉은 나명진이 무엇을 원하는지 알았다. 자신도 같은 생각이 들었기 때문이다. 바지와 팬티를 함께 내린 조철봉이 나명진의 뒤에 붙었다. 그러고는 힘차게 몸을 부딪친 순간 골짜기를 울리는 비명이 울렸다. 메아리는 일어나지 않았지만 찌렁찌렁한 외침이었다.

"아아앗."

나명진의 몸은 단단했고 아직 덥혀지지도 않았다. 그러나 끝까지 진입하자 강한 압박감이 몰려와 조철봉은 어금니를 물었다. 뜨겁고 탄력이 있을 때보다 더 강한 쾌감이 몰려온 것이다. 조철봉이 다시 힘차게 전진했을 때 나명진의 탄성은 더 커졌다. 같이 느끼는 것이다.

별장으로 돌아왔을 때는 주위가 이미 어두워져 있었다. 열기가 가시기 전에 방에 들어온 터라 추위는 느끼지 못했지만 나명진이 조철봉의 빨개진 코끝을 보고 웃었다.

"어때요? 좋았죠?"

"아주."

조철봉도 만족한 표정으로 따라 웃었다. 나명진과는 억제하지 않고 발산해버린 것이다. 함께 올랐다가 첫 절정에서 같이 폭발해버렸다. 날아갈 것처럼 몸이 가벼워졌으므로 조철봉의 얼굴은 밝았다.

"저녁 먹기 전에 감상할 영화가 있어요"

컴퓨터 화면을 켜면서 나명진이 말했다.

"자, 여기 앉아서 감상하세요"

조철봉은 나명진과 나란히 컴퓨터를 바라보며 앉았다.

"뭔데?"

나명진의 어깨에 팔을 두른 조철봉이 물었을 때 곧 화면이 켜졌다. 그 순간 조철봉은 숨을 멈췄다. 베이징의 장선옥이 화면에 나타난 것이다.

"며칠 전에 녹화한 거죠"

나명진이 말했을 때 화면의 장선옥이 말했다. 볼륨을 크게 해서 목소리가 방 안에 울렸다.

"그래요, 같이 동거하고는 있지만 마치 제가 물 위에 뜬 기름 같은 느낌이 들어요"

그러고는 장선옥이 쓸쓸하게 웃었다. 그러자 사내의 목소리가 들렸다.

"할 수 없어, 당분간만 참고 견디도록 해. 상부에서 각별하게 관심을 갖고 있어서 그래, 조철봉도 이용 가치가 크거든."

조철봉은 곧 김성산의 목소리인 것을 알 수 있었다. 장소는 일식당의 방 안 같다. 앞에 초밥과 회 접시가 놓인 상이 보인다. 그때 장선옥이 다시 말했다.

"조철봉은 철저하게 썩은 자본주위 체제의 쓰레기죠 돈이면 다 되는 것으로 알고 실제로 그 방법을 써서 저 신분까지 올랐으니 한국 사회가 얼마나 썩었는지 표본감입니다."

그때 나명진이 힐끗 조철봉의 눈치를 보았다. 조철봉은 그냥 눈만 껌벅였고 장선옥의 말이 이어졌다.

"전 마치 제가 그자한테 성의 노예로 팔린 느낌이 들어요. 정말 견디기 힘이 듭니다."

"이번 작전이 끝날 때까지만 참아."

김성산이 부드럽게 달래더니 화면에 뻗어 나온 손이 보였다. 김성산의 손이었고 손에 술잔이 쥐어졌다.

"자, 술 받아."

장선옥이 술잔을 받자 김성산의 말이 이어졌다.

"윤달수가 곧 조철봉 약점을 잡아 꼼짝 못하게 만들 거야. 그러니까 그때까지 꾹 참고 기다리라고."

그러더니 김성산이 길게 숨을 뱉는 소리까지 들렸다.

"윤달수가 그 전문이니까 말야."

그때 나명진이 화면을 끄더니 정색하고 조철봉을 보았다.

"여기로 조 사장님을 모신 건 윤달수 작전뿐만 아니라 이 화면을 보여 드릴 필요가 있었기 때문이죠."

조철봉은 천천히 머리를 끄덕였다. 장선옥이 김성산에게 조금 전에 한 말은 마음에도 없는 말이었다. 장선옥이 이쪽에 진심을 보이고 있다는 증거를 잡은 것이다. 조철봉의 눈치를 살핀 나명진이 입을 열었다.

"본부에서는 장선옥 씨가 진심으로 조 사장님한테 기울고 있다는 것을 이것으로 믿는 것 같습니다. 장선옥 씨는 김성산 씨도 녹이고 있으니까요."

그러더니 얼굴에 웃음을 띠었다.

"처음에는 놀라셨죠? 저도 첫 장면을 보고는 가슴이 철렁 내려앉았거든요."

이번에는 열흘 만에 집으로 돌아왔지만 이은지는 환하게 웃으며 반겼다. 물론 그동안 하루에 한 번은 꼭 전화를 했고 집안일은 비서를 통해 챙겼기 때문에 소홀한 점은 없다. 뛰쳐나온 영일은 조철봉한테서 선물 박스를 받더니 두말 않고 제 방으로 달려 들어갔다. 달려 나올 때부터 들어갈 때까지 조철봉과 한 번도 눈을 마주치지 않고 손에 쥔 선물 박스만 보았다. 입맛을 다시는 조철봉을 보더니 이은지가 웃음 띤 얼굴로 말했다.

"다 그래. 손님처럼 오가는 사람이 그 정도면 됐지, 뭐."

"아니 그래도 인사는 해야 할 것 아닌가?"

"새삼스럽게 인사는."

조철봉의 저고리를 뒤에서 벗기면서 이은지가 말을 이었다.

"영일이도 이젠 6학년이라구. 사춘기란 말이야."

"사춘기?"

정색한 조철봉의 앞으로 다가선 이은지가 눈을 가늘게 떴다.

"모르시면 가만있어요. 내가 다 알아서 할 테니까."

"고마워."

감동한 조철봉이 두 손을 이은지의 어깨위에 놓았다.

"내가 집안일에 신경을 더 써야 되는데 너무 바빠서 말야. 아무래도 일을 좀 줄여야 될 것 같아."

진심으로 말했지만 말하는 순간뿐이다. 말을 뱉은 즉시로 잊는다. 그러나 이은지는 건성으로 듣지도 않고 그렇다고 정색한 표정도 아닌 채로 머리만 끄덕였다.

"어서 씻어요. 저녁 차릴게."

이은지는 본래 영일의 담임선생이었던 것이다. 조철봉은 이은지와의 재혼이 지금까지의 인생에서 가장 실속 있는 선택이라고 자부했다. 자식과 가정, 모두에게 득이 되는 선택이었다. 샤워를 마치고 나왔을 때 이은지는 가정부의 도움을 받아 저녁상을 다 차려놓고 있었다. 집안에는 가정부까지 넷뿐이다. 어머니는 회원들과 유럽 여행을 떠났는데 요즘은 일년에 절반은 여행을 다닌다.

"저기."

식사를 절반쯤 했을 때 이은지가 문득 얼굴을 들고 조철봉을 보았다. 조철봉의 시선을 받은 이은지가 또박또박 말했다.

"우리, 아이 갖도록 할까?"

"응?"

입 안의 음식을 삼키는 몇 초 동안 조철봉은 맹렬하게 생각했다. 그러고는 입 안을 비우고 나서 말했다.

"조오치."

그것이 부족한 것처럼 덧붙였다.

"나도 몇 번이나 말하고 싶었지만 당신이 부담을 느낄 것 같아서 참았거든."

"……."

"당신이 영일이 때문에 애를 미루는 것 같아서 말야."

"처음에는 그랬어."

이은지가 차분한 표정으로 대답했다.

"하지만 영일이가 저렇게 큰 걸 보니까 생각이 달라졌어. 당신하고 나하고를 연결해주는 인연이 필요하다는 생각도 들고."

"……."

"집에 혼자 있으면 허전해져. 알아?"

"알아."

시선을 내린 조철봉이 머리를 끄덕였다.

"미안해."

"딴 데서 애 낳지는 않았지?"

"그, 그럴 리가."

놀란 조철봉이 젓가락으로 반찬을 집으려다 그만두었다. 시선을 든 조철봉이 이은지를 똑바로 보았다.

"말도 안 되는 소리 마."

"그 말 믿기로 하지."

그러더니 이은지가 얼굴을 굳혔다.

"결심했어. 애 낳을 거야."

그렇다. 인연이다. 그날 밤 잠이 든 이은지의 머리 무게를 팔에 가득 느끼면서 조철봉이 생각했다. 이은지는 고맙게도 끊지 못할 인연을 만들어주려고 하는 것이다. 가족이란 무엇인가? 인연으로 맺어진 관계 아닌가? 남남이었던 두 남녀의 인연을 거쳐 혈연이 태어난다. 자식이다. 자식을 매개로 피도 섞이지 않은 부부관계가 더 원활해질 수도 있는 것이다. 자식을 인질로만 이용한다면서 거부반응을 일으키는 작자들은 빼놓자.

　그것들 주장을 들으면 말은 그럴 듯 하지만 도무지 현실감이 없다. 써먹을 데가 없는 것이다. 조철봉은 이은지와의 사이에서 태어날 자식을 생각하고는 길게 숨을 뱉었다. 첫째로 왠지 안심이 된다. 나란히 걷던 둘이 기분 좋게 묶이는 느낌이 왔다. 좀 무거운 느낌, 그것이 책임감인가 보다. 차를 타고 가다가 승객 하나가 더 늘어난 것 같지는 않다. 둘이 따로따로, 나란히 걷는 느낌이 맞다. 차는 무슨, 갈라선다면 달리는 차에서 뛰어내린다는 거야 뭐야? 결혼은 차 안에, 그 단단한 차 안에 들어가는 게 아냐. 요즘은 안 그래. 그저 나란히 걷는겨. 가끔 해찰도 하고, 하나가 멈춰서면 같이 서고, 그러다 하나가 먼저 돼지든가 옆길로 새든가 하는겨.

　"안 자?" 하고 이은지가 묻는 바람에 조철봉은 흠칫 놀랐다. 어둠 속에서 이은지가 빤히 바라보고 있었다. 베고 있던 팔에서 머리를 뗀 이은지가 바짝 몸을 붙였다. 알몸이어서 매끄러운 피부가 닿았고 숨결이 가슴 위로 흘러갔다. 조철봉은 이은지의 어깨를 감아 안았다. 이은지가 한쪽 다리를 조철봉의 하반신 위로 감듯이 올렸으므로 둘의 몸은 비틈 없이 붙었다.

　"무슨 생각을 하고 있어?"

　이은지가 가슴 위의 입술을 달싹이며 물었다. 아직도 목소리에는 달콤하면서 나른한 여운이 묻어 있다. 방 안의 공기도 아직 습하고 비린 냄새가 가시지 않았다. 조철봉이 이은지의 어깨를 안은 팔에 힘을 주었다.

　"우리 아이 생각했어."

　"딸이 좋아, 아들이 좋아?"

"다 좋아."

"영일이가 있으니까 딸이 더 좋겠지?"

"다 좋다니까."

조철봉은 눈을 가늘게 뜨고 아이를 떠올려 보았다. 사내건 계집애건 상관이 없다. 생각해보지도 않았다. 그때 이은지가 말했다.

"당신한테 조금 더 성실해지고 싶어. 애 낳으면 학교도 그만둘 거야."

놀란 조철봉이 눈을 크게 떴지만 입을 열지는 않았다. 이은지가 손가락으로 조철봉의 가슴을 가볍게 문질렀다.

"이제 영일이도 중학교에 들어갈 텐데 집에서 봐줘야 돼."

"고맙다."

"당신도 집안일에 좀 더 신경을 써야 돼. 나 혼자서는 벅차단 말야."

"그야, 당연히."

정색한 조철봉의 목소리가 분명해졌다.

"난 집하고 회사뿐이야."

심호흡을 한 조철봉이 말을 이었다.

"이번 남북 합작 사업만 궤도에 오르면 난 주로 서울에 머물게 될 거야."

"……."

"그때까지만이야."

그때 문득 베이징에서 기다리고 있을 장선옥의 모습이 떠올랐다. 그리고 바로 어제 별장 근처의 골짜기에서 섹스를 했던 나명진의 얼굴도 떠올랐다. 다시 심호흡을 한 조철봉이 차분하게 말했다.

"난 너뿐이야."

그러고는 도둑이 제 발 저린 듯이 말을 이었다.

"요즘은 너무 바빠서 여자 생각도 못해."

다음 날 밤, 베이징의 아파트 안에서 조철봉과 장선옥은 소파에 나란히 앉아 TV를 보았다. 그러나 얼굴만 그쪽으로 향하고 있을 뿐 둘은 이야기를 하는 중이다.

"별일 없었지?"

포도주 잔을 든 장선옥이 묻자 조철봉은 웃음 띤 얼굴로 대답했다.

"응, 별일 없어."

장선옥은 윤달수 일이 잘 처리되겠느냐고 물은 것이다. 집 안에는 도청장치에다 카메라까지 장착되어 있을 것이었다. 그것도 남북한 양쪽이 제각기 숨겨놓았을 테니 집안이 감시장치 천지일 것이다. 한 모금 포도주를 삼킨 조철봉이 팔을 뻗어 장선옥의 어깨를 당겨 안았다. 장선옥도 알고 있는 것이다. 둘은 양쪽 모두로부터 감시당하고 있다.

"이봐, 우리, 아이 낳을까?"

불쑥 말을 뱉고 나서 조철봉 본인부터 긴장했다. 어젯밤 이은지하고 나눈 이야기가 저도 모르게 터져 나온 것은 아니다. 답답한 데다 반발심이 일어났기 때문에 의도적으로 터뜨렸지만 폭발력이 컸다. 장선옥의 얼굴이 딱딱하게 굳어져서 대꾸도 못하고 있는 것을 봐도 그렇다. 그러나 장선옥의 표정을 본 조철봉의 가슴이 또 뒤틀렸다. 그래서 마음에도 없는 소리가 이어진다.

"어때? 상관없지 않겠어? 오히려 남북 당국이 환영할 것 같은데. 물론 서울의 내 마누라만 빼고"

"그만해."

술잔을 내려놓은 장선옥이 조철봉을 똑바로 보았다. 뭔가를 캐내고 싶은 표정이었지만 선뜻 입을 열지는 않는다. 조철봉이 빈 잔에 포도주를 채우면서 말했다.

"우리 자식은 우리 장점만 이어받도록 해야 돼. 말하자면 내 응용력과 네 정직성."

응용력을 사기성이라고 할 뻔했지만 아직 그럴 정도로 취하지는 않았다. 조철봉이 손끝으로 제 가슴을 가리켰다.

"내 몸에 네 얼굴, 내 민첩성, 인내력에다 네 지성."

"지성?"

되물은 장선옥이 쓴웃음을 지었다가 곧 정색했다.

"어쨌거나 안 돼."

"뭐가?"

"우리 자식."

외면한 채 장선옥이 말을 이었다.

"불행해질 거야."

"뭘 알 때쯤이면 통일이 되지 않았을까?"

불쑥 조철봉이 말하자 장선옥이 머리를 돌려 똑바로 보았다.

"오늘 왜 그래?"

"왜?"

조철봉이 눈을 둥그렇게 떴다.

"동거하면서 애 낳는 이야기 하는 거 자연스러운 거 아냐? 만날 장화 신는 건 뭐 때문인데? 임신 막으려고 그러는 거 아냐? 할 때마다 고무신

신는 거 버릇이 되니까 당연히 그러는 걸로 아니?"

"그만해."

상반신을 세운 장선옥이 머리를 저었다.

"애 안 낳아. 아니, 애 못 낳아."

"왜?"

"우린 달라."

"뭐가?"

"알면서" 하더니 장선옥이 자리에서 일어나 버렸다. 조철봉은 오늘 밤은 이쯤에서 그치기로 마음먹었다. 이쪽저쪽에서 듣고 비추는 도청, 촬영 장치를 향해 쇼를 한 것이지만 하다 보니까 진심도 섞였다. 그것은 장선옥도 마찬가지일 것이다. 남북 동거는 전략적이었지만 어차피 피가 뜨거운 남녀 간의 생활인 것이다. 변수는 있다. 하지만 오늘 밤은 서로 간의 장벽을 재확인한 셈이 되었다.

아침에 먼저 출근하는 조철봉이 현관을 나왔을 때 장선옥이 뒤에 바짝 붙더니 말했다.

"점심 때 거기서."

조철봉은 대답도, 뒤를 돌아보지도 않았다. 한 집에 살면서 감시를 피해 말도 제대로 나누지 못한다는 현실에 와락 화가 났기 때문이다. 그러나 점심시간이 되어서 베이징반점의 지하 한식당에 나타난 조철봉의 표정은 밝았다.

"김 대표는 오는 중이겠지?" 하고 조철봉이 방에서 혼자 기다리는 장선옥을 향해 물었다.

"응, 20분쯤 시간 있어."

장선옥이 정색하고 대답했다. 점심 약속 시간은 오후 12시 반이다. 아직 20분이나 시간이 남은 것이다. 조철봉은 둘을 점심에 초대했는데 장선옥은 밖에서 일을 보다가 먼저 와 있는 상황이 되었다. 자연스러운 설정이다. 그리고 이곳 한식당 전주집은 한국인이 경영하는 곳으로 북한 측이 장난을 치지 못한다. 즉 북한 측의 감시장치가 걸려 있지 않다는 뜻이다. 한국 측의 장치는 당연히 걸려 있을 테지만 어쨌든 조철봉의 영역이다. 20분의 여유가 있었으나 장선옥이 먼저 서둘렀다. 어제 저녁부터 집에서 열두 시간이나 같이 있었고 진한 섹스까지 나누었지만 정작 중요한 이야기는 하지 못했기 때문이다.

"잘 되었어?" 하고 장선옥이 묻자 조철봉은 정색했다.

"곧 윤달수에 대한 작전이 개시될 거야."

장선옥은 긴장했고 조철봉의 말이 이어졌다.

"걱정하지 말고 기다려. 우릴 믿으라고."

"우리라면 남한 측인가?"

"그렇지."

그러자 장선옥이 웃음 띤 얼굴로 조철봉을 보았다.

"어젯밤 아이 갖자는 말, 감시장치에다 한 말이지?"

"그 말을 듣고 얼굴이 굳어지던데. 북한 측이 이상하게 생각하지 않았을까?"

조철봉이 되묻자 장선옥의 미간이 조금 찌푸려졌다. 어젯밤 자신의 반응을 기억해내려는 것 같았다. 그러더니 곧 머리를 저었다.

"이상한 건 없어. 내 반응은 자연스러웠다고."

"곧 북한 측에서 뭔가 반응이 올 거야. 아이 문제에 대해서 말야."

조철봉이 눈을 가늘게 뜨고 웃었다.

"내가 북측에 문제 하나를 던져준 것 같군."

장선옥은 식탁 위에 시선을 준 채 가만있었고 조철봉의 말이 이어졌다.

"내 말대로 우리 아이가 태어나면 물건이 될 거야. 내 사기성에다 너희 들의 경직성, 내 허영심에다……."

"그만."

손을 들어 조철봉의 말을 막은 장선옥이 차분한 목소리로 말했다.

"다 알면서 왜 그래? 우리 동거는 당국의 실험이었다고. 개방이 된 후 에 북남 간 인민들이 엉켰을 때의 반응을 알려고 말야."

"……."

"우리는 유리잔 속의 두 마리 실험용 생쥐라고."

쓴웃음을 지은 장선옥이 말을 이었다.

"당국은 면밀히 양쪽 생쥐의 상태를 점검하고 있을 거야. 물론 그쪽도 마찬가지겠지."

입맛을 다신 조철봉이 딴전을 피웠지만 장선옥의 말이 계속되었다.

"윤달수는 외부 조건을 가다듬는 자야. 이를테면 연구원의 자세나 시 험 조건 따위를 말야."

맞아, 과연, 하는 표정으로 조철봉이 웃어 보였다.

점심을 마치고 사무실로 돌아온 조철봉에게 최갑중이 찾아왔다. 최갑 중은 조철봉의 심복이자 동업자로 흉중을 터놓을 수 있는 유일한 인물이 다. 남북한 합자 사업이 전개되면서 갑중은 주로 현장에서 뛰었는데 조철봉이 감사역을 맡겼기 때문이다. 모든 작업장의 자금 입출은 감사역인 갑중의 확인을 받지 않으면 지급이 되지 않는다. 조철봉이 만들어놓은 안전장치였다. 따라서 갑중은 휘하에 감사팀을 지휘했고 이제는 조철봉의 꼭두각시가 되어 있는 자금 담당 부사장 안진식을 조종했다. 진짜 실세인 것이다.

"형님." 하고 소파에 앉자마자 갑중이 불렀는데 사무실에 둘뿐이었어도 업무 이야기를 할 때는 사장님이라고 했을 것이다. 따라서 지금은 은밀한 이야기를 하겠다는 표시였다. 조철봉의 시선을 받은 갑중이 말을 이었다.

"현장이 오염되고 있는 것 같습니다. 돈을 먹어야 일을 하는 시늉을 하고 경비하고 짜고는 자재를 내다 파는데 남북 합동 작전입니다."

눈을 치켜뜬 갑중의 말에 열기가 띠어졌다.

"아무래도 노하우가 있는 한국 측 놈들이 주도해서 북한 놈들을 끌어들인 것 같은데 현장 서너 곳이 특히 심합니다."

그리고는 갑중이 길게 숨을 뱉었다.

"그런 말도 있지 않습니까? 나쁜 물은 빨리 든다고 말입니다."

"그걸 북한 측 감독관한테 이야기했나?"

"새로 온 윤달수 말씀이죠?"

"그래."

"먼저 형님한테 보고하고 나서 그놈들한테 이야기하든지 말든지 하려고요."

다 터놓고 지내는 사이였지만 윤달수 작전에 대해서는 아직 갑중에게 이야기하지 않은 것이다. 갑중이 말을 이었다.

"이거, 빨리 대책을 세우지 않으면 문제가 커질 것 같은데요."

합자자금에서 조철봉이 빼돌리는 액수를 알고 있는 터라 현장에서까지 새나가면 걷잡을 수가 없을 것이었다. 조철봉이 입을 열었다.

"윤달수를 만나야겠구나."

"제가 연락하겠습니다."

"내가 시간을 정할 테니까 넌 내색하지 말고 기다려."

그러고는 정색하고 갑중을 보았다.

"증거는 모았어?"

"예, 한국에서 온 감독 네 명하고 북한 간부급 세 명, 거기에다 현장 경비 간부급 세 명, 돈을 건네준 한국 측 자료도 확보했고 녹음도 몇 개 해놓았습니다."

"금액은 얼마나 돼?"

"몇 십만 불 정도입니다. 하지만 자재창고 경비를 북한 측이 맡고 있는데 자재 파악을 해야 피해 규모를 알 수 있을 것 같습니다. 그쪽 금액이 꽤 클 겁니다."

"……"

"이것들이 돈맛을 알아서 일부 공장에서는 자재 출입을 할 때마다 얼마씩 쥐어주지 않으면 경비가 애를 먹인다고 합니다."

"……"

"약점을 잡힌 현장은 더 그렇고요. 그런 곳이 두 곳 있습니다."

"그곳이 어디야?"

"한 곳은 베이징, 또 한 곳은 칭다오 현장입니다."

"그럼 그 현장의 한국 측 책임자가 약점을 잡힌 것이군."

"그렇죠."

그러자 조철봉이 천천히 머리를 끄덕였다.

"베이징 현장에 한번 찾아 가보도록 하지."

긴장한 갑중을 향해 조철봉이 웃어 보였다.

"썩는 냄새가 나면 금방 파리가 모이는 거야."

"아, 시발, 우리, 이러지 맙시다."

오대식이 눈을 부릅뜨고 정기윤을 보았다. 험악한 인상이다. 검은 피부에 가는 눈, 엷은 입술을 앙다물고 있는 것이 독하게 보였고 본인도 그것을 안다.

"이것저것 계산해서 자료 만들 수도 있지만 남북 합자 사업이고 우리끼리 분란 일으키면 웃음거리가 될 것 같아서 내가 이러는 거요."

오대식이 자근자근 씹듯이 말했다. 베이징 공사현장 구석에 세워진 컨테이너 가건물 안이다. 10여 개의 컨테이너 가건물이 세워져 있었는데 둘은 끝쪽의 회의실로 사용되는 컨테이너에 들어가 있다. 오대식이 말을 이었다.

"한 달에 5만 불씩 내시오. 단 경비 몫은 별도로 경비실장하고 합의하시고, 우리 몫은 5만 불로 해주시오."

"이보쇼, 오 감독."

이제는 정기윤도 눈을 부릅떴지만 오대식의 시선과 부딪치자 금방 깜박였다. 그러나 정기윤이 상기된 얼굴로 말을 이었다.

"5만 불을 무슨 재주로 만들어내란 말이요? 이거 말이 되는 소리를 해야지."

"당신은 한 달에 15만 불은 챙길 걸? 이건 내가 최소한으로 잡은 금액이야."

오대식의 엷은 입술이 웃음을 띠자 더 얇아졌다. 오대식은 북한 측 인력을 관리하는 감독이었는데 대부분의 노동자가 북한인이었기 때문에 노조위원장이나 같다. 그리고 정기윤은 한국인으로 공사 현장 소장이다. 오대식이 손바닥으로 테이블을 두드렸다. 거침없는 태도였고 두드리는 소리가 컸다.

"내가 당신들이 소모품비를 얼마나 늘리고 일당 노동자 머릿수로 어떻게 장난치는가 하나씩 따져볼까? 이거 왜 이래? 시발."

시발은 한국인한테 배웠다면서 오대식은 말끝마다 시발을 붙인다. 오대식이 결론을 짓듯이 말했다.

"지금까지는 몇 천 불씩 잔돈으로 받았지만 다음 달부터는 5만 불씩 매달 말에 내시오. 까놓고 말하면 그 돈 나 혼자 먹는 것이 아냐. 다 나눠 주는 거야. 공사 잘 되라고 하는 일이니까 그렇게 아셔."

"이봐요, 오 감독."

어깨를 부풀렸다가 내린 정기윤의 목소리도 독기가 실려졌다.

"그런데 경비실은 따로 합의하라니? 그건 또 무슨 좆같은 소리야?"

"안 돼."

머리부터 저은 오대식이 잇새로 말했다.

"경비실은 보위부 소속이야. 그놈들은 따로 합의를 해야 돼."

"이런 시발."

이제는 정기윤의 입에서도 계속해서 욕이 터져 나왔다. 얼굴을 누렇게 굳힌 정기윤이 씹어뱉듯 말했다.

"내가 시발, 해외 공사를 20년 했어도 이런 좆같은 경우는 첨이네."

"남북 합작 공사는 첨 아녀?"

웃음 띤 얼굴로 오대식이 되묻자 정기윤이 이를 악물었다가 풀었다.

"시발. 이거 죽 쒀서 개 주는 갑다."

"뭐라고 했소?" 하고 오대식이 물었다가 정기윤의 대답을 듣지 못하자 자리에서 일어섰다.

"그럼 그런 줄 알고 가겠소 소장 동지."

"내일 다시 상의합시다."

"상의나 뭐나 5만 불 이하는 안 돼."

"이봐. 그렇게 나온다면 나 그만 둘 거야. 후임 소장하고 해봐."

그러고는 정기윤이 벌떡 일어서자 오대식이 눈을 치켜뜨고 웃었다.

"내가 폭로해 버릴까? 오 소장."

"그럼 난 가만있고? 같이 죽을까?"

"이거 왜 이래?" 하더니 오대식이 정기윤을 똑바로 보았다.

"그럼 얼마 내겠다는 거야? 남자답게 말해."

그날 저녁, 조철봉과 최갑중, 그리고 이경애까지 셋은 베이징 시내의 식당에서 저녁을 먹었다. 이경애가 소개해준 중식당이었는데 해산물 요리가 유명한 곳이었다. 유명하다고 해서 다 입맛에 맞지는 않았지만 중산공원 근처의 중식당 장강(長江)의 해산물 요리는 조철봉 입맛에 딱 맞았다. 특히 메기탕에 맛을 들여서 조철봉은 올 때마다 먹었는데도 질리지 않았다. 조철봉은 오늘까지 네 번째 오는 셈이었고 그때마다 이경애와 동행이었다.

"맛있는데요"

오늘 처음 따라온 최갑중이 메기탕 맛을 보고는 만족한 얼굴로 말했다. 갖은 양념이 들어가 비린내가 나지 않았고 고기는 퍼석거리지 않았다. 국물 맛은 담백하다가 얼큰해졌는데 양념이 진해지기 때문이다. 젓갈과 김치, 마늘 맛에 익숙해진 한국인의 입맛에도 딱 맞는 요리였다. 요리를 거의 다 먹고 나서 그들은 조철봉이 시킨 50도짜리 백주를 마셨다.

"저기 말야."

한 모금에 백주를 삼킨 조철봉이 이경애를 향해 말했다.

"이경애 씨는 조선족 입장으로 한국과 북한 양쪽을 다 겪고 서로 비교도 해보았을 것 같은데."

갑중은 긴장했지만 이경애는 눈을 깜박이며 열심히 듣는다. 공부는 못했어도 머리 회전이 빠른 갑중이라 이미 조철봉이 이경애를 불러낸 이유를 알았을 것이었다. 잠깐 정적이 흐른 후에 조철봉의 말이 이어졌다.

"지금 우린 말야. 제3국인 중국에서 남북한 국민 수천 명이 함께 남북 합자 사업을 하는 중이야. 그런데 이경애 씨는 어떻게 생각하나?"

"뭘요?"

백주를 벌써 한 잔 마신 이경애가 눈을 똑바로 뜨고 조철봉을 보았다. 당당한 표정이다. 옆자리의 갑중은 이경애를 보고서 서로 몸을 섞은 관계가 된 후에야 저런 눈빛이 될 것이라고 생각했다. 갑중은 조철봉과 이경애 사이를 아는 것이다. 그때 조철봉이 말했다.

"어울릴 수 있을까? 양쪽 국민들이 말야. 더 자세히 말하면 한국 국민과 북한 인민, 평범한 사람들이 말야."

"글쎄요" 하더니 이경애가 눈을 가늘게 뜨고 조철봉을 보았다.

"요즘 무슨 일 있으세요?"

그러자 조철봉이 머리를 끄덕였다.

"남북한 현장 놈들이 서로 해먹고 있어. 물은 한국 쪽에서 들였지만 북한 놈들은 금방 배우고 나서 등을 치는 모양이야."

"……."

"이거 위 아래에서 남북이 다 해처먹으면 합자 사업뿐만 아니라 남북 양국이 다 거덜 나는 거 아냐?"

"푸웃" 하고 이경애가 웃었으므로 갑중은 깜짝 놀라 머리를 들었고 조철봉은 눈을 둥그렇게 떴다. 이경애가 웃은 것이다. 그러나 입 안에 뭘 넣고 있지는 않아서 튀어나온 물건은 없다. 둘의 시선을 받은 이경애가 정색하더니 입을 열었다.

"저한테 남북 국민들이 어울릴 수 있을지를 물으셨죠?"

조철봉의 시선을 받은 이경애가 말을 이었다.

"물론 위에서 이런 식으로 하면 안 되겠죠. 지금처럼 해서는 돈만 쏟아붓고 남북 윗놈들 좋은 일 해주는 것밖에 안 된다고 생각합니다."

그러고는 이경애가 조철봉의 빈 잔에 백주를 채우면서 말했다.

"북한에서는 윗놈들 돈이 사회로, 그러니까 인민들한테 전해지지 않거든요. 그런 장치도 없고."

조철봉과 최갑중이 서로의 얼굴을 보았다. 둘의 머리로도 이해가 갔다. 한국에서는 돈을 먹으면 쓸 데가 많다. 부동산 구입에서부터 룸살롱, 명품, 과외비는 말할 것도 없고 고급 마사지, 애인 자동차도 사줘야 하고 호텔 중식당 자장면은 만 원도 넘는다. 돈 쓸 데가 너무 많은 것이다. 그래서 사기 친 돈이나 등쳐서 먹은 돈을 다 한국 땅에서 토해놓는다. 그런데 북한은 아니다. 돈을 먹어도 우선 쓸 데가 없다. 애인한테 나눠 줘도 마찬가지, 숨겨놓았다가 외국에 나가서 쓸까? 그러니 돈이 북한 인민들한테 뿌려지지 않는 것이다. 돈이 돌아야 사회가 활기를 띠고 경제가 일어난다. 이윽고 조철봉이 입을 열었다.

"돈맛을 알게 되면 말야, 북한 체제에 대해서 불만이 많아지지 않을까?"

"글쎄요."

머리를 한쪽으로 기울인 이경애가 잠깐 생각하는 시늉을 하더니 입을 열었다.

"북한 체제는 잘 모르지만 단단해요. 일부 썩은 무리가 있지만 쉽게 무너지지 않을 것 같아요."

"제기랄."

입맛을 다신 조철봉이 갑중을 보았다.

"그럼 그 일부 썩은 놈들을 우리가 직접 골라 버려야겠군."

그 썩은 놈들에 장선옥도 포함될 것이고 한국 측 대부는 바로 조철봉인 것이다. 썩은 놈이 썩은 놈들을 추려내는 꼴이 되었다. 술잔을 든 조철봉이 백주를 한 모금에 삼켰다가 멈추고는 심호흡을 했다. 숨구멍으로 조금 술이 넘어갔기 때문이다. 이윽고 조철봉이 정색하고 이경애를 보았다.

"옌지 오빠는 잘 계시지?"

"네? 네."

이경애가 궁금한 듯 눈을 둥그렇게 뜨고 조철봉의 다음 말을 기다렸다. 옌지에서 조선어 신문사를 운영하는 이수동은 지난번 이경애와 시장조

48

사를 다닐 때 만났다. 이수동은 신문사 운영 자금으로 조철봉한테서 거금을 지원받고 감격을 했던 것이다. 조철봉이 차분하게 말했다.

"다 까놓고 말할 테니까 잘 들어."

"네. 사장님."

자세를 고쳐 앉은 이경애가 긴장했다. 두 눈이 반짝였고 시선은 조철봉한테서 떼어지지 않는다. 그것을 본 갑중이 저도 모르게 소리 죽여 숨을 뱉었다. 여자의 저런 표정, 저런 시선은 그냥 자기만 해서는 만들어지지 않는다. 완전히 죽였다가 살려야 저런 모습이 될 것이라고 갑중은 생각했다. 그때 조철봉의 말이 이어졌다.

"내가 쓰레기 둘을 골라내는 작업을 하려고 해. 그런데 한국의 썩은 놈들은 내가 알아서 처리할 수가 있겠어."

이경애는 물론이고 갑중도 긴장했고 조철봉의 목소리는 낮아졌다.

"하지만 북한의 썩은 놈들은 우리가 손을 대기가 곤란해. 이건 문제가 커질 수가 있단 말야. 안 그래?"

"네. 그러네요."

이경애가 건성으로 대답하자 조철봉의 표정이 굳어졌다.

"오빠가 신문사 하고 있으니까 아마 옌지에서 조선족 건달들을 잘 알거야. 그러니까 그중에서 정예를 몇 십 명만 뽑아서 나한테 보내줬으면 좋겠는데. 오빠가 그 친구들을 통솔해주면 그것이 가장 나한테 바람직한 일이고 말야."

놀란 이경애가 눈만 크게 떴고 조철봉의 말이 이어졌다.

"오빠더러 이 일을 맡아달라고 부탁해봐. 이것은 큰 사업이야. 오빠는 남북한 양쪽을 통제하는 역할이 돼. 중국 국적 한국인으로 말야. 조선족

실업자들한테 큰 일거리도 될 거야. 그러면 이경애 씨가 먼저 오빠한테 상황 설명을 해줘."

셋이 식당을 나왔을 때는 밤 10시 반이 되어가고 있었다.

"저, 집에 약속이 있어서."

식당 앞에서 손목시계를 보는 시늉을 하고 최갑중이 말했다.

"먼저 실례하겠습니다."

그러고는 조철봉의 대답도 듣지 않고 몸을 돌리더니 건성으로 이경애에게 인사했다.

"그럼 미스 리, 내일 봐."

조철봉은 가만히 서 있었고 이경애는 주춤거렸지만 갑중은 순식간에 뒷모습을 보이며 멀어졌다. 제법 산뜻한 마무리였다. 조철봉이 이경애의 옆으로 다가가 섰다.

"저놈은 우리 둘 사이를 알아."

앞쪽을 향한 채 조철봉이 말하자 이경애의 얼굴에 웃음이 떠올랐다.

"우리 둘만의 시간을 만들어 주시려는 것 같은데, 오버하신 것 아녜요?"

"천만에, 마음에 쏙 드는 행동을 했어."

"그럼 오늘 외박하셔도 되는 건가요?"

"외박이라니?"

눈을 둥그렇게 뜬 조철봉이 이경애의 앞으로 바짝 다가가 섰다. 거리의 불빛은 환했지만 이경애의 얼굴은 그늘에 덮였다. 대신에 생기를 띤 눈동자가 반짝였다.

"집에 안 들어가도 되시느냐고요."

이경애가 한 마디씩 또박또박 물었으므로 조철봉은 쓴웃음을 지었다. 그러나 여기서 주춤거리면 망한다. 어디 한두 번 겪은 일인가? 더구나 장선옥과의 동거는 정식 관계도 아닌데다가 이경애는 거기에서 한 계단 더 멀어져 있다. 자, 오리발이다.

"무슨 말인지 모르겠는데, 어쨌든 차를 타자고"

이경애의 팔을 쥔 조철봉이 택시 정류장으로 다가갔다. 차는 이미 보낸 것이다.

"괜찮은 호텔로 가자. 안내해."

"정말 괜찮으세요?" 하면서도 이경애는 택시를 세우더니 조철봉을 태우고 저는 예의 바르게 나중에 탔다. 그러고는 운전사에게 중국어로 목적지를 말해주더니 조철봉을 보았다.

"사장님 여자 있는 줄 알고 있어요"

"어? 누가 그래?"

조철봉이 정색하고 묻자 이경애는 눈웃음을 쳤다.

"제 육감이죠. 누가 뭐라고 한 사람은 없어요"

"육감을 믿어?"

"네, 하지만 사장님한테 전혀 부담 드리고 싶은 생각이 없으니까 신경 쓰지 않으셔도 돼요"

"그건 고맙지만"

"오늘 늦더라도 돌아가세요. 제가 돌려보내 드릴 게요" 하더니 다시 눈웃음을 쳤다.

"그래요. 한 번만 하고 가세요"

"이런."

중국인 운전사여서 이경애는 마음 놓고 한국어로 그렇게 말했지만 스스로 뱉고 나자 부끄러운 모양이었다. 머리를 반대편으로 돌리고는 입을 다물었다. 택시가 곧 호텔 현관 앞에서 멈춰 섰는데 조철봉은 처음 와본 곳이었다. 그러나 택시에서 내린 이경애는 거침없이 행동했다. 제가 프런트로 가더니 계산을 하고 키를 받아들고는 앞장을 섰다. 엘리베이터를 타고 8층에서 내려 방 안으로 들어설 때까지 이경애가 조철봉을 끌고 온 것처럼 되었다.

"저, 먼저 씻을까요?"

방 안의 불을 켠 이경애가 재킷 단추를 풀면서 물었다.

"아니면 그냥 하실래요?"

그러자 조철봉이 웃음 띤 얼굴로 말했다.

"이봐, 서둘지 마. 나, 여기서 잘 테니까."

베란다 밖으로 보이는 베이징 시의 야경은 그야말로 휘황찬란했다. 거대한 중국의 경제 성장을 보여주는 것 같다. 창가의 의자에 앉은 조철봉이 야경을 보면서 가슴이 서늘해지는 감회가 일어났다. 무거운 느낌이다. 서운하고 화도 난다.

중국은 10여 년 동안 무서운 속도로 경제 성장을 이루었다. 시행착오도 일부 일어났고 부정부패도 있었지만 그야말로 민관이 합심하여 이룬 성과일 것이다. 이제 중국 경제는 아시아는 물론이고 세계 경제를 좌지우지할 만큼 되었다. 그 원인은 무엇인가?

그 대답은 삼척동자라도 안다. 국민의 활력이 그렇게 만들었다. 하겠다는 의욕, 이루겠다는 의지, 잘살아 보겠다는 꿈이 그렇게 만든 것이다.

이념이나 조직, 경제 계획 따위는 부수적인 문제일 뿐이다. 지도자들의 확고한 신념이 있었고 국민이 호응한 때문이다. 10년 전만해도 아시아의 용이라고 자처하면서 오만했던 한국은 어떤가? 조철봉은 심호흡을 했다.

아직도 기회는 있는 것이다. 늦지 않았다. 갈 길도 멀고 험하지만 한국인이 누구인가? 북괴의 6·25 남침으로 폐허가 된 강산을 바탕으로 세계 최빈국 중의 하나에서 30여 년 만에 일약 세계 10대 경제대국으로 성장한 민족이다. 이 자긍심은 어떤 것과도 바꿀 수가 없다. 세계 역사상 이런 민족이, 이런 국가가 없었다. 이 찬란한 업적을 비하하고 업신여긴다는 것은 제 부모 얼굴에 침을 뱉는 것이나 같다.

"뭐 하세요?"

뒤에서 불렀으므로 조철봉은 머리를 돌렸다. 침대에서 상반신을 일으킨 이경애가 이쪽을 바라보고 있었다. 방의 불을 꺼놓아서 이경애의 몸에 창밖 네온사인의 불빛이 반사되었다. 온몸이 푸른색으로 덮였다가 금방 붉은색 글자가 얼굴에 쓰이더니 사라졌다.

"먼저 자" 했지만 이경애가 몸을 일으키더니 알몸에 가운을 찾아 걸치고는 옆으로 다가와 앉았다. 이제 둘은 나란히 앉아 창밖의 야경을 본다. 새벽 2시 반, 방 안에는 아직도 비리고 덥고 달콤한 기운이 가셔지지 않았다. 조철봉에게는 나른하면서도 개운한 순간이다.

"무슨 생각을 하세요?"

이경애가 부드럽게 물었다. 조철봉이 비록 장선옥하고는 동거를 하고 있지만 서로 신뢰하는 비중을 놓고 따진다면 아마 이경애 쪽이 더 무거울 것이었다. 비밀을 공유하는 깊이가 깊을수록 그만큼 당연히 의심의 정도도 비례한다. 이것이 사기꾼에서 출세한 조철봉의 지론이다. 따라서 이경애한테는 공유한 비밀이 거의 없었고 그만큼 자연스러운 관계라고 볼 수 있었다. 자연스러운 관계에서 신뢰가 쌓이는 것이다. 이경애의 시선을 받은 조철봉이 입을 열었다.

"난 처음부터 남북한 합자 사업의 목적이나 의미 따위는 관심이 없었어. 오직 이 사업을 이용해서 한몫 챙길 작정이었지."

긴장한 이경애가 눈만 크게 떴고 조철봉의 말이 이어졌다.

"그랬더니 내 약점을 안 남북한 양국에서 날 이용하려고 들었고 나는 또."

조철봉이 이경애를 향해 빙그레 웃었다.

"그들하고 손발을 맞춰서 내 입장을 굳히게 되었지. 무슨 말인지 이해가 돼?"

"조금요."

외면한 채 대답한 이경애를 향해 조철봉이 차분하게 말했다.

"그런데 이제 공사 현장에서 남북한 실무자들까지 해 처먹는 상황이 일어나고 있어. 윗물이 더러워서 그런지 어쩐지는 모르지만 이렇게 나갔다가는 다 망하게 될 거야. 이건 남북한 당국도 예상하지 못한 일인 것 같단 말야."

다음 날 오전, 호텔에서 곧장 회사로 출근한 조철봉은 손님을 맞았다. 합자 사업의 북한 측 감독관인 윤달수였다. 윤달수는 한 시간쯤 전인 오전 9시 반쯤에 방문해도 좋겠느냐는 연락을 해왔으므로 양측 고위층이 수시로 내왕하는 터라 결례는 아니었다. 그러나 조철봉은 긴장했다. 윤달수와는 초면이기도 했다. 어젯밤 외박을 했기 때문인지 동거하고 있는 북한 측 부대표 장선옥한테서도 아무런 언질도 받지 못한 것이다. 더구나 방으로 들어선 윤달수가 조철봉과 둘만의 자리를 원하자 조철봉의 긴장은 더 고조되었다. 한국에선 윤달수 제거 작전까지 상의하고 돌아온 상황인 것이다. 둘 앞에 커피가 놓여 졌고 분위기가 정돈되었을 때 먼저 윤달수가 입을 열었다.

"내가 조 사장님하고 우리 장 부대표하고 같이 살고 있는 거 알고 있습니다."

조철봉은 시선만 주었는데 말을 들은 순간 별로 놀랍지도 않았다. 예의상 놀라는 시늉을 해보일까 하는 생각이 들었지만 그냥 내버려 두었다. 윤달수가 혼자서 찾아와 독대를 원한 이유가 바로 이것인 것 같았다. 그때 다시 윤달수의 말이 이어졌다.

"이미 짐작하고 계시겠지만 북남 양쪽에서는 두 분의 동거를 각각의 기준으로 시험하려는 의도가 있겠지요. 예를 들면 북남 통일에 대비한 북남 인민의 갈등이나 융화 과정 등이죠"

조철봉은 계속 듣기만 했다. 말하기를 즐기는 자들은 그냥 내버려두는 게 낫다. 말하는 본인은 신바람이 나겠지만 도중에 많이 떨어뜨린다. 그래서 상대방을 설득하는 경우보다 약점을 잡혀 당하는 경우가 많은 것이다. 그때 윤달수가 정색하고 조철봉을 보았다.

"저에 대해서도 다 알고 계시겠지요?"

조철봉의 시선을 받은 윤달수가 입술 끝을 올리고 웃었다.

"그런데 오늘 제가 찾아온 용건은."

갑자기 정색을 한 윤달수가 말을 이었다.

"베이징 공사 현장의 한국인 소장 정기윤의 비리에 대한 제보가 들어와 조사를 했더니 사실입니다."

"……"

"중국인 잡부 숫자를 늘리고 소모품 숫자를 늘려서 한 달에 30만 불 가까운 금액을 착복하고 있었습니다."

"……"

"남북 합자 사업의 장래를 위해 드리는 정보입니다. 이건 현장에서 수집한 정보니까 틀림없을 겁니다."

"고맙습니다."

이윽고 조철봉이 굳어진 얼굴로 말했다.

"제가 조사를 하고나서 곧 조치하겠습니다."

그러나 조철봉도 이 기회에 공사 현장의 북한 측 공사 감독 오대식에 대해서 말하고 싶은 충동이 일어났지만 참았다. 윤달수를 아직 믿을 수가 없었기 때문이다. 그러나 윤달수의 정보력은 이것으로 증명이 된 셈이었다. 커피잔을 든 조철봉이 식어가는 커피를 한 모금 삼켰다. 윤달수가 장선옥의 비리를 캐내는 것은 시간문제라는 생각이 들었기 때문이다. 그때는 장선옥이 갑자기 사라지게 될 것이다.

"언제 우리 둘이서 한잔 하실까요?"

문득 조철봉이 묻자 윤달수가 눈을 껌벅이며 잠시 시선만 주었다. 그 시선을 받은 조철봉이 빙그레 웃었다.

"둘이 룸살롱에서 말입니다."

이제 윤달수의 두 눈이 가늘어졌다. 탐색하는 것 같은 표정이다. 조철봉이 한 마디씩 또박또박 말했다.

"나도 윤 감독관님에 대해서 자세히 알고 싶어서 그럽니다. 우리, 마시면서 탁 터놓고 이야기해 보시지 않을랍니까?"

점심식사를 마친 조철봉은 회사 근처의 마사지센터에 들러 발마사지를 받았다. 조철봉이 중국에 자주 들르면서 두 가지 습관이 생겼는데 그것은 마사지를 받는 것과 룸살롱 출입이다. 딴 사람들이야 문화유산 답사나 하다못해 골프관광이라도 하겠지만 조철봉의 낙은 딱 이 두 가지뿐이다. 마사지만 해도 발, 등, 머리, 전신으로 나누어졌고 기법이 서로 다르다보니 날마다 새롭다. 또한 분위기까지 천차만별이어서 호화로운 방 안의 침대에 홀랑 벗고 누워 TV를 보면서 역시 알몸의 미녀로부터 마사지를 받는 경우도 있다. 그 미녀가 하나일 때도 있고 셋까지 덤벼드는 경우도 있었으니 가히 백문이 불여일견, 아니 불여일행이라고 할 만하다.

또한 룸살롱은 어떠한가? 초대형의 호화로운 방 안에 버티고 앉아 방 안이 미어터지게 들어온 미녀를 선별할 때의 희열은 말과 글로 표현이 잘 안 된다. 그 순간은 그날 부도를 맞은 사장도, 실연을 당한 사내도 잠깐 모든 것을 잊게 될 것이다. 인해전술, 가끔 조철봉은 그말이 떠오른다. 6·25 때 중공군이 지평선을 시꺼멓게 뒤덮은 채 밀려왔다는 것처럼 방 안으로 아가씨들이 미어터지게 들어온다. 마사지도 마찬가지. 이거냐, 저거냐, 수도 없는 방법과 상황을 제시하면서 압박해 들어오는 것이다. 조철봉은 그 다양하고 풍부한 조건을 즐기면서도 가끔은 무섭다. 몇 년 전을 떠올리면 으스스해질 때가 많다.

8년쯤 전인가 조철봉이 농담으로 옆에 앉은 룸살롱 아가씨한테 한 달에 얼마 받으면 동거할 수 있느냐고 물었다. 그랬더니 1만 위안을 내라고 했다. 그런데 지난달 최갑중이 룸살롱에 갔다가 괜찮은 아가씨한테 한번 물었더니 4만 위안을 불렀다는 것이다. 4만 위안이면 한화로 560만 원이다. 한국 중소기업의 부장급 월급인 것이다. 이젠 중국에 가서 돈자랑 했다가는 딱 병신되기 알맞다. 우선 도로에 꽉 차 있는 외제차에 기가 죽어서 그러지도 못하겠지만 허세를 부렸던 분들은 각성해야 될 것이다. 하긴 실제로 있는 사람들은 허세 안 부린다. 빈 깡통이 요란하다고 하지 않는가? 발 마사지를 받으면서 깜박 잠이 들었던 조철봉은 인기척에 눈을 떴다. 김해수가 옆쪽에 서 있었다. 시선이 마주치자 눈인사를 한 김해수가 옆쪽 의자에 앉았다. 어느새 마사지는 끝나 방 안에는 그들 둘뿐이다.

"최 사장님한테서 이야기 들었습니다."

김해수가 낮고 빠르게 말했다. 최사장은 최갑중이다. 김해수가 말을 이었다.

"오늘 밤 약속을 모니카에서 하시지요."

조철봉이 잠자코 머리를 끄덕였다. 그러자 김해수가 입을 조철봉의 귀에 붙였다.

"다른 건 조사장님한테 맡긴다고 하셨습니다."

조철봉이 눈만 껌벅였고 김해수는 소리 없이 일어서더니 방을 나갔다. 김해수는 국정원의 연락원이다. 최갑중한테서 윤달수와의 상황을 전해들은 김해수가 본부에 연락을 해서 지시를 받아온 것이다. 잠이 다 달아났으므로 조철봉은 기지개를 켜고 나서 뻗은 손으로 탁자 위에 놓인 핸드폰을 집었다. 천리마무역 사무실번호를 누르자 곧 여직원이 받았고 윤달수를 부탁했더니 조철봉을 확인하고 나서 곧 연결이 되었다.

"오늘 밤 한잔하십시다."

조철봉이 밝은 목소리로 말했다,

"7시에 이화원 옆의 모니카 어떻습니까? 모니카 아시지요?"

그러자 윤달수가 조금 망설이는 것 같더니 물었다.

"우리 둘입니까?"

"예, 둘입니다. 물론 여자까지 넷이지요"

모니카는 최고급 룸살롱이다.

룸살롱에 먼저 와서 기다리는 것만큼 속 보이는 경우가 없다고 조철봉은 생각해왔다. 초상집에는 일찍 가고 룸살롱엔 늦게 간다. 이것이 조철봉식 생활 신조였다. 그런데 모니카에 들어선 조철봉은 먼저 와 기다리고 있는 윤달수를 보자 꾸물거린 것을 후회했다. 오후 7시 정각이긴 했다. 마담의 말을 들으면 윤달수는 15분 전에 도착했다는 것이다.

"아이고, 이거 미안합니다."

윤달수의 손을 잡으면서 조철봉이 사과했다.

"제가 먼저 와서 기다려야 했는데, 정말 죄송합니다."

"아닙니다."

웃음 띤 얼굴로 윤달수가 말했다.

"제가 너무 일찍 온 거죠"

모니카는 특급 룸살롱으로 한국 강남 지역 몇 곳을 모방해서 손님이 둘 온다면 둘만 정선해서 내보내는 방식을 썼다. 그것이 잘 맞아떨어진다면 좋게 소문이 나겠지만 실패하면 곤란해진다. 점잖은 손님 체면상 바꾸라고는 못하고 그냥 마시고 나서 다음에 안 오게 되는 것이다. 그런데 마담이 데리고 들어온 둘은 그야말로 눈이 번쩍 뜨일 만한 미인이었다.

"아이고"

저절로 조철봉의 입에서 탄성이 나왔다.

"과연 특급이군."

그러자 마담이 아가씨들을 소개했다.

"얜 한국에서 왔어요. 이름이 이진경이고"

한국에서 왔다는 아가씨가 머리를 숙여 인사를 했다. 나명진이다. 그러나 나명진은 물론이고 조철봉도 시선을 주지 않았다.

"얘는 조선족 동포인 오연숙."

오연숙도 빼어난 미녀였으므로 조철봉은 얼굴을 펴고 웃었다. 마담은 물론 한국산이었는데 주인은 한국과 조선족 동포가 합자해서 반씩 지분을 나눴다고 했다. 마담이 나명진을 윤달수 옆으로, 오연숙을 조철봉 옆으로 앉히더니 둘의 표정을 살피고 나서 만족한 얼굴로 돌아갔다.

"으음, 너, 몇 살이야?"

윤달수가 나명진에게 묻는 소리를 들으면서 조철봉이 오연숙의 손을 쥐었다. 오연숙은 동그란 얼굴에 어깨도 둥글었다. 눈도 동그랗고 입술은 그야말로 앵두 두 개를 포개놓은 것 같았다.

"네 고향은 어디야?"

조철봉이 물었을 때 앞에서 나명진의 대답이 먼저 울렸다.

"스물넷입니다."

나이를 세 살 내렸다. 그냥 제 나이대로 스물일곱이라고 하면 어때서? 하는 아쉬움이 들었을 때 오연숙이 대답했다.

"옌지에서 왔습니다."

"어, 그래? 옌지에 너 같은 미인이 있었단 말이지?"

저절로 그렇게 되묻던 조철봉은 문득 가슴이 서늘해졌다. 이쪽에서 나명진을 윤달수 작업용으로 심어놓았다면 북한도 마찬가지였을 것이라는 생각이 들었기 때문이다. 그러자 갑자기 목이 메었고 몸에 열이 올랐다. 야릇한 자극을 느낀 것이다. 별놈의 경우를 다 겪어본 조철봉이었지만 이런 상황은 처음이었기 때문이다. 여자가 옆에 있으면 웬수지간이라도 두 잔씩은 그냥 마신다. 조철봉과 윤달수는 석 잔씩 마시고 나서야 서로의 얼굴을 마주보았다. 그만큼 정신이 없었다는 증거도 될 것이다.

"남북 합자 사업을 하면서 위 아래로 문제가 많이 터지는군요"

먼저 조철봉이 입을 열었다. 얼굴에 웃음을 짓고는 무거운 주제를 가볍게 털어놓아 본 것이다. 그러자 윤달수도 화답했다.

"그러게 말입니다. 맑은 물에서는 고기가 놀지 못한다지만 흙탕물이 돼버리면 이거 큰일 아닙니까?"

"그러게 말입니다."

맞장구를 치면서도 조철봉은 얼굴에 벌레가 기어가는 듯한 느낌을 받았다. 흙탕물의 원조는 바로 자신이 아닌가? 그때 윤달수가 정색하고 물었다.

"제가 말씀 드린 현장, 남측에서 조치를 하실 거죠?"

"물론입니다."

머리를 끄덕인 조철봉도 굳은 얼굴로 윤달수를 보았다.

"조치해야지요. 그런데."

심호흡을 한 조철봉이 말을 이었다.

"이건 제가 들은 이야기인데 그 현장에서 북한 측 관계자가 소장한테 돈을 나눠 먹자고 했다는군요. 이건 소장한테 듣지는 않았습니다."

"그럴 리가."

긴장한 윤달수가 머리를 저었다.

"모함입니다. 그럴 리가 없습니다."

"확실한 건 아닙니다."

그래놓고 조철봉이 잔을 들고 마시자는 시늉을 했다.

"어쨌든 서로 이렇게 털어놓고 지내게 되어서 다행이라는 생각이 듭니다."

"동감입니다" 하면서 윤달수가 손을 뻗어 나명진의 허리를 감았지만 편한 기색은 아니었다. 한 모금 술을 삼킨 조철봉이 윤달수를 보았다.

"감독관님. 난 본래 자동차회사 영업사원에서부터 시작한 인간입니다. 돈도 없고 학벌도 시원찮고 백도 없는 인간이라 어떻게 지금 이런 입장이 되기까지 살아왔는지는 대충 짐작이 되실 겁니다."

차분하게, 또박또박 말한 조철봉이 똑바로 윤달수를 응시했다. 윤달수는 긴장한 듯 자세가 곧았으며 여자 둘도 마찬가지였다. 특히 나명진은 눈을 반짝이고 있다. 조철봉의 말이 이어졌다.

"예, 산전수전 다 겪었지요. 남한에서는 공중전까지 겪는다고도 합니다. 아실랑가 모르겠는데."

눈을 가늘게 뜬 조철봉의 목소리가 은근해졌다.

"남한에서는 돈이면 다 통합니다. 자본주의 사회가 그런 것 아닙니까? 자본주의가 뭡니까? 돈이 제일이라는 뜻이죠. 그래서."

조철봉이 지그시 윤달수를 보았다.

"돈을 멕여서 안 되는 일이 없었지요. 내가 살인은 안 했지만 했더라도 돈을 트럭에다 싣고 가서 퍼주었다면 아마 금방 나왔을 겁니다."

"그건."

윤달수가 불쑥 입을 열었다.

"어디나 마찬가지지요. 다 그렇습니다."

북한도 그러냐고 묻고 싶었지만 조철봉은 참았다. 그러고는 말을 이었다.

"때로는 말이죠. 내 밑의 직원이 돈 먹는 걸 놔두는 때도 있었습니다. 회사에 크게 손해를 끼치지 않는 한 그 짓이 놈한테 일할 의욕을 줄 수도 있으니까요."

이제 윤달수는 눈만 껌벅였고 조철봉의 목소리가 방을 울렸다.

"하지만 어떤 시점에서는 그놈의 돈 먹는 버릇은 잡아줘야 한다는 생각을 합니다. 그게 버릇이 되면 돈 먹는 건수가 없으면 일을 안 하게 되더라니까요."

"그렇습니다."

다시 머리를 끄덕인 윤달수가 똑바로 조철봉을 보았다.

"그래서 제가 이번에 정화시키려고 합니다. 아까 말씀하신 현장도 철저히 조사를 해서 처벌하겠습니다."

일단 양쪽이 한 건씩은 주고받았다. 심호흡을 한 조철봉의 시선이 나명진을 스치고 지나갔다. 시선이 마주친 아주 잠깐의 순간에 나명진의 표정이 머릿속에 남았다. 굳은 표정이었다. 나명진은 오늘 밤 윤달수를 유혹해내야 할 것이다.

양주 두 병을 비웠을 때는 밤 11시가 넘어 있었다. 윤달수도 사양하지 않고 마신 터라 얼굴이 붉게 달아올라 있었다. 조철봉이 마침 방에 들어온 마담한테 말했다.

"나, 이차 갈 테니까 준비해."

파트너인 오연숙이 바로 옆에 있었지만 마담한테 말한 것은 윤달수가 들으라는 의도였다. 그리고 그것이 현실적이기도 한 것이다. 마담이 당연하다는 표정으로 오연숙에게 눈짓을 하더니 윤달수를 보았다. 너는 어쩔 작정이냐는 표시였지만 눈웃음을 쳤고 시선은 마주치지 않는다.

"아, 나도 같이 나갈까?"

윤달수가 어깨를 펴면서 말한 순간에 조철봉은 가늘고 길게 숨을 뱉었다. 개운하기도 했고 서운하기도 했지만 어쩔 수 없는 일이었다. 나명진은 윤달수를 목표로 서울에서부터 합숙 훈련까지 받은 요원인 것이다.

"우리 자주 놉시다" 하고 조철봉이 호기 있게 말하자 윤달수는 얼굴을 펴고 웃었다.

"그럽시다. 우린 마음이 맞는 것 같습니다."

"그런데."

마담이 여자들을 다 데리고 나간 터라 방에는 둘뿐이다. 조철봉이 정색한 얼굴로 윤달수를 보았다.

"오늘은 제가 한잔 사는 겁니다. 알고 계셨지요?"

"아, 그거야" 했지만 윤달수의 눈이 잠깐 반짝이는 것을 조철봉은 놓치지 않았다. 빛을 받아 우연히 그랬을 수도 있고 잠깐 깜박였기 때문에 그랬을지도 모른다. 그러나 조철봉이 누군가? 선수다.

"그래서 말인데요"

차분한 목소리로 말한 조철봉이 가슴 주머니에서 두툼한 봉투를 꺼내 윤달수 앞에 놓았다.

"이거 아가씨 이차 값입니다. 저 애, 한국에서 왔으니까 아마 1000불은 줘야 될 것 같은데요."

윤달수는 앞에 놓인 봉투에 시선을 준 채로 움직이지 않았고 조철봉의 말이 이어졌다.

"2만 불입니다. 용돈 쓰시라고 드렸습니다."

봉투를 줄 때는 될 수 있는 한 당당하게 건네는 게 낫다. 그래야 모양새도 좋고 받는 입장에서도 거북하지 않은 것이다. 거절해도 당당하게 돌려받으면 그만이다. 날 뭘로 보느냐고 화를 내는 상대한테는 이쪽도 화를 내야 된다. 될 수 있으면 더 크게. 그래야 저쪽이 진정이 되면서 마음을 가라앉히는 것이다. 그 모든 경우를 다 예상한 채 기다리고 있는 조철봉 앞에서 마침내 윤달수가 움직였다.

"좋습니다. 받지요."

봉투를 쥔 윤달수가 가슴 주머니에 쑤셔 넣더니 조철봉의 얼굴을 똑바로 보면서 웃었다.

"잘 쓰겠습니다."

선수다. 조철봉의 심장은 감동을 받아 울렁거렸다. 말이 통하는 상대인 것이다. 윤달수의 시선을 받은 조철봉이 정색하고 말했다.

"다음 기회에 제가 이번 남북 합자 사업의 자금 운용에 대한 설명을 해드려야 될 것 같습니다."

쓴웃음을 지은 조철봉이 말을 이었다.

"북한 측의 협조를 받아야 할 일이 있을 때도 있으니까요."

"그럼요, 언제든지."

거침없이 말한 윤달수가 소파에 등을 붙이더니 담배를 빼내 입에 물었다. 말보로였다.

"우리도 그렇게 꽉 막힌 인간들이 아닙니다."

윤달수가 담배 연기를 길게 내뿜었다. 맞는 말이다. 다 같은 민족 아
닌가?

호텔 앞에 차가 멈춰섰을 때 조철봉이 머리를 돌려 오연숙을 보았다.

"난 집에 일이 있어."

조철봉이 부드럽게 말했지만 오연숙의 얼굴은 굳었다. 조선족 운전사
도 긴장해서 백미러도 보지 않는다. 조철봉이 지갑을 꺼내 100달러짜리
지폐 다섯 장을 세고 나서 내밀었다.

"자, 받아."

"이건 받을 수 없어요."

이제는 당황한 오연숙이 몸까지 뒤로 젖히며 말했다. 그러나 조철봉은
지폐를 오연숙의 재킷 주머니에 찔러 넣었다.

"그럼 먼저 내려."

조철봉이 말하자 손잡이를 쥔 오연숙이 시선을 내린 재 물었다.

"그럼 왜 데리고 나오셨어요?"

그 순간 조철봉은 오연숙이 작전 중인 요원이 아니라는 생각이 들었지
만 마음이 변하지는 않는다.

"분위기 맞추려고 그랬던 거야."

"그럼 다음엔 저 찾으실 거죠?"

"당연히."

"그땐 제가 이차 값 안 받을게요" 하면서 오연숙이 문을 열었으므로

조철봉의 가슴이 다시 허전해졌다. 호텔 앞에 오연숙을 내려놓고 차가 도로로 나왔을 때 조철봉이 운전사에게 말했다.

"아파트로"

회사 운전사였지만 아파트에서 동거하고 있는 장선옥을 한 번도 만나게 한 적이 없다. 따로 출근하기 때문이다. 그러나 눈치는 채고 있을 것이다. 조철봉이 아파트로 돌아왔을 때는 오전 1시가 되어갈 무렵이었다. 장선옥은 가운 차림으로 소파에 앉아 TV를 보는 중이었는데 탁자 위에는 포도주 병이 놓여 있었다. 그러고 보니 장선옥의 얼굴도 술기운에 붉었다.

"잘 놀았어?"

윤달수하고 약속이 있다는 연락을 한 터라 장선옥이 웃음 띤 얼굴로 물었다.

"응 괜찮은 사람이던데."

옷을 벗으며 욕실로 들어가던 조철봉이 문득 생각난 듯이 한 마디 더 했다"

"말이 통하는 사람이었어."

그쯤 하면 장선옥은 알아들었을 것이다. 샤워를 마친 조철봉은 역시 가운 차림으로 장선옥 옆에 앉았다. 오연숙을 그냥 보낸 때문인지 장선옥의 자태가 더 섹시하게 느껴졌다. 그때 장선옥이 자신의 빈 잔에 포두주를 따르며 말했다.

"우리 동거 생활, 오늘자로 끝내."

술잔을 든 장선옥이 붉어진 얼굴로 웃었다. 흰 이가 드러났고 눈이 번들거렸다. 요염한 모습이다.

"하지만 가끔 만나야겠지. 난 당신 생각할 때마다 몸이 근질거리니까 말야."

장선옥이 눈을 가늘게 뜨고 말했을 때에야 정신을 차린 조철봉이 물었다.

"도대체 왜 그래?"

"우리 남북의 무조건 동거는 실패작이야. 무조건 살만 부딪친다고 되는 게 아니었다고."

"다 알고 시작했던 일 아냐?"

이젠 도청이나 카메라도 무시한 채 조철봉도 정색하고 말했다.

"대충 맞춰 갔지 않아?"

"뭐가?"

장선옥이 눈을 둥그렇게 떴지만 표정은 부드러웠다.

"아냐, 차라리 떨어져 있으면서 만나고 즐기는 게 나았어. 이건 마치 종이 다른 암수 한 쌍을 한 우리에 잡아 넣은 것 같아. 그래서 열심히 섹스나 하라고."

"제기랄."

길게 숨을 뱉은 조철봉은 이미 장선옥의 마음을 돌릴 수 없다는 것을 깨달았다.

장선옥의 말에 동감하는 대목도 있었기 때문에 설득할 기력도 일어나지 않았다. 하지만 다시 만나야 할 운명인 것은 맞다.

숙청

어설픈 남북 동거는 실패했다. 다음 날 점심 무렵에 장선옥과의 통화를 끝낸 조철봉이 의자에 등을 붙이면서 속으로 말했다. 그러나 크게 실망이 되거나 후회하는 마음이 일어나지는 않았다. 장선옥과는 언제든지 만날 수 있다는 가능성이 있기 때문이기도 할 것이다. 이번 동거에서 느낀 점이 있다면 아무리 잠자리가 꿀맛 같다고 해도 서로 계산기를 두드리는 관계에서는 같이 살지 못한다는 것이었다. 남북 양쪽이 도청과 감시카메라를 들이댄 상황에서의 관계는 양쪽 관계자들의 관음증세만 높여주었을 뿐이었다. 수준과 인식이 비슷해져야 한다. 조금 더 자세히 말하면 사는 방식이 같아져야 할 것이다. 그러지도 않고 맞출 수 있다면서 서두르는 자들은 위선자이거나 또는 반역자일 수도 있다.

"형남" 하고 방으로 최갑중이 들어섰으므로 조철봉은 생각에서 깨어났다.

"옌지에서 손님이 왔습니다."

앞에 선 최갑중이 말하더니 눈을 가늘게 떴다.

"무슨 일 있습니까?"

최갑중은 예민하다. 조철봉의 기색을 보고는 좋은 일, 나쁜 일 구분은 기본이고 그것이 여자 문제인지 사업 때문인지까지 구별해낸다. 그런 갑중의 시선이 못마땅한 듯 이맛살을 찌푸린 조철봉이 던지는 것처럼 말했다.

"오늘 자로 동거 끝냈다."

눈만 크게 뜬 갑중을 향해 조철봉이 말을 이었다.

"조금 전에 장선옥 씨가 짐을 싸서 나갔어."

"그, 그러면."

갑중이 한걸음 다가와 섰다.

"누가 먼저 갈라서자고 한 겁니까?"

"아이구, 이런 병신."

혀를 찬 조철봉이 갑중을 노려보았다.

"이게 어디 부부가 이혼한 거냐? 먼저 말 꺼낸 놈이 주도권을 쥐는 거냐구?"

"그래도 다 그런 거 아닙니까?"

"장선옥이 견딜 수 없다고 나간 거야."

"그럼 그렇지."

정색한 갑중이 머리를 끄덕였다.

"아마 북 측에서 나오라고 했을 겁니다. 시간이 지나면 진짜로 흡수당할 것 같으니까요."

"그렇게 간단한 게 아냐."

"복잡하게 생각하는 것이 이상한 거죠."

갑중이 제 머리를 손끝으로 가볍게 두드렸다.

"그런 일은 저처럼 단순하게 생각하는 겁니다. 둘을 섞어서 자, 빨간 물 들래? 아니면 푸른 물 들래? 하고 보았던 거죠"

"지랄허고"

"그러다가 푸른 물이 들 것 같으니까 허겁지겁 빼낸 겁니다. 틀림없어요"

"시끄럽다."

입맛을 다신 조철봉이 길게 숨을 뱉었다.

"꼭 이 새끼는 외국 놈 같다니까. 아이큐도 두 자릿수인 놈이 외국 놈 흉내는."

"현실적으로"

갑중이 기를 쓰듯이 말했다.

"형님은 얼마든지 융통하실 수 있지 않습니까? 오히려, 잘 된 일인지도"

"뭘 말이냐?"

"여자 말씀입니다."

그러자 조철봉이 앞에 놓인 재떨이를 집는 시늉을 했으므로 갑중은 재빨리 몸을 돌렸다. 그러고는 한마디 했다.

"그럼 옌지 손님을 데려오지요"

옌지 손님이란 이경애의 오빠 이수동이다. 조철봉이 이경애를 시켜 불러온 것이다. 방을 나갔던 갑중이 잠시 후에 이수동과 함께 들어섰는데 표정이 싹 바뀌어졌다.

"사장님, 이수동 씨가 왔습니다."

목소리도 태도도 정중했다.

이수동은 옌지에서 발행되는 조선어 신문의 발행인 겸 편집장, 기자까지 일인 삼역을 하고 있었는데 지난번에 조철봉을 만나 재정 지원을 받았다. 이경애와 시장조사차 옌지에 들렀다가 사촌오빠인 이수동의 이야기를 들은 조철봉이 거금을 쾌척한 것이다. 인사를 마친 이수동은 자리에 앉았는데 두 눈에 생기를 띠고 있었다. 이경애한테서 내막을 듣고 온 것이다.

"제가 조선족 건달 여덟 명을 데리고 왔습니다."

정색한 이수동이 말을 이었다.

"이곳 베이징에도 조선족으로 힘 좀 쓰는 인물이 여러 명 있는데 그놈들하고도 연락이 되었습니다. 일을 주신다면 아주 기뻐할 것입니다."

조철봉이 머리를 끄덕였다. 불법 행위에 대항하는 일이 될 테니 합법적인 일이나 같다. 더구나 조철봉은 합자회사의 남한 측 대표인 것이다. 조철봉이 입을 열었다.

"지금 중국의 남북 합자 사업 건설 현장의 전체 인원 구성을 보면 한국, 북한, 조선족, 한족의 인원 구성 비율이 1대2대3대4로 되어 있어요. 한국은 관리자가 많고 북한은 중간 관리자급으로 파견되었는데 현장 노동자 대부분은 조선족과 한족이지. 그런데 경비 업무나 반장급은 대부분 북한 측이 장악하고 있단 말이오"

정색한 조철봉이 눈을 가늘게 뜨고 이수동을 보았다.

"이 형이 주동을 해서 조선족과 한족을 규합한 비밀 노조를 만들도록 해요. 우리가 적극 지원해줄 테니까. 물론 북한이나 중국 당국이 알면 안 되겠지."

"알겠습니다."

이수동이 커다랗게 머리를 끄덕였다.

"어려운 일 아닙니다."

"노조 조직 결성에 대해서는 내가 한국에서 몇 분을 모셔올 테니까 방법을 지도해줄 겁니다."

그러고는 조철봉이 얼굴을 펴고 웃었다.

"그런 일이라면 한국에 도사가 수두룩하니까요. 내가 문의해봤더니 금방 결성할 수가 있답니다."

조철봉이 결의에 찬 표정을 짓고 있는 이수동을 보았다.

"아마 이 일이 이 형의 적성과 능력에 맞을 겁니다. 조선족의 단결과 한족과의 융화, 거기에다 북한이나 한국에 종속되지 않는 독립적 기반을 닦을 수 있을 테니까요."

이 말은 조철봉이 한국의 노조 간부 출신이며 지금은 계열사 임원으로 있는 이태성한테서 들은 말이다. 조철봉이 이렇게 유식한 말을 제 머리에서 끄집어낼 리가 없는 것이다. 앞쪽에 앉은 갑중도 조철봉의 말에 잠깐 넋을 잃은 표정이 되었고 이수동은 크게 감동을 받은 것이 분명했다. 얼굴이 상기된 데다 눈도 번들거렸다.

"최선을 다하겠습니다."

떨리는 목소리로 이수동이 말했을 때 조철봉이 갑중에게로 시선을 돌렸다.

"여기 있는 최 전무가 이 형하고 일행을 먼저 각 공사장의 자재나 총무부서에 배치시킬 겁니다. 일단 현장에 침투되어야 하니까요."

그러고는 조철봉이 얼굴을 펴고 웃었다.

"말이야 그럴 듯하지만 결국 남한과 조선족이 연합해서 주도권을 잡자는 것 아닙니까?"

그러자 그때서야 긴장이 풀린 듯 이수동도 따라 웃었다.

"그렇습니다. 조선족은 남한과 손을 잡아야지요 그래야 희망이 있습니다."

조철봉은 심호흡을 했다. 조선족도 재산인 것이다. 그동안 일부 남한 사람들이 조선족을 깔보는 바람에 엄한 사람들이 욕을 먹었다. 조선족을 우리 편으로 만들어야 한다.

중식당의 방에서 마주 앉은 정기윤과 오대식의 분위기는 누가 봐도 싸우기 일보 직전이었다. 둘 다 눈을 치켜뜨고 있는 데다 오가는 말이 거칠었다. 그래서 주문받으러온 종업원도 기다리라는 말에 두말 못하고 나가더니 얼굴을 보이지 않았다.

"자, 본론을 이야기합시다."

컵을 거칠게 탁자 위에 놓은 오대식이 정기윤을 노려보았다.

"가져왔어, 안 가져왔어?"

다그치듯 말하자 정기윤이 잇새로 말했다.

"3만 불, 받으려면 받고 싫으면 관둬."

"뭐야?".

오대식이 탁자 위로 몸을 굽혔다. 두 눈을 부릅뜨고 있다.

"4만 불로 합의했지 않아?"

그날 결국 5만 불에서 4만 불을 내기로 둘이 합의를 했던 것이다. 그런데 합의를 깨고 정기윤이 1만 불이 깎인 3만 불을 가져왔다. 제 맘대로

"시발, 안 받아" 하면서 오대식이 자리를 차고 일어섰다.

"어디, 내일부터 어떻게 되나 보자. 일이 제대로 되는가 보란 말야."

"난 내일 사표 낼 거다."

정기윤이 받아쳤다.

"그리고 사장한테 네 이야기 탁 털어놓을 테니까."

그러고는 정기윤이 의자에 등을 붙였다. 얼굴에 일그러진 웃음이 떠올라 있다.

"너도 내가 돈 먹은 거 다 털어놔. 같이 가잔 말야."

담배를 꺼낸 정기윤이 입에 물기만 하고는 말을 이었다.

"난 들통 나면 사표 내고 집에 가면 그만야. 한국에선 그렇다고 다른 건설회사로 옮길 수도 있지. 내 경력이 있으니까. 근데, 넌 어떻게 될까?"

그러고는 정기윤이 이를 드러내고 웃는 바람에 입에 물고만 있던 담배가 떨어졌다.

"내가 네 이야기를 확 털어놓으면 우리 측에서 가만있을 것 같으냐? 너도 나처럼 사표 내고 집에 들어갈 수 있을까?"

"이 시발 놈이."

오대식이 으르렁거렸지만 아직 선 채로 움직이지 않았다. 그때 정기윤의 말이 이어졌다.

"거, 뭐, 수용소로 가는 거 아냐? 총살된다고도 하던데, 내 생각에는 총살감 같은데."

"이 시발 놈이."

외락 다가선 오대식이 정기윤의 멱살을 잡았다가 금방 놓았다. 정기윤이 일어서는 기세가 사나웠기 때문이다.

"시발 놈아, 너한테는 3만 불도 아까워. 내가 안 주려다가 겨우 갖고 왔는데."

정기윤이 얼굴을 오대식의 얼굴 앞으로 바짝 붙였다.

"처먹고 끝낼래? 아니면 죽을래?" 하고 정기윤이 다그치듯 말하자 오대식이 아랫입술을 물었다가 풀었다.

"시발, 내놔."

"영수증하고 각서 써."

기다렸다는 듯이 정기윤이 말하자 오대식은 한 걸음 물러섰다.

"그, 그건 안 돼."

"안 되면 안 줘, 내가 시발 널 뭘 믿고 돈을 주겠어? 날 뭘로 보고 지랄야?"

"만일 네가 그 각서를."

"그래, 네가 약속을 지키지 않을 때는 각서를 공개할 거야."

그러고는 정기윤이 목소리를 낮췄다.

"넌 돈 먹어본 경험이 적어서 그러는 것 같은데 한국에서는 국회의원도 다 영수증 쓴다. 너보다 천 배는 위대한 사람들도 다 영수증 주고 돈 받는단 말야."

그 말을 들은 오대식은 가만있었다.

다음 날 오후에 오대식은 공사 현장 사무실 한쪽에 만들어놓은 감독관 집무실에서 두 사내를 면접했다. 둘은 조선족으로 어제 자재부와 총무부 사원으로 채용된 사내였다.

"옌지에서 왔다고?"

인사 카드를 보면서 오대식이 못마땅한 표정을 지었다. 현장 인력은

76

될 수 있는 한 조선족이나 한족 출신들을 쓰기로 중국 당국과 합의가 되었고 채용 권한은 현장 소장한테 있다. 북한 측도 조선족과 한족의 현장 인력 채용에 대해서는 한국 측 현장 소장한테 일임한 것이다. 그러나 현장 인력 감독관 감투를 쓴 오대식으로서는 채용 권한도 나눠 갖자는 주장이었다. 바로 어제 현장 소장 정기윤한테서 3만 불을 받은 것은 이것과는 별도의 일이다. 그 3만 불은 현장 소장이 인건비와 소모품비에서 떼어 먹은 돈을 나눠 가졌을 뿐이었다.

"자재부와 총무부에 채용되었는데, 누구 추천을 받았지?"

오대식이 찌푸린 얼굴로 묻자 총무부에 발령받은 이수동이란 이름의 사내가 똑바로 오대식을 보았다.

"근데 공사 조직도를 보면 감독관 직책이 없던데 지금 우리를 왜 불렀는지 모르겠군. 감독관이 뭘 하는 직책이오?"

"뭐라고?"

기가 막힌 오대식의 얼굴이 금방 벌겋게 달아올랐다. 조선족은 물론이고 한족 노동자들은 지금까지 고분고분 감독관 오대식의 지시를 따랐던 것이다. 북한 노동자들은 말할 것도 없다.

"아니, 이런 건방진."

오대식이 손끝으로 이수동의 얼굴을 가리켰다.

"너, 날 뭘로 보고 까불어?"

"앞으로 조선족하고 한족 노동자들은 건드리지 말어."

차갑게 말한 이수동이 주머니에서 종이 한 장을 꺼내 오대식 앞의 책상에 내려치듯이 놓았다. 복사한 서류였다.

"자, 그거 복사해서 공사장 벽에다 주욱 붙여 놓을까? 아니면 평양으로 보내드릴까?"

종이를 본 오대식의 얼굴이 대번에 하얗게 굳어졌다. 바로 어제 소장 정기윤한테서 3만 불을 받고 써준 영수증이었던 것이다. 그 영수증이 이 놈 손에 들어가 있다니.

"너, 소환되면 바로 총살당할 거야. 그러니까 지금부터 찍소리 말고 내가 시키는 대로 해."

이수동이 말하자 오대식은 벌떡 일어섰지만 다음 행동은 하지 못했다. 그때 이수동 옆에 서 있던 사내가 말했다.

"병신이 육갑 떨고 있네. 인마, 넌 쥐약 먹은겨. 이젠 우리 말 듣는 것밖에 다른 방법이 없다고."

그러자 이수동이 어깨를 흔들며 웃었다.

"뱁새가 황새걸음 따라가다가 가랑이 찢어진단 말 못 들었어? 어디 남한 사람들하고 같이 해 처먹자고 대드는 거야? 남한은 돈 몇 억 처먹어도 몇 달 살다가 나와서 다른 공사장으로 가면 그만여. 걔들은 그런 경우가 쌔고 쌨어. 만날 신문에 나오는 거 몰라? 하지만 너희들은 다르지. 어디 감히 인민의 고혈을 사기 쳐 먹니? 당장에 총살이지."

그러자 옆에 선 사내가 거들었다.

"그러니까 넌 우리가 시키는 대로만 해. 가끔 우리가 용돈 줄 테니까. 알았어?"

"이, 이."

말문이 막힌 오대식이 더듬거렸을 때 이수동이 말했다.

"넌 이미 쥐약을 먹었다니까. 낚시에 주둥이가 단단히 꿰어 있단 말야. 반항하면 찢어져. 그러니까 얌전히 있어."

그러자 오대식이 어깨를 늘어뜨렸다.

사무실 직통 전화의 번호를 아는 사람은 10명도 안 된다. 한국에 있는 와이프 이은지도 모른다. 급한 일이 있으면 휴대전화로 하든지 대표전화를 한다. 직통 전화가 울렸을 때 조철봉은 최갑중과 이수동의 이야기를 하는 중이었다. 이수동은 입사 이틀째가 되는 날부터 감독관 오대식을 장악했다. 오대식이 택할 길은 굴복하고 따르느냐 아니면 평양으로 소환되느냐 둘 중 하나일 뿐이었다.

전화기를 귀에 붙인 조철봉이 응답했을 때 곧 여자의 목소리가 울렸다.

"나야."

목소리가 낮은 데다 가라앉아서 조철봉은 누군지 깨닫는 데 3초쯤 걸렸다. 긴장한 조철봉이 전화기를 고쳐 쥐었다.

"응, 그래. 어디야?"

장선옥인 것이다. 동거를 청산한 지 이 주일째가 되어가고 있다. 그동안 장선옥과는 통화도 하지 못했는데 서로 부딪치려고 하지 않았다는 표현이 맞을 것이다.

"여기 시내인데."

잠깐 뜸을 들이고 난 장선옥이 말을 이었다.

"지금 만날 수 있어?"

"아, 그럼."

조철봉이 주저하지 않고 말했다.

"거기 어디야?"

"북해공원 입구 쪽에 있는데 택시 타고 와. 거기서 다시 연락할게."

"알았어. 휴대전화로 연락하자고."

전화기를 내려놓은 조철봉이 최갑중을 보았다. 긴장으로 굳어진 얼굴이다.

"장선옥이다."

"만나실 겁니까?"

따라 일어선 최갑중이 묻자 조철봉이 머리를 끄덕였다.

"무슨 일이 있는 것 같은데."

"연락 주십시오. 기다릴 테니까요."

"택시 타고 오라는데 이경애 불러."

서둘러 방을 나가면서 조철봉이 손목시계를 보았다. 오후 4시 반이 되어가고 있었다. 조철봉이 북해공원 근처에 도착했을 때 휴대전화가 진동을 했다. 휴대전화를 귀에 붙인 조철봉은 장선옥의 목소리를 들었다.

"나, 공원 입구 택시 정류장에서 택시 타고 있거든. 세 번째 택시야."

"알았어."

휴대전화를 귀에서 뗀 조철봉이 이경애에게 말했다.

"택시 정류장에서 세 번째 택시에 타고 있다는 구나."

"무슨 일일까요."

통역으로 데려온 이경애가 불안한 표정으로 묻더니 앞을 살폈다. 택시는 정류장을 향해 다가가는 중이다.

"넌 여기서 돌아가. 장선옥이 날 데려다 줄 테니까."

"괜찮으시겠어요?"

"응, 걱정 마."

"아, 저기."

이경애가 가리킨 택시 뒷좌석에 타고 있는 여자가 보였다. 장선옥이다. 차가 옆에 멈추었고 조철봉만 내렸다. 조철봉이 다가가자 택시 안에서 장선옥이 웃음 띤 얼굴로 맞았다. 장선옥이 스치고 지나는 택시를 보더니 조철봉에게 물었다.

"이경애 데려왔어?"

"응. 통역으로 걔 괜찮아."

그러자 머리를 끄덕인 장선옥이 운전사에게 말하자 택시는 서둘러 출발했다.

"무슨 일이야?"

택시가 속력을 내었을 때 조철봉이 물었다. 그러자 장선옥이 다시 얼굴을 펴고 웃었다.

"나, 평양으로 돌아오라는 명령을 받았어."

놀란 조철봉이 숨을 죽였고 장선옥의 말이 이어졌다.

"아무래도 사상교육을 받을 것 같아."

베이징 동물원 건너편의 중식당 방으로 안내되어 둘이서 마주앉을 때까지 장선옥은 거의 입을 열지 않았다. 아직 저녁 먹기에는 이른 시간이었으므로 장선옥은 음료수를 주문하더니 차분해진 표정으로 조철봉을 보았다.

"언제 가는 거야?"

참다못한 조철봉이 묻자 장선옥은 웃음 띤 얼굴로 대답했다.

"내일."

"내일?"

놀란 조철봉이 심호흡을 했다.

"그렇게 갑자기."

"그냥 몸만 가면 되니까."

"업무 인계인수도 해야 할 것 아냐?"

"나 없어도 돼. 지금까지도 그래왔고"

"사상교육을 받는다고?"

조철봉이 묻자 장선옥은 외면한 채 대답했다.

"그래. 많이 물이 들었어. 이를테면."

"썩었단 말이군."

"꼭 그렇다기보다."

"사상교육은 어떻게 받는 건데?"

"그냥 교육이야."

"숙청당한 건가?"

불쑥 조철봉이 묻자 장선옥이 머리를 들었다. 시선이 마주쳤지만 이번
에는 장선옥이 웃지 않았다. 조철봉이 내친 김에 다시 물었다.

"수용소 가는 거야?"

"모르겠어."

"무슨 죄로?"

눈을 치켜뜬 조철봉이 장선옥을 노려보았다.

"네가 무슨 잘못이 있다고? 네가 공금을 횡령했니? 아니면 지시를 어
겼니? 너같이 충성을 한 애국자가 어디 있다고"

"난 물이 들었어."

다시 외면한 장선옥이 말을 이었다.

"사상 재교육을 받아야 돼."

"너, 탈북해."

불쑥 조철봉이 말했지만 장선옥은 옆쪽 벽을 향한 시선을 옮기지 않았다. 조철봉이 말을 이었다.

"네가 탈북한다고 해서 남북한 합자 사업이 지장을 받지 않을 거야. 이건 그대로 진행이 될 거라고, 그리고 네 일은 얼마 지나고 나면 잊어져. 그럼 넌 한국에서 실컷 즐기면서 살 수가 있어. 그래. 내가 빼돌린 비자금을 네 앞으로 넘겨줄게. 1차로 1백만 불 주지."

"그만."

장선옥이 손을 들어 막았지만 조철봉의 말이 이어졌다.

"내가 너한테 무역회사 하나를 차려주지. 아마 정부에서도 도와줄 거야. 그럼 넌 자립해서 살 수가 있어."

"그만."

이제는 장선옥이 똑바로 조철봉을 보았다. 시선이 마주친 장선옥이 입술 끝을 올리며 웃어 보였지만 눈빛은 차게 느껴졌다.

"내 조국은 북조선이고 난 내 조국을 배신하지 않아."

장선옥의 목소리는 낮으면서도 또렷했다.

"난 한민족이 장군님의 영도하에 통일이 되었으면 좋겠어. 이것이 지금까지 내가 받아왔던 교육이고 소원이기도 해."

그러고는 장선옥이 어깨를 늘어뜨리면서 길게 숨을 뱉었다.

"때로는 남조선의 체제, 자유, 그리고 자본력이 부럽고 위압감까지 느껴진 적도 있어, 하지만 우리는 나름대로 장점이 있어. 다 나쁜 게 아냐."

조철봉은 이미 장선옥의 눈빛을 보았을 때부터 예상하고 있었으므로 이제 더이상 입을 열지 않았다.

그렇다. 북조선에는 오대식 같은 인간도 있지만 장선옥 같은 애국자도 있는 것이다. 그것은 한국도 마찬가지가 아닐까?

그 뿌리는 깊고도 굵다. 둘 다 함부로 대할 수가 없다.

다음 날 밤, 서울로 날아간 조철봉은 카바레에서 국정원 정보실장 이강준과 마주앉았다.

본래 카바레(cabaret)라는 프랑스어는 술을 파는 가게라는 뜻인데 첫 카바레는 몽마르트르의 르샤누아르(Le chat Noir), 검은 고양이라는 곳이었다고 한다. 르샤누아르는 1881년에 개업했으니 역사는 1백 년도 더 되었다. 그 당시부터 카바레는 금지된 불법적 쾌락의 분위기와 함께 공연을 했는데 지금의 카바레에서도 그 흔적이 남아있다고 봐도 될 것이다.

조철봉은 카바레에서 받은 자극을 생의 활력으로 응용해왔다. 카바레는 조철봉에게 주유소나 같았다. 카바레에서 공급받은 기름으로 몇 날 며칠을 돌아다니다가 연료가 떨어지면 또 들르곤 했다. 그래서 몇 년 전에 만나 호텔에서 응응까지 했으면서도 못 알아보고 또 공을 들여 꼬셨다가 깨우침을 받은 적도 있었지만 조철봉은 전혀 부끄럽지가 않았었다. 오히려 기억하고 있는 그 여자가 안쓰러웠다. 카바레에 다니면서 몇 년 전 남자와의 응응까지 기억하고 있다면 상처받을 가능성이 많은 것이다.

그런데 요즘은 달라졌다. 1880년대 몽마르트르의 르샤누아르는 어쨌는지 자세히 모르지만 요즘 카바레에서는 선생님과 학부모 단합대회도 하고 사은회도 한다. 생일파티는 벌써 옛날이고 반상회까지 하는 세상이 된 것이다. 남편이 차 가지고 카바레 앞에서 기다리는 경우도 흔한 일이 되었다. 두 번째 찾아온 웨이터를 돌려보낸 조철봉이 이강준을 보았다.

그는 지금 장선옥의 이야기를 한 것이다.

"지금쯤 평양에 들어가 있겠네요."

그렇게 조철봉이 말을 맺었을 때 이강준이 입맛을 다셨다.

"장선옥 씨에 대해서 우리도 가능성을 검토했지만 어렵다는 생각이 들었어요."

조철봉의 시선을 받은 이강준이 말을 이었다.

"정상적인 한국인, 특히 제대로 교육을 받은 40대 이상 국민은 절대 친북세력이 안됩니다. 운동권 세력은 한 줌밖에 안 돼요."

주먹을 쥐어 보인 이강준이 쓴웃음을 지었다.

"장선옥 또한 체제 교육을 충실히 받은 정상적 북한인이죠. 세뇌가 깊게 되어서 힘들어요."

"통일이 금방 될 것처럼 떠드는 놈들은 뭡니까?"

"그야 적화 통일이거나 북한 체제가 무너져서 우리가 한반도의 주인이 되는 거죠. 양쪽 체제를 그냥 두고 맞추는 건 다 사기 치는 겁니다."

단호하게 말한 이강준이 길게 숨을 뱉었을 때 조철봉이 물었다.

"윤달수는 잘 됩니까?"

그러자 주위를 둘러본 이강준이 쓴웃음을 짓고 나서 말했다.

"그자는 오래 전에 썩었지요. 그래서 정상적 북한인에 포함이 안됩니다. 장선옥과는 다른 부류죠."

"오대식과 비슷하군."

"그렇죠."

이강준이 웃음 띤 얼굴로 조철봉을 보았다.

"그런 영화가 있었죠? 지구를 침공한 외계인이 최첨단 무기로 지구를 박살내다가 갑자기 몰살당했다는 영화."

"아아."

조철봉이 눈을 크게 뜨고 말을 이었다.

"그놈들이 감기로 몰살당했던가요?"

"비슷합니다. 그 경우가 이번 경우하고 비슷할지 모르겠네요."

그러더니 이강준이 잠시 뜸을 들이고 나서 말을 이었다.

"우린 자본주의 체제에서 자라서 면역성이 강하죠. 부정이나 불법에도 하지만 북한은 안 그래요. 마치 감기균에 몰살당하는 외계인 경우가 될까 봐 두려워하고 있는 것 같아요."

웨이터가 세 번째 찾아왔을 때 조철봉과 이강준은 이야기를 끝냈다.

"그래, 데려와. 그런데."

조철봉이 지그시 웨이터를 보았다.

"누구야? 누군데 그렇게 서둘러?"

"이혼녀들인데 괜찮습니다. 그래서 아까부터 제가 잡고 있었던 겁니다."

그러더니 웨이터가 서둘러 몸을 돌렸다. 밤 10시가 되어가고 있어서 카바레는 이제 빈 자리가 보이지 않았다. 잘나가는 카바레는 문전성시이고 잘 안 되는 곳은 텅텅 비는 것이 장사하는 어떤 업종이나 마찬가지인데 다 이유가 있다. 그냥 잘되고 안되는 게 아니라 그럴 만한 이유가 있는 것이다.

조철봉이 지금 앉아 있는 카바레 '대지'는 첫째로 물이 좋았다. 물이 좋다고 소문이 나면 좋은 물이 더 쏟아진다. 이른바 부익부 현상이 일어나는 것이다.

웨이터는 금방 여자 둘을 데려왔는데 도사급인 조철봉이 봐도 최상이었다. 둘 다 삼십대 중반쯤으로 용모 수려, 체격 날씬, 차림새 깔끔했고 태도 또한 자연스러웠다. 마음에 들지 않는다고 금방 내색하는 여자치고 제대로 생긴 경우는 한 번도 없었던 것이 조철봉의 경험이다.

여자들은 조철봉과 이강준의 옆에 앉더니 웨이터가 따라주는 술잔을 받았다. 대개 웨이터는 남자 대신으로 어색한 분위기를 부드럽게 하려는지 첫 술잔을 따라주고 돌아간다. 그런데 그 짧은 동안에 브리핑을 하는 것이다. 고참 웨이터일수록 그 브리핑이 시기 적절하고 유익하며 유머러스하다. 웨이터 고참은 아무나 되는 게 아니다.

웨이터가 돌아갔을 때 조철봉이 옆에 앉은 여자를 보았다. 쇼트 커트한 머리에 눈이 상큼했고 쌍꺼풀도 없다. 불빛을 받은 눈동자가 반짝였는데 크기가 정상이었다. 요즘은 시쳇말로 개나 소나 다 서클렌즈를 끼고 다녀서 갑자기 눈동자가 커진 여자를 보면 조철봉은 섬뜩해질 때가 많다. 눈동자가 커야 더 미인이 되는 줄로 아는 것 같았다.

"저 사업을 하는 조철봉이라고 합니다."

조철봉이 먼저 여자에게 제 소개를 했다. 그러고는 이강준의 파트너에게로 머리를 돌렸다.

"내 친구도 사업을 합니다."

이로써 이강준은 제 입으로 거짓말을 할 필요가 없게 되었다. 고맙다는 듯이 이강준은 웃음 띤 얼굴로 머리만 끄덕였는데 파트너도 미인이었다. 이혼한 여자일수록 미인이 많다. 조철봉이 카바레에서 겪은 경험에 의하면 그렇다.

"오늘 밤에 집에 들어가야 됩니까?"

조철봉이 정색하고 묻자 여자는 눈을 가늘게 뜨고 마주 보았다. 그러자 조철봉이 얼굴을 펴고 웃었다.

"제가 지금 외국 출장 중이어서요. 와이프는 제가 지금 외국에 나가 있는 줄로 알고 있단 말씀입니다."

될지 안 될지는 천하의 조철봉도 자신할 수가 없는 상황이다. 같이 앉은 지 5분도 안되어서 오늘 밤 같이 외박할 수 있느냐고 묻는 놈도 드물 것이다. 그렇다고 여자로부터 각별하게 호감을 받고 있다는 증거도 없다. 그때 여자가 입을 열었다.

"그건 상관없지만요. 아직 결정하지는 못하겠네요."

"그러시겠죠."

머리를 끄덕인 조철봉이 제 잔에 술을 따랐다. 앞쪽에 앉은 이강준이 여자하고 이야기를 나누고 있었는데 태도가 점잖았고 여유가 있다. 마음을 비우면 저런 태도가 나오고 오히려 여자의 호감을 사게 되는 것이다. 술잔을 든 조철봉이 여자를 보았다. 이 여자 이름도 모르고 있다.

"내가 술 살 테니까 합석부터 하십시다. 그러고 나서 찬찬히 살펴보시지요."

우선 자본이다. 자본이 받쳐줘야 꼬인다.

"무슨 사업을 하세요?"

합석하고 나서 여자가 물었으므로 조철봉은 주저하지 않고 대답했다.

"호텔이 몇 개 있습니다."

여자는 놀란 듯 눈이 커졌고 앞쪽 여자도 그것을 들은 모양이었다. 이야기를 하다가 이쪽을 본다. 조철봉의 시선 안에 이강준이 술잔을 집는 것이 보였다. 저 사람은 첩보전은 도사인지 몰라도 여자 앞에서는 영 아니라는 생각이 들었다. 머리를 든 조철봉이 여자를 똑바로 보았다. 거짓 말할 때는 상대방 눈을 똑바로 보는 것이 조철봉의 버릇이다.

"아버지가 물려준 유산이죠. 난 그냥 까먹고 있습니다."

"그러세요?"

여자가 다시 웃음 띤 얼굴로 물었다.

"여긴 자주 오시나 봐요?"

"예, 그런 셈이죠."

정색한 조철봉이 말을 이었다.

"하지만 같이 이차 나간 적은 단 한 번도 없습니다."

"누가 그걸 물었어요?"

피식 웃은 여자가 조철봉의 잔에 술을 따라 주면서 또 물었다.

"더 좋은 곳도 있을 텐데 왜 카바레에서 노세요?"

"여기보다 좋은 곳이 어디 있습니까?"

눈을 크게 뜬 조철봉이 곧 머리를 저어 보였다.

"댁 같은 분을 어디 가서 만날 수 있단 말이죠? 참, 그런데 이름이."

"서애영입니다."

"괜찮다면 같이 나갑시다."

"또" 하더니 여자가 눈을 흘기는 시늉을 했다.

"자꾸 그러지 마요."

여자가 목소리를 낮췄으므로 조철봉이 바짝 다가앉았다.

"우리 방으로 옮길까요?"

머리를 든 여자가 망설이는 기색을 보였지만 조철봉은 손을 들어 웨이 터를 불렀다. 웨이터는 방으로 옮기겠다는 말을 듣더니 반색을 했다. 방으로 옮기면 술값이 더 비싸진다. 방 비용에다 노래방기기 사용료, 안주도 더 들여놔야 한다. 이강준은 말할 것도 없고 그쪽 파트너도 군말이 없었으므로 넷은 방으로 자리를 옮겼다. 합석에서 다시 방으로 한 단계씩 전진한 셈이 된 것이다. 방은 첫째로 아늑하다. 소음이 딱 끊기면서 공범 분위기가 조성된다. 대개 소파가 피 같은 붉은색으로 갖춰져 있는 것도 성적 감동에 도움이 될 것이다. 조철봉은 잘나가는 카바레 수십 곳의 방을 다녔지만 소파가 파란색이거나 하다못해 노란색도 못 보았다. 이강준은 방으로 옮기고 나서도 파트너와 도란도란 이야기를 주고받았는데 그쪽은 가만 놔두어도 저절로 잘 굴러가고 있었다. 오히려 서둘고 보채는 이쪽이 빠직거리는 느낌이 들었으므로 조철봉은 조급해졌다. 이럴 때 심복 최갑중 같았으면 파트너를 끌고 나가 조철봉을 여자와 둘이만 있도록 만들어 주었을 것이다.

"우리 춤춰요" 하고 서애영이 말하는 바람에 조철봉은 머리를 들었다. 서애영은 벌써 몸을 일으키는 중이다.

"좋지."

잇새로 말한 조철봉은 서애영을 따라 방에서 나왔다. 그렇다면 춤부터 시작해 보는 것도 나쁘지 않을 것이다. 어떤 놈은 바지 주머니에다 탁구공을 넣고 비벼댔다고 했지만 조철봉은 자연산이다. 지금까지 춤추면서 한 번도 흥분 안 시킨 적이 없다. 다만 플로어에서 비벼대다가 같이 응응 댄 상대의 눈에 띨지 그것이 걸릴 뿐이다. 그것도 어디 하나 둘인가? 여럿이 될 수도 있다.

춤춘 지 10분도 안 되었다. 그동안 곡이 두 번째로 바뀌어서 아직 끝나지도 않았는데 서애영의 몸이 뜨거워진 것이다. 서애영은 조철봉을 얕본 것이 분명했다. 카바레 출입을 여러 번 하고 나면 스스로 단련되었다고 믿는 남녀가 많다. 그래서 찔벅대는 상대를 일단 우습게 보는 경향이 있는데 서애영이 그런 경우였다. 네 수법을 훤하게 꿰고 있다는 식으로 대하는 것이다. 이런 상대에게 하시는 대로 따르겠습니다, 했다가는 술값만 내주고 끝난다. 그러면 상대는 또 한 번의 전과를 올린 용사가 되어서 더 방자하게 굴 것이었다.

그러나 지금 서애영은 스텝을 밟으면서 허벅지 안쪽을 쿡쿡 찌르는 조철봉의 철봉에 압도되었다. 반쯤 녹았다는 게 맞는 표현이 될 것이다. 평상시 같으면 조철봉은 이런 수단을 쓰지 않는다. 점잖게 말로 분위기를 띄웠다가 그 자리에서 일을 치르거나 이차를 나갔는데 오늘은 팀워크에다 타이밍까지 안 좋았고, 상대도 종잡을 수 없는 여자였다. 시쳇말로 까지지도 음전하지도 않은 어중간한 케이스였다. 더 자세히 표현하면 설까진, 까지다 만 경우의 여자였기 때문이다. 이런 상대는 가라면 빼고 오라면 또 버틴다. 그래서 본인이 춤을 추자고 한 것을 기화로 비벼댄 것이다. 비벼댄다고 해서 맷돌에 콩 갈듯이 무조건 비벼댔다간 귀싸대기 맞는다.

이것도 기술이다. 돌면서 쿡, 그것도 강약과 고저, 장단이 있어야 한다. 감질나게 했다가 힘차게 쿡, 비틀면서 쑤욱, 떨어졌다가 와락 부딪치면서 쿠욱! 작은 스텝을 밟으면서 쿠쿠쿡, 크게 돌다가 꽉! 이렇게 10분 가깝게 하고 났더니 서애영의 정신이 몽롱해진 것은 두말할 나위가 없다. 조철봉이 누구인가? 서애영은 춤을 춘 지 30초도 안 되었을 때부터 자신이 지금 상대와 응응을 하고 있는 것으로 착각을 했다. 그래서 정신없이 돌고 비틀고 비비며 부딪치면서 쿡, 쿡, 쿡, 쿡, 쿡, 쿡, 하는 동안 사지가 비틀렸고 숨이 막혀왔다. 마음이 조급해졌으며 또 다시 조철봉의 철봉이 부딪쳐 주기를 갈망했다. 잡힌 손이 땀으로 범벅이 되었으며 허리를 잔뜩 붙였다가 조철봉이 떨어져 나가면 아쉬운 탄성이 저절로 나왔다.

세 곡째 춤이 이어졌을 때 서애영은 마침내 참지 못했다. 둘은 어느덧 플로어의 기둥 뒤로 옮겨와 있었는데 이곳은 홀과 격리된 장소였다. 이곳에 음탕한 짓을 하려는 두 쌍이 먼저 와 있었는데 그렇다고 악수를 하겠는가? 서로 제 파트너에게 정신이 팔려 옆에서 살인이 났다고 해도 시선을 돌리지도 않을 것이다.

"해줘" 하고 서애영이 조철봉의 목을 두 팔로 감아 안으면서 허덕였다.

"나, 흘러, 흘러내린단 말이야."

"쌌어?"

조철봉이 서애영의 귓불을 입술로 씹으면서 물었다. 그러자 서애영이 더는 못 참겠다는 듯이 손 하나를 조철봉의 바지 속으로 밀어 넣었다.

"어머."

조철봉의 철봉을 손에 쥔 서애영이 탄성을 질렀다.

"너무 좋아."

"나갈까?"

조철봉이 묻자 서애영이 허덕이며 말했다.

"여기 방에서 해, 친구 내보내고"

"빈 방이 있을 거야."

"그럼 거기로 가" 하더니 서애영이 몸을 틀었다. 그러고는 시치미를 뚝 떼고 앞장을 섰으므로 조철봉은 뒤를 따랐다. 이런 순간에는 생의 활력이 최고조로 솟는다. 인간이 아름답고 인생이 황홀하게 느껴지는 것이다.

그 시간에 장선옥은 평양 시내 천리마 거리에 위치한 사무실 안에서 두 사내와 마주 보며 앉아 있었다. 사무실은 넓었지만 집기는 소파와 책상 두 개, 그리고 벽에 붙여진 철제 캐비닛뿐이었다. 이곳은 정부청사 근처여서 정부기관 사무실이 많다. 장선옥이 앉아 있는 사무실도 보위부 소속이었는데 간판은 무역회사라고 붙였다. 이윽고 왼쪽 양복 차림의 사내가 다시 입을 열었다.

"참고로 물읍시다. 장선옥 동무. 남한의 체제는 어떻게 생각하시오?"

머리를 든 장선옥이 잠깐 양복쟁이를 보았다. 양복은 자신을 통전부 소속 이길용이라고 소개했지만 저길용이라도 상관없었다. 어차피 가명일 테니까. 장선옥이 대답했다.

"부패해서 썩어가고 있습니다. 조금만 더 기다리면 장군님 영도 하에 통일이 될 것입니다."

"그래요?"

양복이 웃음 띤 얼굴로 장선옥을 보았다.

"남한 젊은이, 그러니까 학생들의 의식구조는 어떻다고 생각합니까?"

"운동권의 열성적인 교육사업 성과가 나타나고 있습니다. 남한 학생들은 주적을 미국으로 믿기 시작했습니다."

"앞으로의 전망은?"

"남한 국회의 친북 세력, 행정부, 군부의 장군님께 충성스러운 세력을 모으면 장군님 영도 하에 통일도 가능하다고 생각합니다."

"남한 인민들의 반응은?"

"보수 세력은 늙고 이기적입니다. 가진 것이 많기 때문에 제 것을 빼앗기지 않으려고만 하고 단결되지 않습니다. 그 반대로 우리 세력은 단결력이 강한 데다 현재 남한 정권의 주도권을 다 쥐고 있습니다. 지금만큼 통일의 호기가 없다고 생각합니다."

"그렇지. 얼마 전에 어떤 외국 놈이 그랬더군. 청와대가 우리 장군님이 의도하신 이상으로 나서준다고"

혼잣소리처럼 말한 양복이 정색하더니 눈을 가늘게 뜨고 장선옥을 보았다.

"만일 말이오, 남한 정권을 쥔 우리 동지들이 장군님과 함께 통일을 시킨다고 합시다. 그것이 연방제건, 흡수 통일이건 말입니다. 그때는 어떻게 될까요?'

"네? 무슨 말씀이신지, 저는."

통일이 되면 끝나는 거지 그게 무슨 말이냐? 하는 표정으로 양복을 보았던 장선옥의 표정이 굳어졌다. 그때 양복이 외면한 채 물었다.

"그럼 우리 북조선 인민들과 남조선 인민들이 잘 어울리게 될까?"

장선옥은 시선만 보낸 채 얼굴 표정을 바꾸지 않았다. 그러나 머릿속은 맹렬하게 소용돌이쳤다. 마치 작은 토네이도가 들어간 것 같았다. 그렇다. 남북한 인민이 모이면 엄청난 파동이 일어날지 모른다. 4천8백만 대 2천만이다. 거기에다 남조선 인민은 엄청나게 잘살고 있다. 북조선 인민에 비교해서 그렇다는 말이다. 그러면 어떻게 될 것인가? 갑자기 통일이 되어서 잘살고 있는 남조선 인민들의 생활을 본 북조선 인민들이 만세를 부를까? 모두 장군님 덕분에 이제부터 남조선 인민들 몫을 빼앗아 잘살게 되었다고 춤을 출까? 아니면, 장선옥이 양복을 똑바로 보았다. 양복도 마주 본다. 아니면 지난 50년간, 나아가 지난 10년간 수백만 명이 굶어 죽고, 병으로 죽고, 배가 고파서 제 자식을 삶아먹고, 중국 놈들한테 팔려가서 죽고, 잡혀와 죽고, 제 자식을 중국 땅에서 잃고 미친년이 된 어미, 이 모든 일들이 잊힐까? 장선옥은 저도 모르게 몸서리를 쳤다. 통일이 되면 북조선 정권이 일시에 무너질 가능성도 있는 것이다. 남북 전체 인민들이 폭동을 일으킬지도 모른다. 장선옥은 마침내 외면했다.

또 그 시간, 남한, 서울의 카바레 안, 조철봉과 서애영은 웨이터의 안내를 받고 시치미를 뚝 뗀 얼굴로 빈 방에 들어서고 있다.

"전 여기 있겠습니다."

조철봉에게 웨이터가 속삭이듯 말했다.

문 앞에서 지켜서 있겠다는 말이다. 머리만 끄덕여 보인 조철봉은 안으로 들어서 문을 닫았다. 한걸음 먼저 들어온 서애영은 빈 방에서 엉거주춤한 자세로 서 있었는데 시선은 마주치지 않았다. 옆으로 다가간 조철봉이 허리를 감아 안았을 때도 그렇다. 그러나 두 손을 조철봉의 가슴에 붙이고는 저항하지 않았다. 허리를 더 당겨 안은 조철봉이 머리를 숙여 서애영의 콧등에 먼저 입술을 붙였다. 그러자 서애영이 얼굴을 들어올리면서 눈을 감았다. 입술이 벌써 절반쯤 열려 있다. 입술끼리 부딪쳤을 때 서애영의 혀가 금방 빠져나왔다. 그러고는 두 팔로 조철봉의 목을 감아 안는다. 조철봉은 서애영의 스커트를 들추고는 팬티스타킹과 팬티를 한꺼번에 잡아 내렸다. 그러자 서애영이 다리 한쪽을 들어 벗기는 것을 도왔다. 구두와 함께 팬티스타킹이 벗겨졌다. 이제 서애영은 스커트 밑으로는 알몸이다. 입술을 뗀 조철봉이 혁대를 풀었을 때 서애영은 그 사이를 참지 못하고 손을 뻗어 팬티 안의 철봉을 움켜쥐었다. 불빛에 비친 서애영의 얼굴은 붉게 달아올랐고 숨소리가 가빴다. 조철봉은 바지와 팬티를 무릎까지만 내리고는 서애영을 의자 위로 밀어 눕혔다. 서애영이 순순히 눕더니 스커트를 스스로 걷어 올렸다. 그러자 짙은 숲과 붉은 골짜기가 선명하게 드러났다. 천하의 조철봉도 그것을 본 순간에 저절로 이가 악물려졌다. 서애영이 그것을 의식하지는 않았겠지만 다리를 벌렸으므로 골짜기는 더 드러났다. 그때 서애영이 말했다.

"그냥 해줘. 나 아까부터 젖어 있어."

조철봉도 급해 있었던 참이다. 서애영 위로 엎드린 조철봉이 먼저 철봉을 샘 끝에 붙였다.

"으응."

그저 붙이기만 했는데도 서애영의 입에서 신음이 뱉어졌다. 이게 얼마만인가? 카바레 방에서 응응하는 것이 말이다. 조철봉은 철봉을 골짜기 근처로 천천히 회전시켰다. 길도 나 있지 않았으므로 숲을 밟고 지났으며 절벽 끝을 아슬아슬 지나는 동안 서애영은 몸을 비틀면서 신음했다. 서애영은 두 팔로 조철봉의 목을 감싸 안고 있다가 철봉이 세 바퀴째 회전했을 때 참지 못하고 소리쳤다.

"자기야, 넣어줘!"

그러나 그 말대로 했다면 오늘의 조철봉이 태어나지 않았다. 철봉은 다시 돌았다. 참다못한 서애영이 목에서 팔을 떼고 철봉을 잡으려고 했지만 저지당했다. 철봉은 또 돌았는데 이제 골짜기 밖으로도 짙은 수렁이 되어 있었다. 그리고 서애영이 거칠게 몸을 비트는 바람에 길을 자꾸 벗어났다. 또 돌고 났을 때 서애영이 울먹였다.

"자기야, 응? 제발."

그러더니 허리를 비틀면서 소리쳤다.

"나, 할 것 같단 말야."

그때 조철봉의 철봉이 샘 안으로 깊숙하게 진입했다. 천천히, 강하게, 아주 깊게 진입하는 그 짧은 순간, 놀란 듯 서애영이 입을 딱 벌렸다. 눈도 한껏 치켜떴지만 아주 먼 곳을 바라보는 시선이다. 다음 순간 방 안이 떠나갈 듯한 신음이 터졌다. 문밖을 지키고 선 웨이터가 질색을 했을 것이었다.

"아아악."

서애영은 단 한 번에 절정에 올라버린 것이다. 이 순간은 서애영에게 영원이나 같다.

바지를 입고 나서 조철봉은 손목시계를 보았다. 방에 들어온 지 47분이 지났다. 47분 동안 서애영은 세 번이나 절정에 올랐으므로 아직 일어서지도 못하고 있다. 다리에 힘이 다 빠졌기 때문일 것이다. 물론 조철봉은 평소와 마찬가지로 대포를 쏘지 않았다. 그러니까 이렇게 두 다리로 굳건히 서 있는 것이다.

"기다리겠어."

겨우 팬티와 스타킹을 입고 나서 어깨를 늘어뜨리고는 아직도 호흡을 고르고 있는 서애영에게 조철봉이 말했다.

"일어나."

"아유, 기운 없어" 하더니 서애영이 조철봉을 보았다.

"너무 좋았어, 자기야."

"나두 그래."

그러면서 다가간 조철봉이 서애영의 어깨 밑으로 손을 넣어 일으켜 세

왔다. 서애영은 일어나더니 다리의 힘을 확인하려는 듯이 발을 떼었다가 얼른 조철봉에게 매달렸다. 그러자 조철봉이 쓴웃음을 짓고 말했다.

"너무 다리에만 힘을 써서 그래."

얼굴이 붉어진 서애영이 조철봉의 시선을 받더니 눈을 흘겼다.

"자기는 너무 세."

"그렇게 좋았어?"

"처음이야" 하더니 힐끗 조철봉의 아래쪽을 내려다보더니 숨을 삼키는 소리를 냈다.

"아직도 섰어?"

"그래, 지금도 세 번은 더 해줄 수 있어."

그러자 서애영이 조철봉의 허리를 두 팔로 감아 안았다. 서애영한테서 옅은 향수냄새가 맡아졌다.

"자기야, 오늘 출장 중이라고 했지?"

"그래."

"그럼 우리 집에 가."

"혼자 있는 거야?"

"아니, 애가 있어. 네 살짜리니까 괜찮아."

그러더니 밀착된 하반신을 비볐다.

"응? 갈 거지?"

"그래."

"그럼 가. 내 친구는 여기서 보내고"

이제는 서애영이 서둘렀으므로 둘은 방을 나왔다. 그러자 기다리고 서 있던 웨이터가 반색을 했다.

"나오셨습니까?"

시선을 마주치지 않고 인사를 한 웨이터가 앞장을 서며 말했다.

"두 분은 춤추러 나가셨습니다."

"그래? 나 찾지 않았어?"

조철봉이 묻자 웨이터는 머리를 좌우로 한 번만 흔들었다.

"찾지 않으셨습니다."

본래의 방으로 들어가 앉았을 때 서애영은 이제 바짝 붙었다. 눈빛도 은근해졌고 어느새 한쪽 손은 조철봉의 허벅지 위에 올려져 있다.

"쟨 내 고등학교 동창이야."

서애영이 앞쪽 빈 자리를 손으로 가리키며 말했다.

"쟨 작년에 남편이 사고로 죽었어."

"그래?"

그러고는 조철봉이 서애영을 보았다.

"자기는?"

"난 이혼한 지 3년 되었고, 애가 돌이 지나서 이혼했으니까."

"조루였어. 조루 주제에 의처증이 심해서 내가 애 데리고 나왔지."

"조루도 여러 번 해주면 되는 건데."

조철봉이 진지한 표정으로 서애영을 보았다.

"이를테면 2분짜리도 열 번이면 20분이 된단 말이지. 그리고 한번 쏘고 나면 다음에는 발사가 늦어지는 게 정상이야."

그냥 한 말이다. 그런데 서애영은 심각하게 듣고 있다. 조철봉이 소리 죽여 숨을 뱉었다. 조루는 핑계도 되지 않는 것이다.

조철봉이 베이징에 돌아왔을 때는 일주일이 지난 후였다. 첫날은 서애영의 아파트에서 잤지만 그 다음 날부터 엿새 동안은 착실하게 회사에서 집으로 퇴근했다. 마침 그 엿새 동안이 이은지의 그날이기도 했기 때문에 조철봉은 밤마다 공을 들였다. 지난번 귀국했을 때 조철봉과 이은지는 둘의 아이를 갖기로 했던 것이다.

"아이구, 형님. 여위셨습니다."

사무실로 들어온 최갑중의 첫 인사가 그랬다. 일주일 만에 만난 터라 표시가 확 날 수도 있었지만 조철봉은 갑자기 온몸이 서늘해지는 느낌을 받았다. 갑중이 예민하다고는 해도 이렇게 금방 알아챌 줄은 몰랐기 때문이다. 조철봉이 앞쪽에 앉은 갑중을 지그시 보았다.

"진짜 야윈 것 같으냐?"

"아, 그럼요. 핼쑥해지셨는데요. 아프셨습니까?" 하고 갑중이 걱정스러운 표정을 지었으므로 조철봉은 입맛을 다셨다.

"밤마다 뺐더니 금방 표시가 나는 모양이군. 거, 희한하네."

혼잣소리로 낮게 말했기 때문에 갑중은 잘못 알아들었다. 갑중이 다음 말을 기다렸지만 조철봉은 외면한 채 말을 잇지 않았다. 그렇디. 엿새 동안 이은주에게 밤마다 대포를 쏜 것이다. 이은지는 지금까지 열 번에 한 번 정도나 대포를 맞았던 터라 그 차이를 잘 구분하지 못했다가 이번에 진정한 절정, 즉 최고의 경지가 어떤 것인가를 느낀 것이 분명했다. 이쪽이 참고 참으며 상대만 절정으로 끌어올려 주는 것과, 같이 올라서 같이 폭발하는 것은 그야말로 엄청난 차이가 나기 때문이다. 조철봉은 엿새 동안 밤마다 함께 폭발했고 이은지는 사흘째가 되는 날부터는 제가 먼저 침대에서 기다렸다. 소극적인 자세였던 이은지에게는 천지개벽이나 같은 변화였다. 그만큼 이은지를 자극시켰기 때문일 것이다.

"별일 없지?" 하고 조철봉이 정색한 얼굴로 물었으므로 갑중이 바로 앉았다. 이제는 업무다.

"이수동이 노조를 결성했습니다. 조선족은 100퍼센트, 중국인 근로자 중 핵심 인물은 모두 포함시켰다고 합니다. 이제 노동자는 모두 장악했습니다."

그러더니 갑중이 빙그레 웃었다.

"한국에서 데려온 노조 기술자 덕분이죠. 이수동이 아주 감탄을 하더군요."

조철봉이 머리를 끄덕였다. 지난번에 노조 간부 출신인 자회사 임원 이태성을 불러온 것이다. 노조 결성 실무 책임자는 이태성이었다. 그때 갑중이 말을 이었다.

"이수동이 베이징 공사 현장을 꽉 쥐게 되었다는군요. 북한 측 공사 감독 오대식이란 작자가 꼼짝 못한다고 합니다."

"잘되었어."

"윤달수 씨한테서 어제 전화가 왔었습니다. 오시면 연락해달라고 하더군요."

조철봉의 시선을 받은 갑중이 전화기에 시선을 주고 나서 물었다.

"바꿔드릴까요?"

벽시계를 본 조철봉이 머리를 끄덕였다. 오전 11시 반이다. 갑중이 전화기를 들더니 곧 연결이 되었다. 전화기를 건네주면서 수화구를 손바닥으로 덮은 갑중이 낮게 말했다.

"저쪽은 분위기가 좀 그렇습니다."

장선옥이 소환당한 것은 남북한 대표부 모두가 알고 있는 사실인 것이다. 전화기를 귀에 붙인 조철봉이 밝은 목소리로 말했다.

"감독관님, 전화 주셨다던데, 전 오늘 출근했습니다."

"아, 잘 다녀오셨습니까?"

윤달수가 반갑게 인사하더니 곧 본론을 말했다.

"괜찮으시다면 오늘 점심 같이 하실까요?"

베이징 동물원 옆의 한식당 청진은 조철봉이 처음 가는 곳이었지만 이경애의 안내로 쉽게 찾았다. 이경애를 차와 함께 기다리게 해놓고 식당 안으로 들어선 조철봉을 한복 차림의 여자가 반갑게 맞았다.

"조 사장님이세요?"

짧은 말이었지만 북한 억양이 물씬 배어났다. 중국에 온 지 얼마 되지 않은 것이 분명했다. 조철봉이 머리를 끄덕이자 여자는 안쪽 방으로 안내했다. 한복 차림이었지만 둥근 어깨의 선과 잘록한 허리, 사뿐거리며 걷는 뒷모습을 보면서 뒤를 따르던 조철봉이 고인 침을 삼켰다. 한복도 맵시 있게 입으면 얼마든지 성적 매력이 풍기는 것이다. 여자가 문에 노크를 하더니 돌아서며 조철봉을 보았다. 눈웃음을 쳤는데 시선이 마주친 순간 조철봉은 여자의 얼굴 위에 절정에 올랐을 때의 표정을 덧씌웠다. 그때 여자가 말했다.

"기다리고 계십니다. 들어가시지요"

말을 길게 하면 더 억양이 강해진다.

문을 연 조철봉은 테이블에 혼자 앉아 있는 윤달수를 보았다.

"어서 오십시오"

자리에서 일어선 윤달수가 반겼다. 조철봉의 손을 잡은 윤달수가 힘차게 흔들었다.

"이번에는 귀국하셔서 꽤 오래 계셨더군요."

"예, 회사 일도 좀 바빠서요."

다시 둘이 자리에 앉았을 때 따라 들어선 여자에게 윤달수가 주문을 했다. 개장국 전골에다 수육, 그리고 백두산 구렁이주였는데 조철봉은 윤달수가 시키는 대로 좋다고만 했다. 이 식당은 개장국 전문인 것 같았다. 술도 북한산이다. 이윽고 둘이 되었을 때 윤달수가 은근한 표정으로 웃었다.

"어떻습니까? 조금 전의 여자 말입니다."

조철봉의 시선을 받은 윤달수가 목소리를 낮췄다.

"여기 온 지 3일밖에 안 되었습니다. 그리고 진짜 처녀란 말입니다."

"나아, 참."

쓴웃음을 지은 조철봉이 윤달수를 보았다. 그러나 이런 대화는 언제 어디서 들어도 절대로 나쁜 기분이 아니다. 조철봉 성품으로는 죽기 1분 전에 침대에 누워서 이 소리를 들었어도 웃었을 것이다.

"이거 왜 이러십니까? 감독관님."

"제가 조 사장님께 소개시켜 드리려고 여기서 만나자고 한 것이란 말입니다."

"에이, 윤 감독관님이나."

"아니, 저는 됐단 말입니다."

윤달수의 표정이 진지해졌다.

"저 애가 여기 딱 왔을 때 제가 찍어놨단 말입니다. 그러니까 다른 놈이 건드리기 전에 조 사장님이."

그때 방문이 열리더니 아까 그 여자가 들어섰다. 그 뒤를 음식 접시를 받쳐 든 종업원들이 따른다.

"어, 김옥희 씨, 여기 앉아."

윤달수가 원탁의 옆쪽 빈자리를 가리키며 말했다. 원탁이어서 조철봉의 옆자리도 된다.

"앉아도 되겠습니까?"

웃음 띤 얼굴로 말한 여자가 조철봉을 향해 머리를 숙였다.

"인사가 늦었습니다. 김옥희라고 합니다."

"조철봉입니다."

옛날이지만 자동차 영업사원 시절에 제 이름을 소개할 때 조에다 힘을 넣어서 좃철봉이라고 했었다. 그러면 남자는 낄낄거렸고 좀 화통한 여자라도 얼굴을 붉혔다. 그런데 지금은 나이도 들었고 위치도 변한 터라 조오철봉 한다. 여자가 옆에 앉고 종업원들이 나갔을 때 윤달수가 말했다.

"김옥희 씨는 음대를 나온 성악가지요."

조철봉의 시선을 받은 김옥희가 방긋 웃었다. 흰 이가 드러나면서 양쪽 볼에 천연의 보조개가 두 개 만들어졌다. 김옥희의 보조개는 천연산이지 않겠는가? 남한은 성형 천국이다. 보톡스를 이곳저곳에다 넣은 후에 쌍꺼풀 수술, 코를 세우고 턱을 깎으며 눈에다 흰자위가 안 보일 정도로 서클 렌즈를 낀 인조 미인에 식상했던 조철봉은 숨을 들이켰다. 아름답다. 김옥희는 조금 통통한 체격이었는데 그것이 또 천연미가 강조되는 것 같았다. 남한의 삐쩍 마른 여자들을 평양 거리에 세우면 북한 남자들은 쳐다보지도 않을 것이다.

"여기 오신 지 얼마나 되었습니까?"

조철봉이 묻자 김옥희는 웃음 띤 얼굴로 대답했다.

"오늘까지 나흘째가 되었습니다."

"중국은 처음이시고?"

"네. 그렇습니다."

"실례지만 나이가."

그때 윤달수가 손까지 들어 보이면서 조철봉의 말을 막았다. 그러나 얼굴에는 웃음이 떠올라 있다.

"조 사장님 천천히 하십시다. 밥 먹고 두 분이 만날 기회를 만들어 드릴 테니까요."

그러자 김옥희의 얼굴이 빨갛게 되었다. 응응할 때 빼놓고 말하다가 부끄러워서 이렇게 빨개진 얼굴을 조철봉은 처음 본다. 다시 감동한 조철봉의 가슴이 세차게 뛰었다. 전에는 흔했던 일이 요즘은 아주 드물어졌다. 그래서 전 같으면 그냥 넘겼을 일에도 조철봉은 감동을 받는 것이다. 젓가락을 쥔 조철봉이 전을 집다가 문득 윤달수를 보았다. 갑자기 생각난 것 같은 행동이었다.

"저기, 장선옥 씨는 잘 있습니까?"

그러자 수저로 밥을 떠 넣던 윤달수가 몇 번 씹고나서 조철봉을 보았다.

"예. 잘 있겠지요."

"연락이 안 됩니까?"

다시 물은 조철봉을 향해 윤달수가 빙그레 웃었다.

"잘 아시면서 왜 그러십니까?"

"뭘 말입니까?"

그래놓고 조철봉이 정색했다. 옆자리에 김옥희가 긴장한 듯 몸을 굳히고 있었지만 놔두었다. 윤달수는 오늘 김옥희를 소개시켜주려고 만나자고 했지만 조철봉은 장선옥의 상황을 어떻게든 알아내고 싶었던 것이다. 조철봉이 말을 이었다.

"부탁합니다. 나하고 인연이 있었던 걸 감독관님도 잘 알고 계시지 않습니까? 이런 부탁을 할 사람은 감독관님뿐이란 말씀입니다."

"아셔도 아무 도움이 안 될 텐데요."

"부탁합니다."

"허어. 이런."

입맛을 다신 윤달수가 머리를 돌려 김옥희를 보았다.

"지배인은 잠깐 나갔다 오시지. 10분만."

"네."

서둘러 일어선 김옥희가 방을 나가고 둘이 되었을 때 윤달수가 말했다.

"저도 어디로 보내졌는지 모릅니다. 다만 평양에 없다는 것은 알지요."

"숙청당한 것입니까?"

"요즘 그런 말 안 씁니다."

쓴웃음을 지은 윤달수가 말을 이었다.

"교육 받으러 갔다고 합니다."

"대충 어디로 갔는지는 알 수 있을 것 아닙니까?"

그러자 윤달수가 정색했다.

"조 사장님, 알아서 어떻게 하시려고?"

"빼내야지요."

106

놀란 듯 눈만 크게 뜬 윤달수를 향해 조철봉이 목소리를 낮췄다.

"내가 돈을 내지요. 이젠 용도 폐기가 된 여자인데 내가 돈을 내고 사겠단 말입니다. 그럼 그쪽은 이득 아닙니까?"

윤달수는 외면한 채 한동안 입을 열지 않았다. 예상은 하고 있었지만 장선옥이 평양을 떠나 교육 중이라는 말을 들었을 때 조철봉은 충격을 받았다. 원인이 불분명한 화가 치밀어 올랐던 것이다. 장선옥을 돈으로 빼내겠다고 한 것은 즉흥적인 발상이었다.

그러나 말을 뱉고 보니까 이것이 최선의 방법이라는 생각이 들었다. 이윽고 윤달수가 머리를 들었으므로 조철봉은 긴장했다.

"한번 알아는 보지요. 그런데 얼마 내시겠습니까?"

윤달수가 묻자 조철봉은 거침없이 대답했다.

"3백만 불."

당장에 준비할 수 있는 자금이다. 그러자 윤달수가 쓴웃음을 지었다.

"정성이 대단하시군요. 조 사장님."

"까놓고 말씀 드려서 정보 들었습니다."

"압니다."

머리를 끄덕인 윤달수가 정색했다.

"장 동무가 열심히 일은 했지만 결국 조 사장님과의 관계 때문에 비판을 받게 되었으니까요."

"나한테 책임이 있으니까 책임져야죠."

"그러면."

젓가락을 내려놓은 윤달수가 똑바로 조철봉을 보았다.

"장선옥 씨를 중국으로 데려와야겠군요?"

"그래야 되지 않겠습니까?"

"그럼 조 사장님께 인도를 해드려야 합니까?"

"그런 의미는 아니고요."

이제는 조철봉이 쓴웃음을 지었다.

"교육에서 풀어내 자유의사에 맡기고 싶습니다. 그러려면 이곳 중국 땅이 낫지 않겠습니까?"

"알아보겠습니다."

다시 머리를 끄덕인 윤달수가 조철봉의 술잔에 구렁이주를 따랐다. 술병 안에 든 구렁이가 살아있는 것처럼 흔들렸다.

"하긴 한번 교육을 다녀오면 거의 놀게 되니까요."

윤달수가 말을 이었다.

"당국으로서는 손해 볼 것이 없을것 같습니다."

그러고는 윤달수가 벨을 누르자 1분도 안 되어서 김옥희가 다시 들어 왔다.

"자, 김 동무도 한잔 해."

윤달수가 김옥희에게 잔을 내밀면서 말했다.

"조 사장님 잘 모셔야 돼. 무슨 말인지 알고 있지?"

"예. 압니다."

다소곳한 표정으로 대답한 김옥희가 힐끗 조철봉을 보았다. 짧은 순간 이지만 시선이 마주쳤다가 떼어졌을 때 조철봉은 소리 죽여 숨을 뱉었다. 김옥희의 눈에서는 어떤 감정도 섞여 있지 않았던 것이다. 그냥 물건을 보는 눈이다. 지금까지 수백 명 여자의 눈빛을 읽고 작업을 해온 조철봉 이다. 아무리 얼굴에 웃음을 띤 채 말을 달콤하게 한다고 해도 눈은 속이지 못한다. 특히 조철봉한테는 그렇다. 조철봉이 언젠가 카바레에서 여자와 눈으로만 작업을 진행한 적이 있다. 홀의 옆쪽 테이블에 앉은 여자였는데 이쪽은 셋, 그쪽은 넷이었다. 그때 조철봉이 대각선 자리에 앉은 그 여자와 시선이 마주쳤을 때 눈으로 물었다.

"나하고 놀까?"

그러자 여자가 역시 눈으로 대답했다.

"그래, 좋아."

조철봉이 두 번째 시선을 잡고 눈으로 물었다.

"우리, 위쪽 호텔방에 갔다가 오자."

여자가 눈으로 대답했다.

"그래, 가."

시치미를 뗀 조철봉이 자리에서 일어섰을 때 여자도 따라 일어섰다. 둘은 비상구 계단으로 나와 화장실 위쪽 호텔 입구로 들어갔는데 양쪽 일행은 아무도 눈치 채지 못했다. 화장실 가는 줄 알았을 것이다.

그런데 김옥희는 아니었다. 지금 김옥희의 눈빛을 말로 표현한다면 '여기 돌멩이가 있구나'쯤 될 것이다. 그러나 속 모르는 윤달수 앞에서 내색할 수는 없는 노릇이다. 김옥희의 시중을 받으며 식사와 함께 구렁이술 한 병을 다 마셨을 때는 오후 2시가 되어가고 있었다.

"자, 그럼 난 먼저 가볼 테니까."

술기운으로 얼굴이 붉어진 윤달수가 자리에서 일어서며 말했다.

"조 사장님은 좀 놀다 가시지요. 그러시라고 내가 먼저 일어나는 것이니까요."

노골적으로 그렇게 말하는 바람에 조철봉은 당황했지만 김옥희는 오히려 차분했다. 윤달수한테서 언질을 받은 것 같았다.

"아니, 저도 가야 하는데."

조철봉이 엉거주춤 따라 일어서자 다가온 윤달수가 어깨를 누르는 시늉을 했다.

"그러시면 안 됩니다. 성의를 무시하면 안 된다고요."

그러더니 다시 앉은 조철봉의 귀에 입술을 바짝 붙였다.

"안쪽의 내실로 옮기시지요."

조철봉은 심호흡을 했다. 국정원에서도 윤달수에게 미인계로 나명진을 붙여 주었지만 그 후의 상황은 모른다. 이진경으로 이름을 바꾼 나명진을 베이징 룸살롱에서 윤달수와 같이 만난 후부터 소식을 듣지 못한 것이다. 그런데 지금은 북한 측이 그와 유사한 미인계를 쓰는 것 같다. 북한 측 방법은 오히려 직선적이면서도 자연스럽다. 잠시 후 윤달수를 배웅한 김옥희가 방으로 돌아왔다. 그동안 조철봉은 밖에서 기다리던 이경애를 돌려보내기는 했지만 마음이 불편했다. 찬밥 더운밥 가리지 않는 조철봉이라고 해도 이건 너무 의도적인 데다 상대에 대한 호감이 일어나지 않았다. 그렇다고 무리를 할 필요도 없는 것이다.

"내실로 옮기시지요."

김옥희가 자리에 앉지도 않고 말했으므로 조철봉이 머리를 들었다. 시선이 또 마주쳤고 김옥희의 눈이 또 말했다.

"돌맹이가 좀 귀찮네."

그 순간 조철봉이 자리에서 일어나며 물었다. 웃음 띤 얼굴이었다.

"내실로 가서 뭘 하겠다는 거야?"

"술 드셨으니까 쉬시라고요."

"김옥희 씨하고 같이?"

조철봉이 물었을 때 김옥희는 시선을 내렸다.

"잘 모시라는 지시를 받았습니다."

입술만 달싹이며 김옥희가 표정 없는 얼굴로 말하더니 앞장을 섰다. 내실은 복도 끝의 문을 열고 밖으로 나와 다시 가로로 이어진 복도의 왼쪽 방이었다. 방문을 열자 원룸 형식의 넓은 방이 드러났는데 벽에 붙은 침대가 컸다. 먼저 방 안으로 들어선 김옥희가 창으로 다가가 짙은 색 커튼부터 내렸다. 금방 방 안이 어두워졌으므로 조철봉이 벽을 더듬어 전등을 켰다.

"씻으세요" 하고 김옥희가 외면한 채 말한 순간이었다. 저절로 어금니를 물었다 푼 조철봉이 벽 쪽의 의자에 앉아 김옥희를 보았다.

"김옥희 씨, 그거 하고 싶어?"

조철봉이 불쑥 묻자 김옥희의 시선이 옮아왔다. 얼굴이 굳어 있는 것을 보기만 해도 알 수 있었다. 눈빛도 강하다. 그때 김옥희가 입을 열었다.

"전 상관없습니다. 하시고 싶으면 언제든지, 전 지시를 받았으니까요"

"그러니까 내키지 않아도 다리를 벌려주겠단 말이죠"

가슴이 울렁거린 조철봉의 입에서 그렇게 말이 나왔다. 장선옥의 상황에다 김옥희의 차가운 반응 등이 뒤섞인 결과일 것이다. 그때 김옥희가 대답했다.

"그렇습니다, 벌려드립니다."

그 순간 조철봉은 피식 웃었다. 실소(失笑)였다. 가차 없이 반발한 김옥희가 어이없다기보다 그런 미끼를 내놓은 윤달수에 대한 웃음일 것이다.

111

웃고 나자 조철봉의 가슴이 조금 편안해졌다. 김옥희에 대한 동정심도 일어났다. 싫은 상대를 억지로 만나야 하니 얼마나 심사가 뒤틀리겠는가? 아직 단련이 덜 된 김옥희의 순수성까지 느껴졌다. 조철봉이 지그시 김옥희를 보았다. 김옥희도 지지 않겠다는 듯이 마주 본다. 제가 한 말의 정도를 알고 있는 터라 이를 앙다물었고 입술 끝이 미세하게 떨렸다. 스물다섯, 아니면 스물일곱 정도나 되었을까?

"그럼 홀랑 벗어 봐."

그 순간 조철봉은 제가 뱉은 말에 놀라 눈을 치켜떴다. 인간은 꼭 머릿속에서 다음 말을 연구해놓고 나서 입으로 내놓는 것이 아니다. 저절로 말이 나오는 경우가 많다. 버릇이나 관성 때문에, 그러나 머릿속에서 갈등이 일어나는 경우에는 억제를 뚫고 튀어나오는 말들이 많다. 바로 지금 같은 경우일 것이다. 김옥희의 지지 않겠다는 시선을 본 순간에 조철봉의 자제력이 풀렸다. 그때였다. 김옥희가 시선을 그대로 둔 채 먼저 치마부터 벗는다. 매듭을 풀자 연분홍 치마가 스르르 발밑으로 흘러내렸으며 곧 흰색 속치마가 남았다.

조철봉은 어금니를 물었다. 그때 김옥희가 저고리 고름을 풀더니 쉽게 팔을 빼내었다. 그러자 맨 어깨와 팔이 드러났다. 가슴 윗부분까지 보인다. 흰 피부, 살집이 좋아서 어깨가 둥글다. 김옥희가 치마와 저고리를 집더니 옆쪽 소파 귀퉁이에 개어 놓았다. 손놀림이 차분했고 여전히 무표정한 얼굴이었다. 이윽고 허리를 편 김옥희가 짧게 파마한 머리를 귀밑으로 쓸어 넘기며 조철봉을 보았다. 묻는 시선이었다. 그것을 말로 표현한다면 "더 벗을까, 이 새끼야" 정도 될 것이다. 다시 그 시선에 대항해서 더 벗으라고 할 뻔했던 조철봉이 이번에는 자제했다. 어금니를 물었다가 푼 조철봉이 입을 열었다.

"했다고 하자고."

김옥희의 눈이 조금 커졌고 조철봉의 말이 이어졌다.

"누가 물으면 그거 했다고 하잔 말야."

그러고는 조철봉이 주위를 둘러보는 시늉을 했다.

"카메라를 장치해놨는지 모르겠지만 어쨌건 김옥희 씨가 최선을 다 했다는 건 찍혔겠지."

그러고는 쓴웃음을 지었다.

"사람들이 나에 대해서 오해하는 게 있어. 내가 여자라면 무조건 덤벼드는 놈이라고 믿는 거야."

그때 김옥희가 시선을 들고 조철봉을 똑바로 보았다. 이 표정을 말로 옮기면 다음과 같다.

"무슨 개소리를 하는 거야."

여전히 김옥희의 얼굴에는 적의가 실려 있는 것이다. 김옥희의 시선을 받은 조철봉이 말을 이었다.

"난 날 싫어하는 여자하고 자본 적이 없어. 난 억지로 그걸 해본 적이 없단 말이야."

"······."

"내가 무슨 짐승도 아니고 기를 쓰고 집어넣을 이유가 없지."

그러고는 조철봉이 외면한 채 말했다.

"어서 옷 입어. 옷 입고 좀 기다렸다가 나가자고. 금방 나가면 좀 미안해서 말야."

그때 김옥희가 속치마만 입은 채로 소파로 다가가더니 한쪽 귀퉁이에 앉았다. 어깨를 웅크리고 있었는데 이제는 옆모습만 보였다. 김옥희가 낮게 말했다.

"죄송합니다. 이런 일 처음이라서요"

지금까지 조철봉이 반평생을 살아오면서 순전히 호의로 여자를 소개받은 적은 단 한 번도 없다. 더구나 그 여자가 미인이었던 적은 전생에도 없었을 것이라고 자신있게 말할 수 있다. 다 음모는 아니더라도 복선 내지는 계획이 있었기 때문에 여자를 소개시켜 주었다. 세상에 어떤 덜 떨어진 놈이 조건 없이 다른 놈에게 예쁜 여자를 소개시켜 주겠는가? 제 애인이 있다고 해도 그렇다.

제 마누라에다가 애인까지 있다고 해도 그렇다. 거기에다 플러스 제 연장이 고장나서 당분간 사용 불능이 되었다고 해도 소개시켜 주지 않을 것이다. 물론 이것은 조철봉 기준이다. 다른 놈 속은 들여다보지 않았지만 인간은 대부분 제 기준으로 타인을 평가하지 않는가? 윤달수가 김옥희를 이런 식으로 소개시켜 준 것도 다 계획이 있기 때문이다. 윤달수는 그것을 조철봉이 짐작하고 있다는 것을 알면서도 추진시켰다고 봐야 한다. 그럼 그 저의는 무엇이겠는가? 조철봉이 머리를 들고 김옥희를 보았다. 아직도 저고리를 벗은 채인 김옥희는 둥근 어깨의 옆모습을 보인 채 앉아 있다. 왼쪽 팔이 통째로 드러났다. 희고 긴 팔이다. 비곗살이 아니라 테니스 선수 같은 탄력이 느껴지는 팔이었다.

"윤달수 씨한테서 어떤 지시를 받았건 걱정하지 않아도 돼. 오늘 일은 내가 잘 해결할 테니까."

조철봉이 김옥희의 옆얼굴에 대고 말했다.

"오늘 어떻게 되었느냐고 물으면 같이 잤다고 하라니까? 그럼 아무

소리 못할 거야."

"고맙습니다."

다시 김옥희가 인사했지만 여전히 시선은 앞쪽으로 향해 있다. 이제는 조철봉과 눈을 마주치지 않는 것이다.

"근데, 처음이야?"

슬슬 답답해진 조철봉이 불쑥 물었다.

"윤달수 씨가 말하던데, 거기 처녀라고 그거 정말이야?"

김옥희는 대답하지 않았지만 시선이 25도쯤 아래로 내려졌다. 의자에 등을 붙인 조철봉이 느긋해진 표정으로 다시 물었다.

"요즘 세상에 드문 일이어서 그래. 더구나 김옥희 씨 같은 미인이 말이야. 도저히 믿기지가 않는구먼."

말을 하다보니 더 궁금해졌으므로 조철봉이 정색했다.

"사실이야? 사실 아니라도 상관없어. 다음부터는 윤달수 씨한테 그런 소개는 우습기만 하니까 빼라고 충고해야겠어."

"정말입니다."

김옥희가 그때서야 옆에 놓인 저고리를 집어 입으면서 말했다.

"전 난잡하게 자라지 않았습니다. 저뿐만 아니라 제 동무들도 다 그렇습니다. 모두 처녀랍니다."

"음, 그런가?"

"제 동무들은 모두 군에 가서 복무하다가 제대를 할 때까지 처녀로 남아 있었습니다."

"설마 그럴라고? 군인들끼리 연애도 할 텐데 그래?"

"그럴 수도 있겠지만 남조선처럼 그렇게 난잡하지 않습니다."

"남조선이 누가 난잡하다고 하는 거야?"

"저도 여기 나오기 전에 남조선 신문, 잡지 다 봤습니다."

"그런 일은 극히 일부분이라고"

입 안이 쓴 조철봉이 입맛을 다셨다. 처녀성은 나름대로 소중하다. 또한 처녀성을 내주는 것에 대단한 의미를 부여할 수도 있을 것이다. 그러나 조철봉 입장에서는 전혀 아니었다. 조철봉 자신이 동정을 사창가에서 떼었기 때문인지도 모른다. 동정이나 처녀성이 조철봉에게는 성인이 되기 위한 딱지, 그냥 허물 같은 느낌이었다. 몸만 함부로 굴리지 않으면 되는 것이다.

처녀 김옥희하고 그렇게 헤어진 지 닷새 후가 되는 날 오전, 조철봉은 사무실에서 전화를 받았다. 남북 합자 사업 북한 측 대표인 김성산의 전화였다. 김성산이 누구인가? 6년 전에 조철봉이 처음 중국에서 룸살롱 사업을 시작할 때 동업자였던 인물이다. 조철봉보다 나이가 10여 년 연상인데다 경륜도 그만큼 더 풍부했고 무엇보다도 인품이 훌륭해서 조철봉의 존경을 받았다. 남북 합자 사업의 북한 측 대표가 되면서 젊은 실세인 윤달수나 장선옥에까지 밀리는 분위기였지만 의연했다. 조철봉과 직접 접촉하는 경우가 드물었지만 김성산이 북측 대표로 버티고 있는 것만으로도 든든했던 것이다. 그 김성산이 조철봉에게 말했다.

"조 사장, 오늘 저녁식사나 같이 하십시다."

두말하지 않고 조철봉이 승낙하자 김성산은 시간과 장소를 정해주었다.

"저녁 7시에 한식당 청진에서, 거기 아시지요?"

요즘 슬슬 김옥희가 궁금해지고 있었던 참이었는데 청진을 잊을 리가 있겠는가?

조철봉은 기쁘게 승낙하고는 7시에 맞춰 베이징 동물원 옆의 청진을 찾았다. 식당 안으로 들어섰을 때 좌우로 벌려선 여종업원들이 일제히 허리를 꺾으며 한국어로 인사를 했지만 김옥희는 보이지 않았다. 김옥희는 지배인급이었으니 절하는 종업원 사이에 있을 리는 없다. 그러나 안내를 따라 가면서도 조철봉은 주위를 두리번거렸다. 김옥희를 찾는 것이다. 홀에는 손님이 많았는데 김옥희는 보이지 않았다. 조철봉이 안내된 방은 지난번에 윤달수와 들어간 끝이었다. 청진의 특실인 모양이었다.

"어이구, 조 사장, 오랜만입니다."

조철봉이 10분 먼저 갔는데도 먼저 와 기다리던 김성산이 반갑게 맞았다. 조철봉의 손을 힘차게 잡고 흔들던 김성산이 자리에 앉으면서 은근하게 말했다.

"오늘 여자 둘 불렀습니다. 조금 후에 들어오라고 했어요."

"어이구, 송구스럽습니다. 사장님."

주문을 받으려고 종업원이 들어왔으므로 조철봉은 김성산에게 일임했다. 지난번처럼 개장국에 수육, 무침까지 시킨 김성산이 술은 인삼주를 골랐다. 그러나 알코올 농도는 55도나 되었다. 종업원이 나갔을 때 김성산이 물수건으로 손을 닦으면서 말했다.

"윤달수가 어제 평양으로 돌아갔습니다."

놀란 조철봉이 들고 있던 물잔을 내려놓았고 김성산의 말이 이어졌다.

"아마 중국으로는 나오지 못할 것 같습니다."

숙청이다. 윤달수도 당한 것이다. 조철봉의 눈앞에 나명진의 모습이 떠올랐다. 그리고 장선옥의 얼굴로 이어졌다. 그때 김성산의 목소리가 방을 울렸다.

"베이징에서 여자한테 살림 차려준 건 이해할 수 있지만 사기를 당했다고 하는군요."

조철봉의 시선을 받은 김성산이 쓴웃음을 지었다.

"여자가 윤달수가 관리하던 공금을 들고튀었습니다. 그 금액이 500만 불이 넘어요."

"……."

"그래서 소환되었는데 책임 추궁을 당하고 재교육을 받을 겁니다."

"아, 그렇습니까?

입 안에 고인 침을 삼킨 조철봉이 김성산을 보았다. 윤달수에게는 그 다음 날 300만 불을 보냈던 것이다. 그 300만 불까지 나명진이 들고튀었다는 말이 된다. 김성산이 정색하더니 조철봉을 똑바로 보았다.

"감독관이었지만 꽤 썩은 동무였지요. 아마 평양에서 혼이 날 겁니다."

다시 조철봉의 눈앞에 장선옥이 떠올랐다.

"거시기" 하고 조철봉이 입을 열었다. 김성산의 시선을 받은 조철봉이 멋쩍게 웃었다.

"저도 며칠 전에 윤달수 씨한테 300만 불을 보냈습니다만."

김성산은 눈만 껌벅였는데 놀란 기색 같지는 않다. 조철봉이 말을 이었다.

"장선옥 씨가 재교육을 받는다고 해서 빼내달라고 부탁한 겁니다. 300만 불로 합의를 하고 보냈는데 그렇게 돼서 황당하군요."

"그렇습니까?"

입맛을 다신 김성산이 쓴웃음을 지었다.

"그 작자, 숨겨놓은 자금이 꽤 있겠는데. 그건 그렇고, 조 사장이 장선옥의 구명운동까지 하셨다니 놀랍습니다."

"잘 아시다시피……."

"압니다."

정색한 김성산이 어깨를 치켰다 내리면서 길게 숨을 뱉었다.

"장선옥은 젊은 나이에 빨리 출세를 해서 적이 많았지요."

"전 돈만 날린 셈이 된 겁니까?"

"윤달수의 죄는 가중되겠습니다."

그때 방문이 열리더니 음식 그릇을 든 종업원들이 들어섰다. 그리고 그 뒤를 여자 두 명이 따라왔는데 그중 하나가 김옥희였다. 김옥희는 조철봉과 시선이 마주치자 눈을 크게 떠 보였다가 곧 외면했다. 조철봉이 와 있는 줄 아는 눈치였다.

"어. 앉아."

김성산이 여자들에게 부드럽게 말하자 김옥희는 조철봉 옆에 앉았다.

"알고 계시지요?"

눈으로 김옥희를 가리키며 김성산이 물었다. 시선을 내린 김옥희는 종업원들이 내려놓은 음식 그릇만 바라보는 중이다.

"예. 압니다. 지난번에 윤달수 씨하고 여기서 만났을 때……."

조철봉이 털어놓았다. 가슴이 답답해졌고 목소리도 낮아졌다. 윤달수가 재교육이 아니라 총살을 당했다고 해도 눈도 깜박하지 않을 것이다. 그러나 장선옥을 빼내려던 작업이 물 건너갔다. 300만 불만 떼인 셈이다. 김옥희를 만날지 모른다는 기대는 이미 지워졌고 얼굴을 봐도 감동이 일어나지 않았다. 그때 김성산이 입을 열었다.

"제가 여기서 조 사장님을 뵙자고 한 건 윤달수 이야기가 주목적이 아닙니다."

다시 정색한 김성산이 말을 이었다.

"북남합자 사업이 앞으로 잘되려면 저하고 조 사장님이 서로 믿고 의지해야 된다고 생각했기 때문입니다. 예전에 우리가 칭다오에서 룸살롱 사업을 처음 시작했을 때처럼 말씀이죠."

김성산이 눈을 가늘게 뜨고 앞쪽 벽을 보았다. 지난날을 회상하는 표정이었다.

"그땐 참 순수했지요. 서로 경계는 했지만 해보자는 의욕이 충만했는데."

"김 사장님 같은 분만 계시다면 합자 사업은 성공합니다."

조철봉이 김성산의 말을 받았다. 진심이었다. 김성산은 외국 생활을 오래했기 때문인지 융통성이 있었으며 자본주의의 장점을 존중했다. 감추거나 억지 주장을 하지 않았다. 김성산이 조철봉의 시선을 받더니 쓴웃음을 지었다.

"약점이 많은 사람이 공격적인 겁니다. 그렇게만 이해해주시면 됩니다."

조철봉은 시선을 내리고는 술잔을 쥐었다. 그러자 기다리고 있었다는 듯 김옥희가 술병을 들더니 술을 따랐다. 김성산의 말이 이어졌다.

"우리 자주 만납시다. 앞으로는 윤달수 같은 작자가 우리 과업을 방해하지 않게 될 테니까요."

그러더니 덧붙였다.

"장선옥 문제도 제가 보고하겠습니다."

120

조철봉이 청진을 나왔을 때는 밤 10시 반이었다. 55도짜리 인삼주를 둘이 딱 절반씩 나눠 마신 터라 조철봉은 물론이고 김성산도 술기운으로 얼굴이 벌겠다. 둘은 각각 파트너와 함께 나왔는데 김성산이 이렇게 조철봉과 함께 이차 가는 건 처음 있는 일이었다.

"김옥희가 데려다 줄 겁니다."

제 파트너와 함께 차에 오르면서 김성산이 말했다.

"미인계 쓰는 게 아니니까 걱정하지 않으셔도 됩니다."

김옥희가 옆에 있는 데도 그렇게 말한 김성산이 얼굴을 펴고 웃었다. 김성산이 탄 차가 떠났을 때 조철봉과 김옥희는 대기하고 있던 차에 올랐다. 조철봉의 차였다. 김옥희가 조선족 운전사에게 목적지를 말해주었는데 청진에서 차로 5분 거리의 아파트였다. 아파트에 혼자 살고 있다는 것이다. 아파트 앞에서 차를 보낸 조철봉과 김옥희는 3층으로 올라왔다. 5층짜리 아파트에는 엘리베이터가 없었기 때문이다. 그러나 신축 아파트여서 깨끗했고 외관도 좋았다. 302호실의 문을 연 김옥희가 먼저 들어서더니 전등을 켰다. 그러자 20평형쯤의 아파트 내부가 드러났다. 가구나 집기는 잘 정돈되었고 베란다 유리창에는 분홍색 커튼이 덮여 있다.

"술 더 드시겠어요?"

소파에 앉은 조철봉에게 주방 쪽으로 다가가면서 김옥희가 물었다. 김옥희는 청진을 나와 이곳까지 오는 동안 운전수에게 위치를 알려준 것 외에 한마디도 말을 하지 않았다. 조철봉이 머리를 돌려 김옥희의 뒷모습을 보았다. 코트를 벗고 원피스 차림이 된 김옥희의 종아리가 눈이 부시도록 희다.

"그래. 한잔 더 마셔야겠어."

조철봉이 불쑥 말했다. 생각하지 않고 말부터 나온 경우가 될 것이다. 김옥희가 잠자코 주방 위쪽 선반에서 위스키병을 꺼내더니 쟁반에다 마른안주를 담아 가져왔다. 차분한 표정이었고 동작도 안정되어 있었다.

"여기 혼자 있는 거야?"

청진에서 들었지만 조철봉이 다시 묻자 앞자리에 앉은 김옥희가 머리를 끄덕였다.

"네. 사장님이 얻어주셨습니다."

"청진 사장이 말야?"

"네."

"윤달수 씨는 잘 알지?"

"네."

그러고는 김옥희가 조철봉을 보았다. 눈동자가 흔들리지 않는다.

"윤달수 씨가 청진 관리를 맡았다가 이번에 교체되었죠."

"그랬구나."

쓴웃음을 지은 조철봉이 술잔을 들었다. 그러자 김옥희가 재빠르게 술병을 집더니 잔에 술을 채운다. 발렌타인 17년이었다. 윤달수가 청진을 관리하고 있었던 것이다. 그래서 김옥희를 조철봉에게 보낼 수가 있었다. 그때 김옥희가 입을 열었다.

"그날 말씀이죠."

조철봉의 시선을 받은 김옥희의 얼굴이 조금 붉어졌다. 눈동자도 흔들렸다.

"그날, 내실에서."

"내실에서 왜?"

122

"사진을 찍으려다가 실패했습니다."

"사진?" 했다가 조철봉이 풀썩 웃었다. 촬영 장치를 말한 것이다. 내실에 카메라를 숨겨놓고 조철봉과 김옥희의 섹스 장면을 녹화하려고 했다는 말이었다. 조철봉이 웃음 띤 얼굴로 김옥희를 보았다.

"알고 있었어?"

"아뇨. 나중에 알았습니다."

김옥희의 얼굴이 더 붉어졌다.

"윤달수가 말이지?"

조철봉이 묻자 김옥희는 시선을 내린 채 대답했다.

"네, 어떻게든 유혹하라고 했습니다."

"그런데 다행히 실패했군."

"정말 다행입니다."

그래놓고 김옥희가 머리를 들고는 웃었다. 불빛에 반사된 두 눈이 반들거리고 있었다. 한모금에 위스키를 삼킨 조철봉이 다시 물었다.

"오늘도 김성산 사장한테서 지시를 받지 않았어? 오늘 내용은 뭐야?"

"그냥 잘 모시라고만 말씀 들었습니다."

"여기에서도 사진 찍는 거 아냐?"

김옥희 말을 흉내 낸 조철봉이 방 안을 둘러보는 시늉을 했다.

"어디에다 숨겨놨지? 저기 형광등 옆에 구멍이 뚫린 데 아냐?"

"그럴 리가 없습니다."

얼굴이 금방 하얗게 굳은 김옥희가 그쪽을 보면서 머리를 저었다.

"여기까지 장치해놨을 리는 없습니다. 여긴 다른 사람이 아무도 온 적이 없거든요. 제가 산지도 열흘밖에 안되었고"

"찍히면 어때?"

조철봉이 저고리를 벗으면서 말했다.

"까짓것, 실컷 보라지. 아마 섹스 교범이 될지 모르겠다."

"그러지 마세요."

와락 얼굴이 붉어진 김옥희가 조철봉을 쏘아보며 말했다.

"오늘 밤 조 사장님 모시라고 하기에 제가 물어 보았다구요."

"누구한테?"

"가게 사장한테요."

"참, 사장이 누구지?"

"박명호 동지라고."

"뭐 하다가 여기 온 놈인데?"

"보위부 소좌라고 들었습니다."

"그자가 뭐라고 했는데?"

"사진 찍을 거면 제가 꼭 그렇게 만들 테니까 솔직히 말해달라고 했지요. 과업을 달성하겠다고요."

"그랬더니?"

"웃으면서 아파트 안에는 장치가 없으니까 하든 말든 맘대로 하라고 했습니다."

"흠, 그래?"

그러자 김옥희가 덧붙였다.

"자기 생각엔 안 하는 게 낫다고까지 하더군요."

"왜?"

그러자 김옥희의 얼굴이 또 붉어졌다.

"자기가 날 처음 안고 싶다고요."

"음, 나쁜 놈."

눈을 부라리며 말했던 조철봉이 턱을 내밀었다. 눈이 가늘어지면서 어금니가 물려졌다.

"진짜 처녀야? 한 번도 해본 적이 없느냔 말이야."

조철봉이 잇새로 묻자 김옥희가 정색했다.

"제가 왜 거짓말을 하겠어요? 그게 무슨 자랑거리라고요."

"윤달수는 그것을 큰 자랑으로 알 텐데."

"사장님은 어떠세요?"

눈을 크게 뜬 김옥희가 조철봉을 보았다.

"처녀가 좋으세요?"

"난 별로야."

"왜 별로죠?"

"글쎄, 그것이……."

그 순간 조철봉의 가슴이 뛰었고 목이 메었다. 감동, 성적 감동이 온 것이다. 그러자 자극을 즐기고 싶은 욕망이 솟아오르면서 온몸에 활기가 일어났다. 김옥희의 시선을 받은 조철봉이 말을 이었다.

"처녀는 성 경험이 없기 때문에 반응이 더디고 호흡이 맞지 않아."

입 안에 고인 침을 삼킨 조철봉이 말을 이었다.

"섹스는 서로 즐기는 거야. 여자도 남자한테 즐거움을 줘야 한다고 그런데 처녀는 미숙해."

전향

"아녜요."

다음 순간 김옥희가 그렇게 말을 잘랐으므로 조철봉은 조금 과장해서 표현한다면 대경실색을 했다. 처녀는 미숙하다고 말한 순간에 아니라고 부정하다니. 그럼 익숙하다는 말인가? 조철봉의 시선을 받은 김옥희가 얼굴을 붉혔다. 오늘 밤 김옥희는 수십 번 얼굴을 붉혔다 말았다 한다.

"아니라면……."

입 안에 괸 침을 삼킨 조철봉이 말을 이었다.

"익숙하단 말인가? 섹스에 말이야."

섹스란 말을 넣은 건 당연히 자극을 더 받으려는 속셈이다. 그러자 김옥희가 번쩍 머리를 들고 조철봉을 보았다.

"잘할 수 있을 것 같아요."

"한 번도 해보지 않았다면서 어떻게 자신을 하지?"

"해보지 않았어도 상상은 하죠."

"상상하고 현실은 다른 법이야."

조철봉이 엄숙하게 말했지만 가슴은 기쁨으로 충만했으며 활력이 넘친 심장은 증기기관차의 피스톤처럼 기운차게 뛰었다. 이것은 마치 애무와 같다. 알몸을 손끝이나 혀로 접촉하는 분위기와 같은 것이다. 시각과 촉감으로만 쾌감을 느끼는 것이 아니다. 청각, 즉 들으면서도 성적 기쁨을 느끼며 말을 뱉으면서 쾌락에 전율할 수가 있다. 바로 지금이 그렇다. 한 모금 술을 삼킨 조철봉이 김옥희를 지그시 보았다. 지금 제 얼굴을 보지 못하지만 두 눈이 번들거리고 있을 것이다. 조철봉이 다시 입을 열었다.

"이봐, 김옥희 씨. 손가락으로 거기 애무는 해봤지?"

낮고 은근하게 물었을 때 김옥희가 시선을 내렸다가 들었다. 이제는 눈 주위만 빨갛다.

"네, 해봤어요"

"손가락 몇 개까지 넣어봤어?"

"네?" 했다가 김옥희의 얼굴 전체가 빨개졌다. 그러나 대답은 한다.

"한 개요"

"어떤 거?" 라고 묻자 김옥희가 마치 가해자를 골라내는 표정으로 중지를 세워 보였다. 가늘고 긴 손가락이다.

"으음."

조철봉의 몸에 약한 전류가 스치고 지나갔다. 어느새 철봉은 벌떡 서 있었으며 목이 메다 못해 숨까지 막혔다. 그러나 조철봉이 기를 쓰고 물었다.

"그 손가락이 어디까지 들어갔는데?"

"여기까지" 하고 김옥희가 엄지로 중지 중간 부분을 짚었다. 이제는 표정이 피해자처럼 주눅이 들었다.

"으으음."

조철봉의 입에서 저도 모르게 탄성이 나왔다. 그러나 이를 악물고 참 았다. 벌떡 일어나 바지를 벗어 던지고 싶은 충동이 일어났기 때문이다.

"그때, 손가락이 들어갔을 때, 샘이 젖어 있었나?"

조철봉이 묻자 김옥희가 눈을 크게 떴다가 곧 이해했다.

"네, 젖어 있었어요."

"미끈거렸어?"

"네."

"쑥, 들어갔어?"

"아뇨, 겨우."

"으으음."

입술은 말랐지만 입 안의 침은 홍수처럼 넘치고 있었으므로 조철봉은 침을 삼켰다가 잘못 넘어가 재채기를 두 번이나 했다. 눈을 부릅뜬 조철 봉이 다시 입을 열었을 때 김옥희가 일어섰다.

"그만 자요."

김옥희가 번들거리는 눈으로 조철봉을 보았다.

"지금도 거기가 젖었어요."

몸을 돌린 김옥희가 옆쪽 침실로 들어가 버렸으므로 조철봉은 심호흡 을 했다. 55도짜리 인삼주에다 위스키까지 마신 터라 머리 위쪽에 불이 붙은 것 같은 느낌이 들었지만 곤두선 철봉은 바지를 찢을 기세였다. 그 러나 조철봉은 금방 따라 일어서지 않았다. 남자 중 일부가 이런 순간에 여유를 부릴 때가 있다. 금방 덤벼드는 인간과 비교해서 좀 의뭉하거나 계산적인 성격일 것이다. 또는 천신만고 끝에 이 순간까지 이끌어온 놈자가 감개를 더 느끼려고 빼는 경우도 있겠다. 조철봉은 계산파에 속한다. 손목시계를 본 조철봉은 딱 7분이 지났을 때 자리에서 일어섰다. 침실로 들어선 조철봉은 방의 불이 꺼져 있는 것을 보았다. 순식간에 눈앞이 어두워졌지만 벽 쪽 침대에 떠 있는 흰 얼굴은 보였다.

"벌써 들어가 있는 거야?"

조철봉이 물었지만 김옥희는 대답하지 않았다.

"불 켤까?"

대답을 들으려는 의도로 그렇게 물었을 때 금방 목소리가 울렸다.

"켜지마요"

"다 벗었어?"

조철봉이 셔츠를 벗으면서 또 물었다.

다시 말로 자극을 주고받으려는 것이다.

"벗었어요"

침대에서 김옥희가 낮게 대답했다.

"팬티까지 다?"

"아뇨, 팬티는."

"팬티도 벗어."

조철봉이 이제는 바지와 팬티를 한꺼번에 벗어던지면서 말했다. 김옥희는 대답하지 않았고 조철봉이 시트를 들추고는 옆에 붙었다. 그 순간 조철봉의 얼굴에 웃음이 떠올랐다. 김옥희는 브래지어와 팬티를 걸치고 있었기 때문이다.

"안 벗었구먼."

김옥희의 브래지어를 풀면서 조철봉이 말했다. 브래지어가 벗겨지자 풍만한 젖가슴이 출렁거렸다.

"으음."

감탄한 조철봉이 대뜸 젖가슴을 입에 가득 물었다.

"아야."

젖꼭지까지 입 안에 넣고는 혀끝으로 굴리자 김옥희의 입에서 신음 같
은 탄성이 뱉어졌다. 조철봉은 손을 뻗어 김옥희의 팬티를 끌어내렸다.
그러고는 숲에 싸인 샘을 어루만지자 곧 손이 흠뻑 젖었다. 샘이 넘치고
있는 것이다. 조철봉이 잠깐 젖가슴에서 입을 떼고는 김옥희를 내려다보
았다. 김옥희는 수동적이다. 젖가슴에 묻혀 있는 조철봉의 어깨를 쥐고만
있을 뿐 밀지도 당기지도 못했다.

"겁나는 거야?"

조철봉이 묻자 김옥희가 크게 머리를 저었다. 불을 꺼서 잘 안 보일
까봐 그런 것 같았지만 이제 조철봉의 눈은 어둠에 익숙해져 있어서
김옥희의 얼굴 표정도 다 보였다. 조철봉의 손끝이 샘 안을 조금 비집
고 들어가자 김옥희의 입에서 옅게 신음이 울렸다. 두 다리가 잔뜩 오
므려져 있다.

"봐."

조철봉이 샘을 쓰다듬으며 웃었다.

"아직 준비가 덜 돼 있구먼 그래."

"왜, 왜요?"

"내 손이 가면 저절로 다리가 벌려져야지. 그게 정상인데 말야."

그러자 김옥희가 다리를 조금 벌렸다.

조철봉은 머리를 들고 김옥희의 입술에 키스했다. 그러자 김옥희가 조

철봉의 어깨를 움켜쥐더니 입을 조금 벌렸다. 조철봉의 혀가 잇새로 밀고 들어서자 김옥희는 마지 못한 듯 입을 열었고 곧 혀가 빠져나왔다. 그러더니 숨소리가 더 거칠어졌다. 조철봉은 김옥희가 조금씩 허리를 비트는 것을 느낄 수 있었다.

김옥희의 몸은 기대 반, 두려움 반의 상태였다. 미숙하다는 건 익숙하지 않다는 뜻이지 몸이 덜 숙성되었다는 의미로 지금 사용되지 않았다. 조철봉은 오래 끈다고 해도 이 상태에서 별 진전이 없으리라는 것을 알았다. 이런 경우가 드물었기 때문에 조철봉이 결단을 내려야만 했다. 조철봉이 상체를 일으키고는 자세를 잡자 김옥희의 표정이 굳어졌다. 가쁜 숨을 뱉고는 있었지만 두 눈에 초점이 잡혀졌고 두 손은 어중간했다. 조철봉의 팔에 닿아 있었지만 쥐지도 않았고 그렇다고 떼지도 않는다. 조철봉은 상반신을 세운 자세로 김옥희를 내려다보았다. 김옥희는 가만히 기다리고만 있다.

그때 조철봉은 불쑥 웃음이 터지려고 했으므로 어금니를 악물고 참았다. 바로 이것인 것이다. 몸은 잔뜩 익어 있었어도 김옥희는 본능이 움직이는 대로 나서지 못한다. 겁도 나겠지만 다음 과정은 어떻게 하라고 책에 써있지는 않았을 것이다. 자, 다음은 무엇인가? 어떤 놈은 경험 없는 여자의 이런 행태가 좋아서 동남아 원정까지 떠나 추태를 부린다지만 조철봉으로서는 피곤한 노릇이었다. 심호흡을 한 조철봉은 철봉을 샘 끝에 붙였다. 그러자 김옥희가 움칫했다. 그러더니 저절로 다리가 오므려졌다가 정신을 차린 듯이 다시 벌려졌다. 두 눈이 크게 떠져 있었다. 이제는 불안한 표정이다. 조철봉은 입을 열었다.

"아프면 아프다고 해. 참지 말고"

진심이다. 이 멘트는 이제 말로 즐기려는 의도가 조금도 섞여 있지 않았다. 걱정이 된 것이다. 출입한 경험이라고는 제 중지의 반 토막뿐인 샘에 이제 그 일곱 배는 되는 철봉이 진입하려는 것이다. 그때 김옥희가 다시 크게 머리를 끄덕이며 말했다.

"괜찮아요. 해요."

마치 핵실험을 하라는 것처럼 비장한 말투였고 조철봉은 천천히 철봉을 진입시켰다.

"어머."

철봉이 마악 진입할 때 김옥희의 입에서 터진 외침이다. 놀랐다. 김옥희는 지금까지 조철봉의 철봉 규모를 파악하지 못했다. 손에 대지도 않았기 때문이다. 애무할 때 철봉이 김옥희 무릎 쪽에 붙어 있었지만 그게 다리인지 발목인지 아리송했을 테고 그때 철봉 위치를 찾을 형편인가? 철봉이 1센티쯤 밀고 들어갔을 때 김옥희가 두 손으로 조철봉 어깨를 움켜쥐었다. 악력이 세었다.

"아구야" 했다. '아이구야'가 급하다 보니까 줄어든 것 같았다. 조철봉은 다시 1센티쯤 안으로 들어갔다.

"아악, 아퍼."

김옥희의 입에서 비명이 터졌다. 그러나 조철봉의 느낌으로는 철봉이 닿은 부분이 꽈악 조이는 느낌이 들었지만 용암의 분출 덕분에 딱딱하지는 않았다. 그때 김옥희가 허덕이며 소리쳤다.

"아파요!"

그러자 조철봉이 그 자세 그대로 움직이지 않으면서 물었다.

"그만할까?"

"아뇨!"

김옥희가 다시 어깨를 쥔 손에 힘을 주었는데 악력이 아까보다 더 세어졌다.

"계속해?"

조철봉이 묻자 김옥희가 소리쳤다.

"더! 더!"

철봉이 다시 2센티쯤 더 진입하자 김옥희의 비명이 높아졌다. 조철봉이 또 움직임을 멈췄을 때 김옥희가 손을 뻗어 엉덩이를 움켜쥐었다. 그리고 소리쳤다.

"내가 아프다고 소리쳐도 상관 말아요! 그냥 해요! 절대로 빼지 마!"

다음 날 오전 11시경이 되었을 때 조철봉은 회사에서 김성산의 전화를 받았다.

"조 사장님, 윤달수가 자백했습니다."

김성산이 대뜸 그렇게 말했으므로 조철봉은 잠깐 멍했다. 그러나 곧 그것이 윤달수에게 장선옥의 구명 조건으로 준 300만 불건이라는 것을 알았다.

"아, 그렇습니까?"

조철봉이 건성으로 그렇게 대답했을 때 김성산의 말이 이어졌다.

"그리고 장선옥이 말씀인데요, 윤달수가 제 구좌에 숨겨둔 돈을 게워냈기 때문에 장선옥의 구명 자금을 받은 것으로 인정했습니다. 그래서."

잠깐 뜸을 들이고 난 김성산이 말했다.

"내일 저녁에 비행기 편으로 베이징에 도착할 겁니다."

"내일 저녁에 말씀입니까?"

놀란 조철봉의 목소리가 높아졌다. 빠르다. 하루 만에 확인과 조처가 끝난 것이다. 그때 김성산의 목소리가 수화기를 울렸다.

"장선옥은 천리마무역 영업소장직을 맡아 앞으로 무역 업무를 진행하게 될 겁니다."

"잘되었군요."

"조 사장님과 얼마든지 자유롭게 만날 수 있게 되었습니다. 무슨 말씀인지 아시겠지요?"

"압니다."

조철봉은 심호흡을 했다. 그것은 이제 장선옥이 방면되었다는 것을 의미한다. 앞으로 조철봉과 만나도 의심을 받지 않게 된다는 뜻이며 곧 남쪽으로 넘어가도 상관하지 않겠다는 말이나 같다. 전화기를 내려놓은 조철봉이 인터폰을 눌러 최갑중을 불렀다. 이런 일을 상의할 상대는 최갑중이 적격이다. 조철봉의 말을 들은 최갑중이 정색했다. 기쁜 얼굴은 아니다.

"그럼 무역을 맡는다니 아직 저쪽 일은 맡고 있는 거 아닙니까?"

그러더니 제 말에 제가 대답했다.

"숙소는 저쪽에서 정해주겠군요."

"당연하지."

"다시 합치실 겁니까?"

"저쪽이 원하지 않을걸?"

"거금을 투자했는데 그 보상은 어떻게 받으실 겁니까?"

그렇게 물었던 최갑중이 조철봉의 시선을 받더니 '아차' 하는 표정이 되었다.

"제 말은 무역관계에 대한 겁니다" 하고 최갑중이 정정했으므로 조철봉은 쓴웃음을 지었다.

"내가 얻은 소득은."

조철봉이 차분해진 얼굴로 말을 이었다.

"저쪽하고 말이 통한다는 거야. 예전 같으면 이런 일이 불가능했단 말이다. 이젠 융통성이 생겼어."

"그런가요?"

"이렇게 면역력이 붙으면 개방이 되어도 북한 정권은 만만세가 될 거다."

"예? 그게 무슨 말입니까?"

"장선옥을 돌려보낸 건 전향할 테면 하라는 뜻 같은데."

길게 숨을 뱉은 조철봉이 정색하고 말을 이었다.

"내일 만나서 상의해봐야겠다."

그러자 최갑중이 입맛을 다셨다.

"두당 300만 불이면 한국 경제가 거덜나지 않겠습니까?"

"시끄러 인마."

"그럼 내일 공항에 나가실 건가요?"

최갑중이 물었을 때 휴대전화가 울렸으므로 조철봉은 머리를 들었다. 테이블 위에 놓인 휴대전화가 울리고 있었다. 발신자번호를 보았지만 모르는 번호였으므로 조철봉은 휴대전화를 그냥 귀에 붙였다.

"여보세요"

"조 사장님? 저 김옥희예요"

김옥희다. 어젯밤 정사를 나눈 처녀.

"아아, 웬일이야?"

조철봉이 엉겁결에 그렇게 묻고 나서 금방 후회했다. 여자 전화를 이렇게 받으면 실례인 것이다. 용건은 저쪽에서 먼저 말하도록 해야 한다. 그때 김옥희가 말했다.

"저기, 잘 들어가셨나 해서요."

오전 11시 반이다. 아침 인사치고는 늦었지만 조철봉은 가슴에 서늘한 바람이 스치고 간 느낌이 들었다. 이런 인사는 얼마만인가? 황홀한 밤을 지낸 여자로부터 받는 안부 인사말이다.

"응, 그래. 그래서 이렇게 씩씩하게 일하고 있지 않아?"

힐끗 앞쪽에 앉은 최갑중에게 시선을 준 조철봉이 은근하게 물었다.

"어때? 아침에는 경황이 없어서 물어보지 못했는데, 어제 좋았어?"

"네, 너무."

그러더니 수화기에서 한숨 소리까지 났다.

"저, 지금 집이에요. 오늘은 집에서 쉬고 있어요."

"저런, 왜?"

"그냥요. 몸도 나른하고."

"어제 무리한 거 아냐?"

"그 반대예요."

조철봉은 심호흡을 했다. 이런 대화라면 다섯 시간 동안이라도 계속할 수 있었지만 외면한 채 앉아 있는 최갑중이 걸렸다.

"이봐, 내가 다시 전화할게. 이 번호로 말야."

달래듯이 말하자 김옥희도 정신이 난 듯 목소리가 또렷해졌다.

"그래요. 바쁘신데 그럼 나중에."

전화기를 내려놓은 조철봉이 최갑중에게 말했다.

"이 여자는 윤달수가 날 빠뜨리려고 만든 함정이었어."

눈만 크게 뜬 최갑중을 향해 조철봉이 얼굴을 펴고 웃어 보였다.

"윤달수가 잡혀가자 김성산이 어제 그 함정을 나한테 다시 데려온 거야. 그것이 화해의 신호인 것 같았지. 하지만."

최갑중은 시선만 주었고 조철봉의 말이 이어졌다.

"어젯밤을 같이 보냈어도 찜찜했는데 오늘 김성산의 전화를 받고 분명해졌어."

"그러면."

입맛을 다신 최갑중이 어려운 문제를 읽는 수험생의 표정이 되어서 조철봉을 보았다.

"어제 가신 그 식당의 여자하고도 새로 엮이셨단 말씀이군요?"

"부담 없는 관계가 된 것이지."

소파에 등을 붙인 조철봉이 은근하게 웃었다. 마음이 가벼워져서 입밖으로 하마터면 남남북녀 따위의 흰소리가 튀어나올 뻔한 것을 겨우 참았다. 그랬다면 제아무리 조철봉의 엽색 행각에 이골이 난 최갑중이라고 해도 몇 마디 하지 않고는 못배겼을 것이다. 베이징에 만들어놓은 애인이 이제 김옥희에다 이경애, 거기에 장선옥까지 돌아온다니 셋이다. 그러나 조철봉이 그 셋으로 만족할 위인인가? 어림없다. 그때 조철봉이 입을 열었다.

"그럼 기분도 개운해졌으니까 오늘 밤 술 한잔 할까? 우리 가게에서 말야."

눈을 크게 뜬 최갑중을 향해 조철봉이 눈웃음을 쳤다.

"인마, 내가 네 귀가 닳도록 교육을 시켰지 않아? 매일 밤 그걸 해도 쏘지만 않으면 끄떡없다고 말야. 난 어젯밤 다섯 번 했어도 총알은 한 번도 발사하지 않았다."

"그게 뜻대로 됩니까?"

말은 불퉁스럽게 했지만 최갑중의 두 눈에 생기가 떠올랐다. 몸이 아픈 인간을 빼고 이런 대화를 싫어하는 남자는 정신적인 결함이 있다고 봐도 될 것이다. 최갑중이 기대에 찬 눈으로 조철봉을 보았다.

베이징 공항의 입국장으로 나온 장선옥의 앞으로 강철국이 다가와 섰다.

"고생하셨지요?"

반백의 머리에 검은 피부의 강철국은 옷차림도 허름해서 영락없는 노동자였는데 눈빛이 날카로웠다. 그래서 인사랍시고 묻는 말과 표정이 어울리지 않았다.

"괜찮습니다."

건성으로 대답한 장선옥이 주위를 둘러보는 시늉을 했다.

"가십시다."

강철국이 몸을 돌리며 말했으므로 장선옥은 잠자코 뒤를 따랐다. 오후 5시 반, 공항 입국장은 혼잡했다. 키가 큰 강철국의 뒤를 따르면서 장선옥은 어깨를 늘어뜨리며 길게 숨을 뱉었다. 강철국은 보위부 소속으로만 알려져 있을 뿐 계급이나 직책, 경력까지 드러나지 않은 인물이다. 그러나 강철국이 강력한 권한을 갖고 있다는 것은 간부급들은 모두 다 안다.

강철국은 베이징에 파견된 북한의 모든 기관원을 통제할 수 있는 인물이었다. 대기시킨 승용차에 탔을 때 강철국이 장선옥에게 말했다.

"조철봉은 지금 사무실에 있습니다. 공항으로 장선옥 씨 마중을 나올 줄 알았는데 움직이지 않는군요."

장선옥은 앞쪽만 보았고 강철국의 말이 이어졌다.

"하지만 오늘 도착 시간까지 알려 주었으니까 전화를 기다리고 있을 겁니다."

그러더니 강철국이 주머니에서 핸드폰을 꺼내 내밀었다.

"이거 장선옥 씨 새 핸드폰입니다."

"감사합니다."

장선옥이 핸드폰을 받자 강철국의 얼굴에 처음으로 희미하게 웃음이 떠올랐다.

"김성산 동무도 장선옥 씨가 사면받은 것으로 압니다. 그래서 조철봉한테 그대로 전해 주었을 겁니다."

"……."

"계획했던 대로 김성산 동무는 청진식당의 김옥희 동무를 조철봉한테 붙여주었단 말이오."

그때 장선옥이 퍼뜩 시선을 들었다가 외면했다. 그러나 강철국은 다시 무표정한 얼굴이 되어 말을 이었다.

"김옥희는 본래 윤달수가 조철봉 약점을 잡기 위해서 데리고 온 미인계지요. 그런데 조철봉이 눈치를 채었는지 윤달수의 공작에는 넘어가지 않았소. 방에 같이 있었지만 일은 치르지 않았거든."

"……."

"그런데 이틀 전에 김성산의 제의에는 쉽게 무너졌소. 윤달수가 소환 되었다는 말을 듣고 긴장이 풀린 것 같습니다."

"……."

"그러고는 장선옥 동무 구명 건으로 윤달수한테 300만 불을 주었다고 실토한 거요."

다시 강철국의 얼굴에 쓴웃음이 번졌다.

"그 말을 듣고 윤달수를 추궁했더니 마카오 은행의 비밀계좌에 750만 불이 입금되어 있는 것을 회수할 수 있었던 거요. 조철봉이 덕분에 찾은 돈이지."

"저어."

머리를 든 장선옥이 강철국을 보았다.

"제가 평양에서도 말씀드렸지만 조철봉의 전향은 어렵습니다. 불가능 하다고 말씀드렸거든요."

"압니다."

강철국이 이제는 앞쪽을 향한 채로 말했다.

"그자는 이미 김옥희 작전으로 약점이 잡힌 상황이지. 이제 장 동무가 붙어서 안팎으로 몰아붙여야 됩니다."

의자에 등을 붙인 강철국이 말을 이었다.

"그자 재산을 현금화하면 대략 1조가 됩니다. 사기꾼이 엄청나게 번 것이지. 그까짓 놈 전향 따위는 문제가 아니오. 그놈 재산이 목적이지."

강철국의 목소리는 낮았지만 힘차게 울렸다.

"나야."

하고 수화기에서 장선옥의 목소리가 울렸을 때 조철봉은 심호흡을 했다. 밤 8시 5분 전이었다. 앞에 앉은 최갑중이 긴장한 채 이쪽을 바라보고 있다. 장선옥의 전화인지를 아는 것이다.

"응, 기다리고 있었어."

조철봉이 그렇게 대답했다. 방 안은 조용했다. 회사 근처의 일식당 방 안에서 전화를 받은 것이다.

"지금 도착한 거야?"

"오후 5시 반쯤 도착했어."

장선옥이 가라앉은 목소리로 대답했다.

"숙소에서 전화하는 거야."

"숙소는 어디로 정했는데?"

"이화원 근처."

"그러면."

힐끗 앞에 앉은 최갑중에게 시선을 준 조철봉이 말을 이었다.

"저녁 먹었어? 난 지금 일식당 '동경'에 있는데. '동경' 알지?"

"알지."

"저녁 안 먹었으면 일루 와. 택시타면 30분 거리잖아?"

"혼자 있어?"

"그래, 혼자야."

이제는 최갑중을 외면한 조철봉이 말을 이었다.

"나, 밥 안 먹고 방에서 기다릴 테니까."

"한 시간쯤 걸릴 거야."

"알았어."

그래놓고 핸드폰을 닫은 조철봉이 갑중을 보았다.

"한 시간 후에 여기 온단다."

"혼자라고 하셨으니 나가란 말씀이군요."

"미안하다."

"뭐 좀 먹고 가면 안 됩니까? 시킨 요리가 곧 올 텐데."

"안 돼."

"제가 있어도 상관없지 않습니까?"

그러자 잠깐 최갑중의 얼굴을 들여다본 조철봉이 머리를 끄덕였다.

"하긴 그렇다. 내가 좀 다급해져서."

"형님답지 않네요."

"3백만 불짜리라서 그런가 봐."

그러고는 조철봉이 쓴웃음을 지었다.

"북한 측에선 장선옥이 이제 쓸모없는 존재가 되었을까?"

혼잣소리처럼 말한 조철봉이 최갑중을 보았다.

"어쨌든 다시 돌려보낸 걸 보면 이게 현실인데 말야."

"글쎄요."

"내가 사기꾼 출신이라 그런지 처음에는 감동을 먹었지만 점점 찜찜해져. 자꾸 의심이 간단 말야."

"누가요? 장선옥 씨가요?"

"아니."

그러자 최갑중도 머리를 끄덕였다.

"그렇죠. 그렇게 단순한 일이 아니죠."

"지금까지 내가 사기는 쳤지만 당한 적은 없어. 너도 알지?"

"그럼요. 형님이 누구신데."

"장선옥이 작업을 하려고 돌아온 것일까? 네 생각은 어떠냐?"

"형님 돈 말입니다."

불쑥 최갑중이 요점을 찌르자 조철봉은 대번에 머리를 끄덕였다. 그래서 둘의 손발이 맞는 것이다.

"그래, 나도 그것이 핵심이라는 생각을 했다. 선뜻 3백만 불을 내놨으니까 말야."

"제가 저쪽 입장이라면 형님 대신 목록을 주욱 따져보고 나서 한탕 크게 더 뛸 겁니다."

"나도 그랬을 거다."

남의 일처럼 말한 조철봉이 눈을 가늘게 뜨고 최갑중을 보았다.

"장선옥이라는 인질을 잡히고 왔겠지."

"당근이죠."

최갑중이 맞장구를 쳤다.

장선옥이 방으로 들어섰을 때는 최갑중이 떠난 후였다. 말은 상관없지 않으냐고 했어도 최갑중은 장선옥이 올 때가 되자 자리를 비켜준 것이다.

"어, 그동안 고생 많았지?"

자리에서 일어선 조철봉이 그렇게 인사를 하자 장선옥이 픽 웃었다.

"잘 지냈어?"

대답 대신 이쪽 안부만 묻는 걸 보면 거짓 변명 따위는 안 하려는 의도 같았다. 최갑중의 자리에 장선옥이 앉더니 상을 둘러보는 시늉을 했다. 종업원을 시켜서 최갑중의 흔적을 치웠지만 느낌이 오는 것 같았다.

"자, 좀 들어. 내가 손을 좀 댔지만."

조철봉이 권하자 장선옥이 젓가락 대신 술잔을 들었다. 청주 잔이다.

"술 마시면서 안주 먹을 거야."

"좋도록."

장선옥의 잔에 술을 따르면서 조철봉이 차분해진 목소리로 물었다.

"김성산 씨가 말해주었는데 이제 자유롭다면서? 무역 일만 하도록 보냈다고 말야. 말하자면 국적은 아직 북한이지만 앞으로 상관하지 않는다는 말로 들었는데, 맞나?"

"김 사장님이 그렇게 말해?"

"그럼. 내가 윤달수한테 준 몸값을 인정한다고까지 하던데."

"3백만 불 냈다면서?"

한 모금 청주를 삼킨 장선옥이 굳어진 얼굴로 조철봉을 보았다. 그러고는 또박또박 말했다.

"고마워. 덕분에 이렇게 돌아왔어."

"원, 천만에."

시선을 비낀 조철봉이 어깨를 늘어뜨리면서 길게 숨을 뱉었다.

"막상 얼굴을 보니까 반갑기보다 좀 서글프구나, 야."

장선옥도 외면했고 조철봉의 말이 이어졌다.

"조금 전까지 최갑중하고 같이 있었는데 네 이야기를 좀 했지. 그런데 이야기를 하다보니까 네가 그냥 풀려 나온 것 같지가 않다는 생각이 들었어."

"……."

"애들 장난도 아니고 3백만 불을 받고 네 맘대로 해라 하고 내보내는 국가가 어디 있어? 말도 안 된다는 생각이 들더라."

"……."

"그래서 결국 이렇게 마음을 먹었지. 네 마음속이 어떻든, 네가 무슨 지시를 받고 있건 간에 네가 다시 내 옆으로 돌아온 것으로 만족하도록 하자, 하고"

"……."

"그랬더니 가슴이 개운해지더구먼."

그때 장선옥이 머리를 들고 조철봉을 보았다.

"우린 이제 자유롭게 만날 수 있어."

이제는 조철봉이 눈만 껌벅였고 장선옥의 말이 이어졌다.

"그래. 감시당하지도 않을 거야. 전처럼 같이 살아도 돼."

"……."

"모두 자기 덕분이야. 고마워."

그러자 조철봉이 주전자를 들어 장선옥의 빈 잔에 다시 술을 채웠다.

"내가 말야."

시선을 식탁 위에 내린 조철봉이 가라앉은 목소리로 말을 이었다.

"지금까지 살아오면서 너처럼 나한테 감동을 준 여자는 처음이야. 그 이유는 아무리 생각해도 모르겠어. 그냥 네 생각만 하면 가슴이 미어졌고 눈물이 났어."

놀란 장선옥이 머리를 들었고 조철봉의 말이 이어졌다.

"돈은 문제가 아냐. 난 윤달수가 더 내라고 했으면 더 냈을 거야. 이제 난 만족해. 네가 나온 것만으로 만족한다고"

목이 멘 조철봉은 말을 멈췄고 방 안은 한동안 무겁지만 열띤 정적에 덮었다.

"어제 혼자 집에 왔어."

오전에 사무실에 들어선 최갑중에게 조철봉이 말했다.

"혼자 잤단 말이다."

그제서야 최갑중이 눈을 크게 뜨고는 앞자리에 앉았다.

"아니, 왜요?"

조철봉과 장선옥이 회포를 풀도록 자리를 비켜준 최갑중이다. 최갑중
의 시선을 받은 조철봉이 입맛을 다셨다.

"난 이제 장선옥 안 만난다."

놀란 최갑중이 몸을 굳혔고 조철봉의 말이 이어졌다.

"어제 장선옥을 본 순간에 느꼈어."

"뭘 말입니까?"

"음모."

그 순간 최갑중은 어깨를 늘어뜨리면서 소리내어 숨을 뱉었다. 최갑중
이 누구인가? 조철봉보다는 못해도 눈치 빠르고 순발력 강하며 사기성
또한 뛰어난 인재다. 조철봉이 억양 없는 목소리로 말을 이었다.

"장선옥이 딴 세상의 여자 같았다."

"……."

"돈은 전혀 아깝지 않아. 그것이 장선옥에 대한 내 성의였으니까."

조철봉의 얼굴에 희미하게 웃음이 떠올랐다.

"그것으로 끝이야."

"그게 형님 마음먹은 대로 될까요?"

불쑥 최갑중이 묻자 조철봉은 정색하고 대답했다.

"난 베이징을 떠날 거다."

다시 놀란 최갑중이 이제는 입까지 딱 벌렸을 때 조철봉은 씩 웃었다.

"어제 장선옥한테 말했지. 너만큼 나한테 감동을 준 여자가 없다고 네 생각만 하면 가슴이 미어졌고 눈물이 철철 흘러나왔다고."

"……."

"널 위해서는 뭐든 다 내놓겠다고 돈쯤은 아무것도 아니라고 그랬더니……."

소파에 등을 붙인 조철봉이 눈을 가늘게 뜬 얼굴로 앞쪽 벽을 보았다. 제말에 제가 감동한 표정이었다. 이윽고 조철봉의 말이 이어졌다.

"장선옥은 감동을 먹은 것 같더라. 나중에는 주르르 눈물을 쏟더라니까."

"……."

"바로 이때야. 내가 사라질 때가 말이다."

최갑중의 시선을 잡은 조철봉이 다시 씩 웃었다.

"공사 현장도 이제 다 장악했겠다, 합자 사업도 궤도에 올라 있어. 이젠 내가 사라질 차례다."

"어, 어디로 말씀입니까?"

"어딘 어디야? 한국이지."

"그럼 저는……."

"넌 한국과 이곳을 왕래하면서 리베이트 챙겨야지, 인마."

"그, 그렇긴 합니다만."

"어떤 놈 좋은 일 시키란 말이냐? 리베이트는 꼭 챙겨야 돼."

"그럼요."

"난 오늘 오후 비행기로 떠난다."

그러고는 조철봉이 문득 생각났다는 듯이 최갑중 위쪽에 시선을 두고는 빙긋 웃었다.

"립 서비스를 해줄 곳이 아직 한 명 남아있어."

"누굽니까?"

"김옥희."

탁자 위에 놓인 핸드폰을 집어들면서 조철봉이 웃음 띤 얼굴로 말했다.

"오늘 아침에도 출근하자마자 전화가 왔는데 오늘 밤 집에 오라는 거야."

버튼을 누르면서 조철봉이 말을 이었다.

"보고 싶어서 몸살이 날 것 같다고 말해줘야지. 오늘 밤에 가겠다고 말이야. 그래야 갑자기 떠난 것이 의도적인 것으로 보이지 않는단 말이야."

"갑자기 발령이 난 것 같습니다."

표정 없는 얼굴로 강철국이 말했지만 목소리는 굳어 있다. 언짢은 기색을 감추고 있는 것이다. 천리마무역 사무실 옆 건물의 커피숍에 장선옥과 강철국이 앉아 있다. 오전 11시 반, 강철국은 사무실로 찾아오지 않고 커피숍으로 장선옥을 불러낸 것이다. 커피를 한 모금 삼킨 강철국이 다시 입을 열었다.

"합자 사업의 남한 측 대표 임명권자는 남한 통일부장관이니까 내막은 알아봐야겠지만 이건 좀."

갑작스러운 일이라 황당하다는 말을 하려다가 강철국은 입을 다문 것 같았다. 거만한 인간이 가장 상처를 크게 받았을 때가 저보다 더 힘 있는 자 앞에서 무력해졌을 때다. 그것도 아랫사람이 보는 앞에서 당하면 처참해진다. 장선옥은 강철국이 바로 그런 경우를 당했다는 생각이 들었다. 저는 감히 손도 내밀지 못하는 곳에서 내려진 인사 조치, 그래서 일순간에 공작 목표가 사라져버린 것이다. 이 상황에서 남한 통일부장관을 원망한다면 미친놈 취급을 받게 될 뿐이다. 장선옥은 외면한 채 소리 죽여 숨을 뱉었다. 조철봉은 갑자기 어제 오후에 서울로 돌아간 것이다. 이틀 전만 해도 일식집 동경에서 만났을 때 전혀 그런 눈치를 보이지 않았으니 급작스러운 인사 조치를 당한 것이다. 남한 체제를 어느 정도 알고 있는 터라 장선옥은 조철봉이 북한에서처럼 끌려가 수용소에 넣어졌다고는 생각하지 않았다. 그러나 문제가 있는 것은 분명했다. 문제라면 오직 리베이트를 해 먹은 것이 적발된 경우일 것이다. 그때 강철국이 다시 입을 열었다.

"당분간은 작전을 보류하도록 하지요. 우리도 상황을 파악하겠지만 장선옥 동무도 조철봉한테 연락을 해 보시도록."

"네, 알겠습니다."

장선옥이 외면한 채 대답했다. 어쨌든 조철봉한테서는 연락이 올 것이었다. 강철국이 외면한 채 말을 이었다.

"김옥희 동무도 황당한 모양입디다. 어제 저녁에 집에 오겠다고 해서 저녁 상까지 차려 놓았는데 갑자기 남한으로 돌아간 거지요. 전화도 해 주지 않고 말이오."

"소환된 것이 아닐까요?"

장선옥이 묻자 강철국도 머리를 끄덕였다.

"그럴 가능성이 가장 많지요. 그자가 자금을 빼돌린 증거를 수사기관에서 찾았는지도 모르지요."

"그러면."

"그렇게 된다면 우리 작전은 취소되어야겠지요."

입맛을 다신 강철국이 옆쪽을 보았다. 지금까지 강철국은 한 번도 장선옥과 시선을 마주치지 않았다.

"자, 그럼."

자리에서 일어선 강철국이 말했다.

"별도 지시가 있을 때까지 무역 영업 일을 하시라고요."

몸을 돌린 강철국이 커피숍을 나가자 장선옥은 다시 자리에 앉았다. 점심시간 전의 커피숍은 한산했다. 손님은 안쪽 테이블에 앉은 한 쌍의 남녀뿐이다. 커피잔을 든 장선옥이 식은 커피를 한 모금 삼켰다. 그러자 문득 조철봉의 갑작스러운 귀국이 잘 되었다는 생각이 들었다. 강철국한테서 그 말을 듣고 놀라면서도 가슴 한쪽에 개운해진 느낌이 왔던 이유도 바로 그 때문이었다. 조철봉이 김옥희하고 잤다는 것에 대해서는 전혀 감동이 일어나지 않았다. 강철국은 질투심을 유발시켜 작전에 탄력이 붙도록 김옥희 이야기를 해줬겠지만 조철봉을 몰라서 하는 짓이다. 조철봉은 좋아서 섹스를 하는 인간이 아니다. 장선옥은 길게 숨을 뱉었다. 일식당에서 조철봉이 한 말이 떠올랐기 때문이다.

사무실로 들어선 이강준이 조철봉을 보더니 빙긋 웃었다. 국정원 정보실장 이강준과는 이제 호흡이 맞는 사이라고 해도 틀린 말이 아닐 것이다. 지난번 나이트클럽에 같이 갔을 때도 잘 어울렸다. 꼭 옆에서 챙기고 분위기 맞춰준다고 잘 어울리게 되는 것이 아니다. 작업(?) 들어갔을 때 저 할 일만 묵묵히 하는 것이 오히려 챙겨주는 시늉을 하다가 산통 깨는 경우보다 낫다. 이강준은 조철봉이 무슨 지랄을 하건 놔두고 제 파트너한테만 집중했는데 그날 둘은 다 작업에 성공했다.

"아주 적절했습니다."

악수를 나눈 후에 앉으면서 이강준이 말했다. 이강준은 지금 조철봉이 베이징을 떠난 것에 대한 평을 하고 있다. 이제는 정색한 이강준이 말을 이었다.

"오늘 오전에 통일부 차관을 지냈던 이호영 씨가 남북 합자 사업 한국 측 대표이사 사장으로 발령을 받고 출국했구요."

잠시 말을 멈췄던 이강준이 담배를 꺼내 물면서 말했다.

"부사장 안진식은 오늘자로 직위해제 시키고 귀국 조치했습니다."

"잘하셨네요."

의자에 등을 붙인 조철봉이 쓴웃음을 지었다. 안진식은 리베이트 조성책이다. 아마 귀국시킨 후에 먹은 것을 다 토해 놓게 만들 것이었다. 조철봉이 머리를 들고 이강준을 보았다. 베이징에서 돌아온 지 사흘째가 되는 날 오후였다. 이제 합자 사업의 한국 측 경영진은 개편되었다. 조철봉은 손을 뗀 것이다. 일사불란하게 처리되어서 빈틈이 없다. 다만 최갑중을 조금 더 베이징에 머물도록 해서 안진식과 함께 리베이트를 더 챙기려던 계획 하나만 무산되었다. 안진식을 귀국 조치 시켰으니 최갑중도 남아있을 필요가 없어졌다. 조철봉은 제 자금을 아직 한 푼도 내놓지 않은 터라 몸만 빠져나와도 되는 것이다.

"장선옥은 어떻게 될까요?"

조철봉이 묻자 이강준은 먼저 빙긋 웃었다. 그 질문을 예상하고 있었다는 표정이었다.

"오히려 더 홀가분해진 상태가 되었을 겁니다. 목표가 없어졌으니까요. 그렇다고 다시 귀국 시키지는 않을 겁니다. 작전이 훤히 드러나게 될 테니까 말입니다."

"그렇군요."

"김옥희 작전도 허사가 되었지요."

그러고는 소파에 등을 붙인 이강준이 다시 풀썩 웃었다.

"틀림없이 테이프를 만들었을 겁니다. 그런데 그걸 사용할 조 사장님이 순식간에 사라져 버린 겁니다."

"그걸 사용해도 내가 눈 하나 껌벅일 인간인가?"

이맛살을 찌푸린 조철봉이 혼잣소리처럼 투덜거렸다.

"내가 공직자라면 몰라, 잡짓은 다 하고 다닌다고 소문이 난 놈인데 내 와이프한테 보낼 거야 뭐야?"

"인터넷이나 복사해서 포르노 필름으로 팔면 좀 그렇죠."

"요즘은 그렇게 해서라도 뜨려는 놈들도 있다던데요, 뭐" 했다가 조철봉이 입맛을 다셨다.

"김성산 사장이 그럴 사람이 아닌데."

"김성산 씨가 세운 작전이 아니죠."

말을 자른 이강준이 이제는 정색하고 조철봉을 보았다.

"어쨌든 조 사장님은 베이징 남북 합자 사업 추진으로 국가에 큰 공을 세우셨습니다. 합자 사업뿐만 아니라 내부 근로자를 장악하게 된 것도 조 사장님 덕분입니다."

이강준이 엄숙한 표정으로 말을 이었다.

"다른 사람 같았으면 당했을 겁니다."

"무슨 걱정거리가 있는 거야?"

침대에 누운 조철봉의 옆으로 몸을 붙이면서 이은지가 물었다. 밤 11시 반, 금방 씻고 나온 이은지의 몸에서 상큼한 비누 냄새가 맡아졌다. 조철봉이 좋아하는 냄새와 촉감이다. 막 씻고 나온 몸의 촉촉한 습기가 피부에 닿는 것도 좋고 머리끝에 물기로 뭉쳐 있는 것도 신선하게 느껴진다. 조철봉이 팔을 벌려 이은지의 어깨를 감아 안았다. 이은지한테 지난달 엿새 동안을 쉬지 않고 대포를 쏘아 젖혔다. 둘이 아이를 갖기로 작심을 했기 때문이다.

"아니, 왜?"

"뭘 생각하는 것 같아서."

그러면서 이은지가 조철봉의 팬티 속에 손을 넣었다. 지난달 엿새 동안의 연속사격 후로 이은지의 성생활이 달라졌다. 이젠 하자고 먼저 대들고 느낌도 마음껏 표현했다.

"어머, 커졌네."

철봉을 쥔 이은지가 웃음 띤 얼굴로 말하더니 조철봉의 팬티를 끌어내렸다.

"오늘은 그냥 가만있어. 내가 위에서 할 테니까. 내가 얼른 쌀게."

생색을 내는 것처럼 이은지가 말하더니 가운을 벗어 던졌다. 그러자 실오라기 하나 걸치지 않은 알몸이 밝은 불빛 아래 눈부시게 드러났다.

조철봉은 눈을 가늘게 뜨고 몸 위로 오르는 이은지를 보았다. 이은지의 가슴은 전보다 커진 것 같았다. 풍만했다. 젖꼭지는 이미 발딱 세워졌고 꼭지 주변은 검다. 아랫배가 조금 묵직했고 배꼽 위로 한층 주름이 잡혀 있었지만 오히려 그것이 더 섹시했다. 미끈해서 홀쭉한 뱃살을 보면 그저 일식집 전시장에 진열해놓은 인조 회를 보는 것 같다. 이은지가 무릎을 세우고 앉더니 철봉을 샘에 넣으려고 꾸물대다가 서두르는 바람에 두 번이나 미끄러졌다. 조금 엉덩이를 들고 일어나야 했는데 앉아서 넣으려다가 실패한 것이다. 조철봉은 이제 상기된 얼굴로 열중하는 이은지를 올려다보았다. 가쁜 숨을 뱉으면서 이은지는 세 번째 시도를 했는데 엉덩이를 들자 샘 끝에 철봉 머리가 닿았다. 조철봉은 이은지의 샘이 이미 젖어 있는 것을 알 수 있었다. 그때 어은지가 주저앉으면서 철봉을 샘에 넣었다.

"아야, 아퍼."

이은지가 와락 그렇게 소리치더니 엉덩이를 들려다가 다리에 힘이 풀려 다시 주저앉아 버렸다. 그러자 철봉이 더 깊게 들어갔다.

"아아야."

이은지의 입에서 다시 신음이 울렸다.

그러나 샘 안은 젖어 있어서 철봉이 느끼는 촉감은 강했지만 좋았다. 이은지도 그것을 느낀 것 같다. 그대로 깊게 넣은 채 가만있더니 상반신을 숙여 조철봉의 입술에 키스를 했다. 그러자 상반신끼리 붙여지면서 철봉은 이은지의 샘 위쪽을 압박했다.

"으으응."

이은지의 입에서 다시 신음이 울렸다. 그러나 조철봉 입 안에 혀를 내밀어주었다. 조철봉은 탄력있게 꿈틀거리는 이은지의 혀를 빨았다. 그러자 이은지가 조금씩 엉덩이를 움직이기 시작했다.

"으_으_응."

다시 신음이 울리더니 샘의 감각을 견디지 못한 이은지가 입을 떼면서 상반신을 반듯이 세웠다. 그러고는 허리를 강하게 흔들기 시작했다.

"아아, 너무 좋아."

이은지가 턱을 치켜들고 소리쳤다. 젖가슴이 출렁거렸으므로 조철봉도 두 손으로 밑쪽을 움켜쥐었다. 이은지의 움직임이 더 거칠어졌고 신음도 높아졌다. 서툴렀지만 이은지는 절정으로 치솟고 있다.

핸드폰이 진동을 했으므로 조철봉은 집어 들고 발신자 번호부터 보았다. 외국이다. 그러나 중국인지 베트남인지는 알 수 없었고 번호도 물론 모른다. 핸드폰을 귀에 붙이면서 조철봉은 벽시계를 보았다. 오후 4시 반이다.

"여보세요."

응답하자 2초쯤 후에 수화구에서 여자 목소리가 울렸다.

"나야."

그것이 장선옥의 목소리라는 것을 알 때까지 다시 2초쯤 걸렸다. 긴장한 조철봉의 몸이 굳어졌다. 그러나 인사는 했다.

"응, 그래. 잘 있었어?"

베이징을 떠난 지 이 주일이 넘었다. 보름쯤 되는 기간에 조철봉은 장선옥에게 연락하지 않았고 그쪽도 마찬가지였다.

시간이 지나면 다 잊히게 된다. 그중 인간관계는 틀림없다. 시간이 지나도 컴퓨터처럼 클릭 한 번에 다 떠오른다면 살아남을 인간은 없다. 배겨내지 못한다. 미치거나 자살하거나 둘 중 하나를 택하게 될 것이다. 그래서 슬슬 잊히고 있던 장선옥이 번쩍 떠올랐지만 큰 충격은 아니었다. 많이 무뎌졌다. 그때 장선옥이 입을 열었다.

"여기 태국이야."

"태국?"

이맛살을 찌푸린 조철봉의 머릿속에는 잠시 아무것도 떠오르지 않았다. 태국에 일 때문에 간 것처럼 들렸기 때문이다.

"어, 그래? 일하러 간 거야?"

"아니, 나 몰래 나왔어."

그 순간 긴장한 조철봉이 입 안의 침을 삼켰다.

"몰래 나오다니? 무슨 말이야?"

"이걸 뭐라고 하지? 남한에서는 탈북이라고 하나?"

장선옥의 목소리에 웃음기가 띠어져 있었으므로 조철봉은 호흡을 골라야 했다.

"이봐, 지금 장난하는 거야? 뭐야?"

조철봉이 거칠게 물었을 때 장선옥이 대답했다.

"도망쳐 나온 거야. 북조선을 떠난 것이라구. 망명을 해 온 셈인데."

차분한 목소리로 장선옥이 말을 이었다.

"망명 신청을 하려고 해."

"어, 어디로? 한국 대사관 쪽에 내가 말해 놓을까? 가만, 내가 여기서 손을 쓸 테니까 말이야, 거기……."

"잠깐만."

허둥대는 조철봉의 말을 장선옥이 막았다. 목소리가 더 가라앉아 있었다.

"엉뚱한 생각 마. 한국 대사관에 갈 생각 없어."

"아니 왜?"

"왜라니? 아마 내 문제 갖고 공무원들이 골을 싸매고 몇 날 며칠을 허둥댈 텐데, 내가 어떻게 기다려? 이른바 찬밥 신세가 되어서 말이야."

"……."

"한국 대사관에서 탈북자들을 귀찮아하고 무시한다는 말 못 들었어?"

"그거야 일부 직원이 그랬지. 그리고 너는 달라."

"다르긴 뭐가 달라? 더 골치 아픈 존재가 될 텐데" 하더니 장선옥이 목소리를 낮췄다.

"미국 대사관에 갈 거야. 그래야 서로 편해져."

"그, 그럼 뭐 필요한 거 없어? 돈이라도"

"베이징에서 나올 때 몇 백 불 갖고 나왔으니까 당분간은……."

"가만, 너 거기 어디야? 내가 지금 당장 그리로 갈게."

다시 벽시계를 본 조철봉이 자리에서 일어났다. 태국까지 비행기로 여섯 시간쯤 걸릴 것이다. 지금 인천공항에 나가면 비행기를 탈 수 있을지도 모른다. 그때 장선옥이 말했다.

"아냐, 나, 지금 미국 대사관에 갈 거야."

조철봉이 카바레를 좋아한다고 이강준은 약속 장소를 지난번에 만났던 '대지'로 정했다. 이번에는 룸에서 만나기로 했기 때문에 조철봉은 혼자 와 룸에서 기다렸다. 저녁 8시였으므로 카바레는 아직 이른 시간이다.

카바레는 9시 반이 되어야 물이 오르기 시작해서 10시 반경이 피크이고 그 후부터는 안정이 된다. 무슨 말인고 하면 10시 반쯤 되면 선남선녀들이 제각기 다 짝을 짓게 된다는 것이다. 그래서 분위기가 안정된다.

그때까지 파트너를 못 찾은 선남선녀는 늦게 입장한 손님들을 노리지만 별무신통이다. 늦게 입장하신 분들치고 변변한 인물이 드문 것이 통례이기 때문이다. 저녁 먹다가 소주에 취해서 오시는 분, 다른 곳을 돌다가 재미를 못 보고 오시는 분들에다 뜨내기까지 섞여서 이때 오신 분들은 웨이터들한테 대접도 못 받는다.

조철봉은 약속 시간 15분 전에 와서 기다렸는데 그동안 웨이터가 세 번 다녀갔다. 미리 술상을 차려놓은 터라 술도 따라주면서 오늘 밤의 기상예보를 착실하게 해준 것이다. 예를 들면 단골 여자 손님인 누구누구가 올 것이며 어떤 스타일이라는 등, 또 누구누구는 즉석이 가능하며 영계도 대령시킬 수가 있다는 등의 예보였다. 이강준은 8시 정각에 방 안으로 들어섰는데 웃음 띤 얼굴이었다. 자리에 앉은 이강준이 금방 본론을 꺼내었다.

"장선옥 씨는 방콕 주재 미국 대사관에 있습니다. 우리 연락을 받은 미 대사관 측도 흥분하더군요. 장선옥 씨는 꽤 거물급인 데다 여자거든요."

이강준이 활기 띤 목소리로 말을 이었다.

"그래서 자료를 다 넘겨줬습니다."

"그럼 장선옥 씨는."

정색한 조철봉이 이강준을 보았다.

"미국으로 가는 겁니까?"

"미국 정부는 장선옥 씨 망명을 받아들일 겁니다. 아마 거기서 바로 미국으로 가겠지요."

"그렇군요."

"만나 보시려면 조 사장님이 미국으로 가시면 됩니다."

머리를 든 조철봉은 이강준의 웃음 띤 얼굴을 보았다. 장선옥과 통화를 끝내고 나서 바로 이강준에게 상황을 알려주었던 것이다. 조철봉의 시선을 받은 이강준의 얼굴에서 웃음기가 가시더니 곧 정색하고 말했다.

"장선옥 씨가 잘 선택한 겁니다. 미국 정부에 망명을 하게 되면 남은 가족들에 대해서 어렵게 생각하지 않겠습니까? 곧 북·미 수교가 될지 모르는 상황에서 말입니다."

"……."

"전향하는 것은 쉽지 않습니다. 특히 장선옥 씨처럼 어렸을 적부터 이념 무장이 된 사회 지도층 인사가 말이죠."

빈 술잔을 당긴 이강준이 위스키를 따르면서 말했다.

"장선옥 씨는 엄청난 용기와 의지가 필요했을 겁니다. 더욱이 북에 가족까지 있는 상태에서 말입니다."

"결국은."

어깨를 늘어뜨리면서 조철봉이 커다랗고 길게 숨을 뱉었다.

"전향했구먼."

"자, 한잔하십시다."

술잔을 든 이강준이 생기 띤 눈으로 조철봉을 보았다.

"나는 자세히 모르지만 장선옥이 기밀문건을 꽤 가져온 것 같습니다. 미국 측이 그것 때문에 더 흥분하고 있어요."

"영업 담당이 되었다더니."

한 모금 위스키를 삼킨 조철봉이 혼잣소리처럼 말했다.

"첫 오더를 크게 했구먼."

그러나 표정은 가라앉아 있어서 이강준은 웃으려다가 말았다.

그날 밤 조철봉은 이강준과 함께 술을 많이 마셨다. 술을 즐기지만 적당한 선에서 그쳤던 조철봉이다. 담배도 6년쯤 전에 딱 끊었는데 조철봉으로서는 금주 금연을 한답시고 발광(이건 조철봉식 표현이다)을 하는 사람들이 이해가 안 갔다.

조철봉의 친구 하나는 항상 철학자나 정치인이 한 말, 또는 책에서 읽은 문자를 외웠다가 써먹는 놈으로 대만의 어떤 철학자가 인간이 왜 스스로에게 자꾸 제약을 가하는지 알 수 없다고 한 말을 필요할 때마다 인용했다. 법은 물론이고 도덕, 윤리, 하다못해 동네의 풍습, 가훈에까지 구속을 받고 살면서 또 스스로 금주, 금연, 금욕 하는 게 한심하다는 것이다. 그 말을 들을 당시에는 그럴듯했지만 좀 시간이 지나자 우스워졌다. 그놈은 무절제한 생활을 하다가 결국은 도박과 경마에 빠져 이혼을 당하고 지금은 알코올 중독자로 요양소에 들어가 있다.

조철봉은 안 한다고 마음먹으면 안 한다. 가차 없다. 담배도 6년 전에 문득 담배가 진정제 역할을 한다는 누구의 말을 신문에서 우연히 읽은 후에 그날부터 끊었다. 담배 없이 진정해보지 뭐 하는 생각이 떠올랐기 때문이다. 하루에 한 갑씩 18년 동안 피웠던 담배였다. 집 안의 탁자 위에 담배와 재떨이를 그대로 둔 채 사흘쯤 안 피우고 나서 치웠다. 끊는다고 작정한 즉시로 눈앞에서 다 치우는 쇼도 우스웠기 때문이다. 담배 생각이 나면 그냥 움직였다. 생각이 간절할 때가 가끔 있었다. 그땐 '이런 거 하나 내 맘대로 못한다면 짐승이지 사람이냐' 그렇게 되물었다. 금단 현상이 와서 어지럽고 구역질이 났지만 견디었다. 조철봉에게 이쯤은 작업할 때 고등학교 교가를 거꾸로 부르는 것에 비교하면 정말 일도 아니었다.

그런데 그날 밤은 혁대를 풀어놓고 술을 마셨다. 조철봉도 가끔 이럴 때가 있다. 참고 참다가 어느 날 대포를 연거푸 발사하는 것과 같은 맥락으로 봐도 될 것이다. 가끔 이렇게 마시고 가끔 대포도 쏴야 기가 뚫린다.

"아니, 오늘은 이렇게 마시기만 하실 겁니까?"

폭탄주를 10잔쯤 마셨을 때 마침내 이강준이 물었다. 이강준도 장선옥의 망명으로 분위기가 고양된 상태여서 조철봉과 비등하게 마셨다. 그런데 마시다 보니까 뭔가 허전한 것 같았다. 웨이터한테 부르기 전까지는 들어오지 말라고 처음부터 이야기를 해놓았기 때문에 들어오지 않는다. 이강준의 시선을 받은 조철봉이 빙긋 웃었다.

"아니, 이 실장님이 재미를 붙이신 것 같네요. 여자 부를까요?"

"아, 그래서 제가 여기로 장소를 정했다는 거 아닙니까? 웨이터한테 미리 부탁도 했고요"

붉어진 얼굴을 펴고 이강준이 웃었다.

"그래요. 저도 재미를 붙였습니다. 이곳만큼 자본주의 체제의 장단점을 적나라하게 드러내주는 장소가 없죠"

머리를 끄덕인 조철봉이 탁자 밑의 벨을 누르자 웨이터는 5초도 되지 않아서 문을 열고 들어섰다. 두 눈이 반짝이고 있었다.

"여자."

조철봉이 딱 한마디를 했을 때 웨이터가 줄줄 말했다.

"세 팀이 있습니다. 첫 번째는 영계올시다. 20대 후반인데 오피스걸입지요 쭉쭉빵빵, 즉석 가능, 신분 보장됩니다. 그런데 이곳에 자주 나오죠 용돈 버는 겁니다."

"다음은?"

엄격한 입사 면접관처럼 조철봉이 묻자 웨이터는 말을 이었다.

"30대 초반의 유부녀, 역시 쭉쭉빵빵, 섹시합니다. 즐기는 타입이지만 용돈도 필요하겠지요"

조철봉은 쓴웃음을 지었다. 웨이터는 단골에게 거짓말을 안 한다. 들통이 나면 거래가 끊기기 때문이다. 특히 조철봉 같은 특급 손님에게 사기를 쳤다가는 그야말로 10년 공부 도로아미타불이 된다.

"그럼 마지막은?"

조철봉이 묻자 웨이터가 정색했다.

"예, 40대 이혼녀 팀인데 팽팽합니다. 섹시는 기본이고 쩐이 많습니다. 즉석 가능하고 이차도 물론."

"어떻게 하시렵니까?" 하고 조철봉이 웨이터의 말이 끝나기도 전에 이강준에게 물었다. 그러자 이강준이 얼굴을 펴고 웃었다.

"첫 번째하고 세 번째가 부담이 없겠는데요? 조 사장님 생각은 어떠십니까?"

"두 번째가 낫겠는데."

그 순간 웨이터가 거들었다.

"현명하신 선택입니다. 두 번째가 그 재미도 알고 쭉쭉빵빵인 데다 스릴이 있죠"

"스릴이라니?"

조철봉이 눈썹을 모으고 웨이터를 보았다. 물론 알면서도 묻는 것이다. 그리고 두 번째가 낫겠다는 말도 분위기를 띄우려는 수작이다. 조철봉도 첫 번째나 세 번째를 고를 작정이었다. 그때 웨이터가 시선을 내리고는 우물거렸다.

"요즘 애인 없는 유부녀가 없거든요"

"인마, 여기 나오는 여자만 봐서 그래. 내 마누라는 애인 없어."

그래놓고 조철봉이 이강준을 보았다. 이강준은 싱글거리고 있다.

"이 실장님, 첫 번째로 하십니다."

"맘대로 하세요"

"그럼 데려와."

조철봉이 말하자 웨이터는 몸을 돌려 방을 나가더니 30초도 안 되어서 아가씨 둘을 앞세우고 돌아왔다. 그야말로 아가씨였다. 오피스걸, 쭉쭉빵빵, 섹시, 용모도 미인 축에 든다.

"거기 앉으세요" 하고 웨이터가 먼저 긴 머리 아가씨를 이강준 옆자리에 안내하더니 파마머리의 아가씨를 조철봉의 옆으로 데려왔다. 그러고는 재빠르게 조철봉의 눈치를 살핀다. 언젠가 조철봉은 웨이터한테서 손님의 표정만 보면 좋고 싫고는 백발백중 맞춘다는 말을 들은 적이 있다. 조철봉이 겪어본 바에 의하면 사실이다. 말을 하지 않았어도 단 한 번도 틀리지 않았다.

"저, 그럼."

조철봉의 옆에 아가씨가 앉았을 때 웨이터가 허리를 펴고 물었다.

"합석하실까요?"

이미 합석한 상태인데도 그렇게 물은 것은 여자들 테이블의 술을 이쪽

으로 가져와도 되겠느냐는 뜻이다. 즉 여자 술값도 이쪽에서 내겠느냐고
묻는 것이다. 조철봉이 머리를 끄덕이자 웨이터는 이제 여유 있는 표정
으로 나갔다. 놈씨들이 여자들에게 만족해한다는 것을 알았기 때문이다.
방에 넷이 남았을 때 조철봉과 이강준은 각각 작업에 들어갔다. 지난번
이강준을 겪어본 터라 조철봉은 제 파트너한테만 신경 쓰면 되었다. 이
강준은 저 혼자 노는 스타일이었다.

"이름이 뭐야?"

조철봉이 묻자 다소곳이 앉아있던 여자가 시선을 들었다. 다행히 서클
렌즈를 끼지 않아서 눈동자가 적당했다.

"오지현요"

"이름 예쁘구나."

요즘은 부모들이 이름을 기가 막히게 잘 짓는다. 조철봉이 제 자식 영
일이가 유치원에 다닐 때 가보았더니 여자애들 이름이 다 예뻐서 모두
탤런트가 될 애들 같았다. 조철봉 시절만 해도 이름 끝자가 '자' '순' '희'
가 안 붙으면 여자 같지도 않았다. 조철봉이 오지현의 시선을 받고 입
을 열었다.

"난 조철봉이야."

그 순간 오지현의 콧구멍이 희미하게 벌름거렸다. 입은 꾹 다물었고
눈을 똑바로 뜬 상태에서 웃음을 참으면 이런 현상이 나타난다. 그래서
본인은 표시가 나지 않았다고 생각할지 모르지만 조철봉은 안다. 조철봉
의 조를 강하게 발음하면 그것이 철봉같다는 말로 들리는 것이다. 상황
에 따라서 발음의 강약을 조절해 왔는데 오늘 조철봉은 술기운도 뻗치는
터라 강하게 나왔다. 예상 했던 대로 콧구멍을 보니 분위기가 밝아지는

데 일조를 한 것 같다.

"회사 다닌다고?"

조철봉이 묻자 오지현은 피식 웃었다.

"알바 다녀요 이곳저곳."

"그래? 재밌어?"

"재미는요? 답답하죠."

"답답하다니?"

"이런 데 와서 용돈 버는 것도요."

"그렇군."

솔직한 성품 같았고 거침없이 말을 뱉는 것이 귀여웠으므로 조철봉의 얼굴에도 웃음이 떠올랐다. 둥근 얼굴형에 쌍꺼풀 없는 눈이 맑았고 눈초리가 조금 솟아서 다부져 보였지만 웃는 얼굴이 밝고 풍성했다. 조철봉의 기준으로 보면 웃을 때 눈이 그대로인 채 번들거리는 인간은 위선자일 확률이 높다. 웃을 때의 얼굴이 좋으면 만복이 온다는 옛 어르신들의 말은 모두 수백 년의 경험에서 묻어나온 것이다. 조철봉은 잔에 술을 채웠다. 옆에 앉은 오지현이 그것을 보면서도 가만히 있는다. 그것이 일부러 하는 짓이 아닌 것 같았으므로 조철봉은 길게 숨을 뱉었다. 만족한 한숨이다. 경험이 많거나 술집에서 아르바이트를 했다면 얼른 제가 술을 따르려고 했을 것이다.

"아저씨는 뭘 하세요?" 하고 오지현이 물었으므로 조철봉은 다시 만족했다. 요즘은 시도 때도 없이, 장소도 막론하고 싸잡아서 '오빠'라고 부르는 통에 언젠가는 조철봉이 육십이 넘은 선배를 모시고 룸살롱에 갔다가 봉변을 당했다. 20대 파트너한테 오빠라고 불린 선배가 화를 내는 통에 술도 못 마시고 나와야 했던 것이다. 좀 까다로운 선배이긴 했다. 그러나 막내딸 또래가 '오빠'라고 불렀을 때 젊어 보이는 모양이라면서 좋아했다면 그것도 문제가 있다. 그래서 조철봉은 오지현이 자신을 아저씨라고 부른 것에 높게 점수를 주었다. 오지현의 점수는 점점 더 높아지는 중이었다. 조철봉이 오지현의 질문에 대답했다.

"난 무역회사 한다."

"그럼 아저씬 사장?"

"그런 셈이지."

"아저씨 돈 많아요?"

"네 용돈 줄 만큼은 있어."

"그럼 한 달에 두 번쯤 만나면 안 될까요? 아니, 세 번까지는 돼요 토요일이나 일요일, 이틀 겹쳐도 되고"

"지금 무슨 말을 하는 거냐?"

정색한 조철봉이 묻자 오지현이 시선을 맞받았다. 오지현도 정색하고 있다. 선생님과 유전자에 대해서 토론하는 분위기다.

"아저씨하고 연애 하는 거 말하는 건데."

"연애?"

"네, 데이트요"

그러더니 유전자 법칙을 더 구체적으로 설명했다.

"자는 거요"

"으음."

마침내 입맛을 다신 조철봉이 다시 길게 숨을 뱉었다. 이번에는 황당한 한숨이다. 빠르다. 요즘은 반년마다 세대가 달라진다는 말도 있었는데 지금 실감하는 것 같다. 조철봉이 입을 열었다.

"자는 데 돈이 얼마나 들어? 그러니까 한 달에 말이다. 그렇지, 한 달에 세 번."

"150만 원"

오지현이 조금도 주저하지 않고 대답한 순간 조철봉은 감동했다. 조철봉은 자주 감동을 받는 인간이다. 그런데 요즘은 평범한, 조철봉 식으로 표현하면 말도 안 되는 일에 감동을 받는 경우가 있다. 예를 들어서 지나가는 차량도 없는데 푸른 신호등을 기다리고 서 있는 사람을 보았을 때, 미성년자로 보이는 학생에게 담배를 안 파는 구멍가게 아저씨, 갑자기 인사를 하는 이웃집 아이, 길을 물었을 때 멈춰 서서 성의 있게 알려주는 아줌마한테서도 감동을 받는 것이다.

삭막하게 살다 보니까 당연한 일에 감동을 받는 세상이 되어버렸다. 지금도 그렇다. 오지현이 부른 150만 원은 한 달에 세 번 만나는 값으로는 적절한 가격이다. 그러나 만일 조철봉이 한국보다 아직도 인건비가 10분의 1쯤으로 싼 중국에서 아가씨를 만나 같은 질문을 했다면 십중팔구 한화로 300만 원은 불렀을 것이다. 한국 오지현급은 500 이하로는 안 내려간다. 그런데 오지현이 150을 부른 것이다. 적당한 가격이며 적절한 요구인데도 조철봉이 감동을 받은 것은 곧 오지현이 전문가가 아니라는 흔적을 보았기 때문일 것이다. 중국의 300이나 한국의 500 이상은 선수(?)들 기준이다.

보통 여자들한테는 제의할 기회도 없었으니 당연히 오퍼를 받지도 못했다. 그런데 오늘 딱, 150으로 받게 되었으니 감동을 먹은 것이 당연하지 않겠는가? 동서고금을 통하여 오입쟁이가 선호하는 기호 1번은 평범한 여자다. 프로가 프로를 좋아한다는 말은 위선이며 허세며 사기다. 죽으려고 기를 쓰는 수작이다. 제명에 못 죽는다. 다시 조철봉식 견해를 빌리면 프로일수록 보통 여자를 더 밝힌다. 그래야 복서가 3분 뛰고 1분 링사이드에서 쉬는 형국이 되어 만수무강에 보탬이 되는 것이다. 조철봉이 지그시 오지현을 본다. 호흡을 조정했기 때문에 콧구멍도 벌름거리지 않았고 차분한 표정이 되어 있다.

"좋아, 주지."

조철봉은 가라앉은 제 목소리를 들었다. 천천히 숨을 마시고 뱉은 조철봉이 말을 잇는다.

"언제부터 시작하지?"

"오늘요."

이번에도 오지현은 망설이지 않았다. 똑바로 조철봉을 보면서 오지현이 물었다.

"괜찮으세요?"

"뭐가?"

"오늘부터 시작하는 거 말예요."

"지장 없다."

그러고는 조철봉이 문득 머리를 들고 오지현을 보았다.

"계산해줄까?"

"아뇨, 됐어요."

정색한 오지현이 상반신까지 뒤로 젖혔지만 조철봉은 지갑을 꺼내 테이블 밑에서 10만 원짜리 15장을 세어 내밀었다.

"자, 받아."

그러면서 힐끗 앞쪽을 보았더니 이강준은 파트너에게 귓속말을 하느라고 정신이 없다. 파트너는 이강준에게 몸을 붙인 채 이를 드러내고 웃는다. 잘 나간다.

"받으라니까?"

조철봉이 재촉하자 오지현은 테이블 밑에서 수표를 받았다. 얼굴이 굳어져 있었으므로 또 조철봉은 행복해졌다.

"저기, 친구한테 잠깐 이야기하고 올게요"

정색한 오지현이 말했으므로 조철봉은 머리를 끄덕였다. 오지현이 이강준의 파트너를 부르더니 같이 방을 나갔을 때 조철봉도 만족한 표정으로 긴 숨을 뱉었다.

"잘된 것 같군요"

이강준이 웃음 띤 얼굴로 말했을 때 조철봉은 커다랗게 머리만 끄덕였다.

그로부터 10분쯤 지났을 때 방 안으로 웨이터가 들어섰다. 부르지 않았으므로 눈만 크게 뜬 조철봉에게 웨이터가 물었다.

"다른 팀을 물색해 볼까요?"

"무슨 말이야?"

조철봉이 이맛살을 찌푸리고 웨이터를 보았다.

"다른 팀이라니?"

"저기, 아까 그 아가씨를 내보내셨지 않습니까?"

그 순간 조철봉의 표정이 굳어졌다. 그러나 입은 꾹 다물었다. 웨이터가 말을 이었다.

"방금 들어온 두 명이 있는데 괜찮습니다. 단골은 아니지만……."

"아까 걔들은 갔나?"

"예, 바로 돌아갔습니다."

그 순간 이강준이 조철봉을 보았다. 놀란 표정이었다. 그때 조철봉이 머리를 끄덕였다.

"그래. 그런데 걔들이 뭐래?"

"사장님 파트너가 저한테 그러더군요. 두 분이 말씀 나눌 것이 있으니까 아무도 들어오지 말라고 하셨다고요."

"그래?"

"말씀 끝내셨으면 여자들 부를까요?"

그 순간 심호흡을 한 조철봉이 웨이터에게 말했다.

"5분만 있다가 들어와."

"예, 사장님."

웨이터가 나갔을 때 이강준이 먼저 조철봉에게 물었다. 정색한 표정이다.

"조 사장님. 어떻게 된 겁니까?"

"당했는데요."

대답하기 전에 다른 핑계를 대고 싶은 충동이 일어났지만 너무 뻔했다. 이실직고하는 것이 낫다고 조철봉은 판단했다. 조철봉의 말을 들은 이강준이 쓴웃음을 지었다.

"아까 얼핏 보니까 뭘 주시는 것 같던데, 괜찮습니까?"

조철봉의 얼굴에도 쓴웃음이 번졌다. 제 파트너한테 귓속말을 하는 것 같던데 볼 건 다 본 것이다. 하긴 정보요원이 그쯤 눈치는 보통일지도 모른다.

170

"괜찮습니다."

그래 놓고 조철봉은 저도 모르게 어깨를 늘어뜨리면서 긴 숨을 뱉었다.

"이거, 저도 한물 간 모양인데요."

"원숭이도 나무에서 떨어집니다."

이강준이 웃지도 않고 말했다.

"백발백중 다 성공하는 인간은 없죠. 기계도 실수를 하는데요."

"고 기집애가 고수라 당한 것이 아닙니다. 아주 평범했어요. 그래서 당한 겁니다."

그렇게 말해놓고 조철봉의 얼굴이 일그러졌다. 맞다. 너무 평범했다. 그래서 뽕 가버린 것이다.

"그게 무슨 말입니까?"

정색한 이강준이 묻자 조철봉은 눈까지 치켜뜨고 말했다.

"제가 선수들만 상대하다 보니까 맹한 기집애가 그냥 뱉은 말에도 괜히 감동을 받은 겁니다. 그래서 오버를 한 거라고요."

이강준은 눈만 끔벅였고 조철봉의 말이 이어졌다.

"걔는 제가 돈을 주기 전까지는 그런 마음이 없었을 겁니다. 그러다가 돈을 받고 나니까 정신이 번쩍 든 거죠. 그래서 들고 튄 겁니다."

"돈 주셨습니까?"

"예. 한 달에 세 번 만나는 조건으로 150, 선불로 줘 버렸죠."

"허어."

"기집애는 돈을 딱 받고 보니까, 야, 이놈이 보통 놈이 아니구나. 튀자. 이렇게 된 거죠. 걔한테 맞추려면 세 번 다 만나고 줬어야 했습니다. 이건 제 잘못이죠."

이강준은 가만히 듣기만 했다. 제 돈 잃고 제 탓만 하는데 뭐라고 하겠는가?

그날 밤, 집에 들어선 조철봉을 보더니 이은지가 이맛살을 찌푸리고 물었다.

"술 많이 마셨어?"

"응."

건성으로 머리를 끄덕인 조철봉이 이은지의 허리를 끌어당겼다.

"뭐" 했지만 이은지의 저항은 강하지 않았다. 조철봉의 가슴에 두 손을 붙이고 미는 시늉만 했다. 늦은 시간이었고 응접실에는 둘 뿐이다. 이은지가 다시 묻는다.

"대전에서 온 거야?"

오늘은 외박할 가능성이 많았으므로 대전 출장을 간다고 했던 것이다.

"응, 저녁 먹고 술 한잔 마신 후에 출발했더니……"

조철봉이 저고리를 벗으면서 말했다. 오지현에게 당하고나서 조철봉이나 이강준도 여자하고 노닥거릴 의욕이 사라져 버렸다. 그래서 곧장 집으로 돌아와버린 것이다. 옷을 갈아입은 조철봉이 욕실에서 대충 씻고 나왔을 때 침실의 의자에 앉아있던 이은지가 정색했다.

"무슨 일 있어?"

"응? 아니? 왜?"

술을 많이 마셨지만 오늘은 별로 취하지가 않았다. 눈을 크게 떠 보인 조철봉이 이은지의 앞쪽 의자에 앉았다. 오전 1시 반이 되어가고 있었다.

"뭐가 잘 안 돼?" 하고 이은지가 물었을 때 조철봉은 쓴웃음을 지었다. 조철봉의 경험에 의하면 여자의 육감은 남자보다 더 예민하다. 시내에서 버벅대는 차 뒤를 꼭 쫓아가서 운전사가 여자라는 것을 확인한 다음 그럼, 그렇지, 하는 못된 놈이 많다고 한다. 말도 안되는 남성 우월의식에 사로잡힌 나쁜 놈이다. 이은지가 아직도 시선을 주고 있었으므로 조철봉이 정색했다.

"내가 좀 생각한 것이 있어서 그래."

그러자 이은지가 아연 긴장했다.

"뭔데?"

조철봉이 다시 이은지를 보았다. 카바레에서 나와 집까지 오는 차 안에서 여러가지 생각을 했던 것이다. 물론 그것을 이은지가 알리는 없다. 그저 표정이 예전과 다르고, 또는 자고 올줄 알았던 작자가 기어들어 오는 것도 이상하다 보니까 그렇게 물어봤을 것이다. 심호흡을 한 조철봉이 마침내 입을 열었다.

"나, 정치를 하면 어떨까?"

"뭐어어?" 하고 이은지가 목청을 높였으므로 놀란 조철봉이 바로 앉았다.

"어, 조용히 해."

"지금 뭐라고 했어? 정치 한다구?"

"그래. 어쨌든 조용 조용."

이맛살을 찌푸린 조철봉이 손까지 저었다. 그렇다. 중국의 남북 합자 사업에도 손을 떼었으니 다시 사업에 매진해야 되겠지만 각 업종별로 전문경영인을 영입해놓은 터라 시간이 많다. 그렇다고 그 많은 시간을 카바레나 돌아다닐 수는 없지 않겠는가? 물론 난데없이 감동을 먹고 그야말로 보통 기집애한테 돈을 떼인 오늘 밤의 충격이 그 생각에 일조는 했다. 이은지가 이제는 입을 딱 벌린 채 조철봉을 바라보고 있었는데 뭔가 생각하는 표정이었다.

"그냥 생각해 본 거야. 총선도 다가오고 해서 말야."

"국회의원 되려고?"

다시 이은지가 물었는데 이번에는 목청이 높지 않았다. 눈빛도 가라앉았다. 그래서 조철봉도 차분하게 말했다.

"비례대표."

"당신이?"

그러자 조철봉의 눈썹이 곤두섰다.

"왜? 민주화 운동해야 국회의원 되냐? 나같이 성실한 사업가도 한번 해야 돼."

"에?" 하고 최갑중이 눈을 치켜떴으므로 조철봉은 입맛을 다셨다. "예?"도 아니고 "에?" 한 것이다. 그냥 놀란 것이 아니라 어이가 없을 만큼 놀랍다는 표현 같았기 때문이다.

"국회의원요?"

그렇게 최갑중이 다시 물었을 때 조철봉은 앞에 놓인 재떨이를 놈의 얼굴에다 집어던지고 싶은 충동을 눌러 참았다. 방금 최갑중에게 국회의원을 한번 하면 어떻겠느냐고 아주 정색을 하면서 물어보았던 것이다. 조철봉이 눈만 부릅뜨고 있는 것을 보자 최갑중은 그때서야 정신을 차린 것 같다. 헛기침을 한번 하더니 조심스럽게 물었다.

"물론 비례대표겠지요?"

"그렇지."

욕이 이어지려는 걸 겨우 참고 조철봉이 대답한다. 최갑중이 다시 물었다.

"물론 여당이겠지요?"

"물론 자는 빼, 짜샤."

"여당 맞지요?"

"맞다."

"여당 실권자 중 아는 분 있습니까?"

"너도 알다시피 내가 누굴 아냐?"

"그럼 어떻게 하시려고 그럽니까?"

"총선이 두 달 남았으니까 지금부터 나서도 늦지 않아."

"도대체" 해놓고 최갑중이 마치 뱀을 보는 것 같은 표정으로 조철봉을 보았다. 조철봉도 뱀이 쥐를 보는 시선을 만들었다.

"갑자기 그런 생각은 왜 하시게 된 겁니까? 난데없이요."

"도대체, 갑자기, 난데없이, 생각을 한 게 아녀. 이 자식아."

"정치가 얼마나 골치 아픈지 아십니까? 그거 보통 사람은 못한다고요."

"잘 아네."

정색한 조철봉이 머리를 끄덕였다.

"넌 내 보좌관으로 가는 거다."

"형님."

최갑중도 정색했다.

"돈만 있으면 다 하는 게 아닙니다. 전하고는 달라졌다고요."

175

"넌 나를 뭘로 봐?"

조철봉이 눈을 부릅떴으므로 최갑중은 어깨를 늘어뜨렸다.

"정치는 무에서 유를 창조하는거."

목소리를 높인 조철봉이 말을 잇는다.

"정치는 화합, 융통성, 그리고 국리민복이다."

"국리민복이 뭔데요?"

불쑥 최갑중이 묻자 조철봉은 이맛살을 찌푸렸다.

"나중에 설명해줄 테니까 잠자코 들어."

"예, 듣지요."

"나한테는 정치가 맞는 것 같다."

"왜요?"

"왜요라니? 우리끼리 이야기지만 내 체질에 정치인이 가장 어울리는 것 같지 않으냐?"

"에?"

또 "에"를 했으므로 조철봉의 이맛살이 다시 구겨졌다. 조철봉이 잇새로 말한다.

"잘 생각해봐, 인마."

"예."

"내가 말 뒤집는 거 선수다. 알지?"

"예."

"그것도 감쪽같이. 지금 정치인들 보면 너무 순진해. 난 더 잘할 수 있어."

"뭘요?"

"속이는 거."

정색하고 말한 조철봉이 눈을 가늘게 떴다.

"청문회 같은 데서 사람 불러다놓고 떽떽거리는 거, 난 더 잘할 수 있어."

"에?"

다시 최갑중이 "에?" 했지만 조철봉이 말을 잇는다.

"멋있었어. 명패 집어던지는 거."

조철봉은 한번 작심을 하면 한다. 사기는 임기응변이나 뻔뻔함, 또는 치밀함만으로는 완벽하지 못하다. 끈기와 집념도 갖춰야 한다. 따라서 자신이 지금까지 닦아온 그 모든 수련은 정치인이 되기 위한 과정으로도 손색이 없을 것 같았다. 가만 보면 정치는 사기와 일맥상통했다. 뻔한 거짓말을 해놓고 민심을 얻어 죄를 안 받는 꼴을 보면 사기꾼보다 윗길이었지만 그 수단이 유치했다. 정치인이 돼 보겠다고 작심을 하고 나자 누구보다도 잘할 자신이 우러났다. 조철봉이 그날 저녁에 만난 사람은 국정원의 이강준 정보실장이다. 카바레에서 같이 논 사이기도 했지만 이강준만큼 상의하기에 적당한 인물도 드물었다.

"국회의원요?"

최갑중보다는 못했지만 조철봉의 말을 듣고 난 이강준의 반응도 컸다. 그러나 금방 시치미를 떼더니 조철봉을 지그시 본다. 조철봉도 시선을 맞받았을 때 이강준이 차분한 표정으로 물었다.

"지역구로 나가시려고요?"

"아닙니다. 비례대표로."

"아아."

머리를 끄덕인 이강준의 표정이 더 진지해졌다.

"어느 당으로 가실 계획입니까?"

"한국당이죠."

이강준의 머리가 다시 끄덕여졌다. 한국당은 여당이며 이른바 보수정당이다. 조철봉은 진보 성향의 야당과는 애당초 맞지가 않는다. 지금까지 조철봉은 딱히 좌나 우에 관심이 없었지만 사안 별로는 사고가 분명했다.

예를 든다면 얼굴도 모르는 북쪽 동포에다 퍼줄 세금을 아직도 굶고 있는 우리 남한 사람들한테 나눠줘야 한다고 믿었다. 옆집에서 밤중에 벽에다 못 박는다고 고소를 하는 세상인데 북한군한테 들어가는지 어쩐지도 확인 안 하고 퍼주는 자들이 이상했다. 제 돈이라면 절대로 안 그럴 것이었다. 퍼주고 대접을 제대로 받는다면 또 모른다. 온갖 수모를 당하고 빼앗기듯 주는 것이다. 그러나 언론이 나무라면 그럼 전쟁하잔 말이냐? 하고 어떤 국회의원 놈은 협박까지 했다. 그래서 조철봉은 한 10년 가깝게 정치 관계 기사나 방송은 거의 읽지도 보지도 않았던 것이다. 그때 이강준이 머리를 들고 말했다.

"하긴 조 사장님이 정치인에 어울리실지도 모르겠네요."

처음 듣는 긍정적인 반응이었으므로 조철봉의 가슴이 뛰었다. 그러나 내색하지 않고 다음 말을 기다린다.

"남북 합자 사업을 추진한 경력도 인정받으실 수 있을 것 같고요."

"그렇습니까?"

심호흡을 하고 난 조철봉이 이강준을 똑바로 보았다.

"그럼 제가 누구를 만나면 되겠습니까? 다리를 놓아 주신다면 신세 잊지 않겠습니다."

다른 사람이었다면 봉투를 내밀었을 것이다. 그런데 이강준 같은 인간한테 그랬다가는 큰일 난다. 돈을 먹여도 사람 가려서 먹여야 하며 먹여도 탈이 나지 않는다는 보장까지 해줘야 진정한 뇌물이 된다. 조철봉의 시선을 받은 이강준이 쓴웃음을 지었다.

"글쎄요, 제가 어디 그쪽에 아는 사람이 있어야죠"

"그래도 흐름은 파악하고 계실 것이 아닙니까? 하다못해 추천해줄 사람이라도 알려 주시지요"

"요즘은 전과 다릅니다."

정색한 이강준이 잠깐 생각하더니 말을 잇는다.

"먼저 비례대표 신청을 해보시지요. 곧 비례대표 모집을 한다고 하니까요"

"제가 걱정이 되는 것은……"

비례대표를 신청하고 돌아온 최갑중이 조철봉과 둘이 되었을 때 말했다. 심각한 표정이다.

"여자들입니다."

눈만 치켜뜬 조철봉을 외면한 채 최갑중이 말을 잇는다. 작심한 것 같다.

"당 심사위원들이나 고위층한테 투서나 직보가 들어가면 끝납니다."

"뭐가?"

그렇게 물었던 조철봉이 정정했다.

"뭘 투서하고 직보한다고?"

"거시기."

최갑중이 고인 침을 삼키고 나서 막 입을 벌렸을 때 조철봉이 말을 잇는다.

"하룻밤에 여섯 번 싸게 해줬다고?"

"아니, 그게 아니라."

"그거 하면서 애국가 거꾸로 불렀다고?"

"거시기."

"내가 여자한테 뭘 잘못했냐? 대라" 하고 조철봉이 눈을 부릅떴으므로 최갑중은 마침내 입을 다물었다. 그러나 조철봉이 손끝으로 최갑중의 코끝을 겨누고 다시 묻는다.

"너, 내가 난잡하다고 말하려는 거지?"

"그게, 형님."

"내가 여자한테 사기친 적 있더냐? 응? 나쁜 여자 말고"

"그건 없었죠"

"내가 여자 만족시키지 않은 적 있냐?"

"잘은 모르지만 그건."

"그런 적 없다" 해놓고 조철봉이 또 묻는다.

"내가 여자한테 술값 내라고 한 적이 있더냐?"

"없었죠, 당연히."

"나 때문에 가정이 파탄난 여자 있어?"

"없었던 것 같습니다."

"그럼 난 상 받아야 되는 것 아냐?"

할 수 없이 최갑중은 입을 다물었고 조철봉도 조금 진정을 했다. 오늘

180

최갑중이 비례대표 신청을 하면서 알아보았더니 한국당은 이번 총선에서 140석을 예상하고 있다는 것이다. 그리고 여당 득표율로 예상한 비례대표 당선 순위는 20번까지였는데 현재 450여 명이 신청을 했다. 20대1이 넘는다.

"그러면."

주위를 둘러보는 시늉을 한 조철봉이 말을 잇는다. 사무실 안에는 둘 뿐이다.

"신청은 했지만 순위 결정이 될 때까지 가만 앉아서 기다릴 수는 없지 않겠어?"

"그렇죠. 가만있는 사람이 어디 있겠습니까? 다 뛰겠죠."

"그래서 말인데."

정색한 조철봉이 말을 잇는다.

"우리는 순위 결정에 영향을 주는 실세하고 줄도 안 닿고 그렇다고 크게 내놓을 것도 없단 말씀이야. 남북 합작 사업을 추진했다는 건 좀 약해. 그렇지?"

"그건 그렇습니다."

"이대로 놔두면 아마 300등쯤 될 거다."

"그거야 어디."

"그래서 말인데."

이제는 조철봉이 목소리를 잔뜩 낮춘다.

"20등 안에 들어갈 만한 작자들 중에서 한 30억 원쯤 받고 나한테 양보할 놈 없을까? 물론 그 작자가 날 저 대신으로 추천해 줘야겠지."

놀란 최갑중이 입만 짝 벌렸지만 조철봉이 말을 잇는다.

"50억 원까지도 돼. 내 50억 원을 먹고 그 작자가 저보다 유능한 인물이라면서 나한테 그 순위를 양보하는 거야. 그럼 위에서도 납득하지 않을까?"

"형님, 그것이 어디."

"두 놈을 먹여도 되겠다. 이건 선수들끼리 하는 거라 심판들은 몰라도 되는 거야. 당연히 몰라야지. 어때?" 했지만 최갑중은 입맛만 다셨다.

한국당의 실세인 부대표 안상호한테서 만나자는 연락이 온 것은 총선이 주일쯤 전이었다. 한국당 당사로 찾아간 조철봉은 잔뜩 긴장하고 있었다. 조철봉은 지금까지 정치인들하고 논 적이 없는 것이다. 요즘 들어 겉으로는 제 성질이 정치인과 딱 맞느니 어쩌느니 해쌌지만 막상 부름을 받자 오금이 저려서 부대표실에 들어가기 전에 소변을 두 번이나 보았다. 안상호가 웃음 띤 얼굴로 맞는다.

"아, 어서오세요."

부대표 안상호는 4선 의원으로 65세, 수전, 산전, 공중전까지 다 겪은 인물이었다. 지금까지 원내총무를 두 번, 대변인도 지냈으며 문공위원장을 겸임하고 있다. 안상호 옆에는 수석 부총무 이경필이 와 있었는데 조철봉도 언론에서 자주 봐서 낯이 익었다. 셋이 탁자를 사이에 두고 앉았을 때 안상호가 서류를 들여다보는 시늉을 하고 나서 묻는다.

"추천인이나 기타 조건은 다 갖추셨군요. 그런데 정치 경험은 전혀 없으시네요."

"그, 그렇습니다."

조철봉이 똑바로 안상호를 바라보며 대답했다.

"정치는 안 했습니다."

"하긴 정치인이 따로 있나요?" 하고 이경필이 분위기를 살렸지만 조철봉의 긴장은 풀리지 않았다. 안상호가 다시 묻는다.

"뭐, 의례적이지만 신청서에 쓰신 말씀 외에 의원이 되시려는 목적이나 포부를 말씀해 보실랍니까?"

"예" 하고 나서 조철봉은 심호흡을 했다. 그 순간 어렵다는 생각이 든다. 이런 긴장감, 이런 위축감은 생전 처음이다. 안상호는 물론이고 이경필의 눈빛, 태도, 말이 보통내기들이 아니다. 사기꾼은 사기꾼을 알아보는 법이다. 조철봉은 지금까지 한 번도 실수한 적이 없다. 앞에 앉은 상대가 사기꾼인지 아닌지는 대번에 맞혀온 것이다. 그런데 지금은 모르겠다. 머리가 띵할 뿐이다. 마치 바둑 아마 9급이 프로 9단을 만난 것 같다. 왜 이럴까? 위축감이 원인은 아닌 것 같다. 이 강한 포스는 과연 무엇인가? 내가 왜 이렇게 되었는가? 이를 악물었다가 푼 조철봉이 입을 열었다.

"돈을 좀 벌고 나니까 봉사를 하고 싶더만요. 국가를 위한 봉사 말씀입니다."

저도 모르게 제 입으로 술술 뱉어지는 말을 듣고 조철봉의 머리끝이 쭈뼛거렸다. 조철봉의 말이 이어진다.

"그런데 좀 생색을 내고 싶었지요. 국회의원이 되어서 이곳저곳에다 기부를 하고 뭘 세우고 그러면 좀 얼굴이 서지 않겠습니까?"

안상호와 이경필이 눈도 깜박이지 않고 조철봉을 본다. 대꾸도 하지 않았으므로 조철봉이 말을 이었다.

"제가 며칠 전에 제 재산을 정리해 봤더니 1조쯤 되었습니다. 솔직히 세금도 다 냈지만 편법, 불법, 탈법 등 갖가지 방법으로 모은 재산이죠. 그런데 이제 그 돈을 사회에 환원하고 싶단 말씀입니다."

조철봉은 이제 슬슬 긴장감이 풀려가는 것을 느끼고 있었다. 말도 잘 나온다. 안상호와 이경필은 여전히 시선만 주었고 조철봉의 말이 이어진다.

"한국당이 제 체질에 맞습니다. 대한민국을 위해서는 한국당이 잘 되어야 한다는 생각이 들고 한국당 발전을 위해서 투자해도 되겠습니다."

이제는 정신을 차린 조철봉이 미끼를 내놓은 셈이다. 그리고 이 제의는 불법이 아니다. 그때 안상호가 입을 열었다.

"잘 알았습니다. 아주 솔직하게 말씀해주셔서 고맙습니다."

조철봉도 긴 숨을 뱉었다. 할 말은 했다.

그리고 일주일 후에 한국당은 비례대표 의원의 순위를 통보했는데 언론에서 발표하기 몇 시간 전에서야 조철봉은 제가 몇 번인지 알았다. 잠자코 갑중이 내민 복사지를 바라본 조철봉이 어깨를 늘어뜨렸다.

"34번."

조철봉이 혼잣소리처럼 말하자 최갑중은 입맛을 다셨다.

"이건 지지율이 47.5퍼센트 정도가 되어야 당선 가능성이 있다더군요."

"47.5퍼센트"

다시 조철봉이 혼잣소리처럼 말했다. 현재 한국당의 지지율은 42퍼센트를 오르내리고 있는 것이다. 그것도 시간이 갈수록 내려가는 중이었고 가장 높았을 때도 46퍼센트 정도였다.

"형님, 어디 여행이나 다녀오시지요" 하고 최갑중이 말했으므로 조철봉은 혀를 찼다.

"얀마, 선거가 낼모렌데 어딜 가라는 거야? 정신 나갔어?"

"아, 안될 거 뻔히 알면서 애태우는 거 보기 싫으니까 그렇죠."

"그러는 게 아냐."

"34번이 뭡니까? 차라리 순위에 넣지나 말지."

한국당은 비례대표 후보를 50위까지 발표한 것이다. 조철봉보다 오히려 최갑중이 더 열을 받고 투덜거렸다.

"선거날 지지율 예상은 35퍼센트 정도이고 비례대표는 20위까지는 가능성이 있다고 하더군요. 그러니까 형님은."

최갑중이 힐끗 조철봉에게 시선을 주고 나서 말을 이었다.

"20명 중에서 14명이 사고로 의원직을 잃어야 의사당에 들어가시게 됩니다."

"으음. 14명."

쓴웃음을 지은 조철봉이 소파에 등을 붙였다.

"비례대표 후보들이 버스를 타고 가다가 뒤집히면 되겠다."

"이제 할 만큼 하셨고 국회의원이 되는 방법도 알 만큼 아셨으니까 이젠 미련 접으시지요. 형님."

"야, 그래도 34번이 어디냐?"

탁자 위에 놓인 복사지를 들고 다시 순위를 보면서 조철봉이 정색했다.

"비례대표 지원자가 452명이었고 그중에서 34번이 되었단 말이다. 내 평생에 이런 좋은 점수를 받은 적이 없다."

"형님, 34번이나 340번이나 안 되는 건 같은 겁니다."

최갑중의 표정이 꼭 미친 사람을 바라보는 것 같았으므로 조철봉은 다시 혀를 찼다. 정색한 최갑중이 말을 잇는다.

"제가 누구한테 들었는데 정치는 2등이 없답니다. 정치처럼 비정한 데가 없다는 겁니다. 어제의 원수가 오늘은 전우가 되고 그 반대의 경우도 얼마든지 일어난다는 겁니다."

"들었지?"

"예. 저도 요즘 정치하는 사람들 많이 만나지 않았습니까? 그 작자들한테서 들었지요."

"네가 읽었을 리가 없지. 그래서 물은 거야."

그러자 최갑중이 힐끗 머리를 들었다가 조철봉이 딴 데를 보고 있는 것을 보고는 눈을 흘겼다.

"난 읽었다."

조철봉이 다시 혼잣소리처럼 말했다.

"정치는 기다린다는 거, 칠전팔기, 와신상담, 전화위복, 새옹지마, 이런 말들을."

문자에 약한 최갑중은 입을 다물었고 그 후로 조철봉에게 두 번 다시 34번 이야기를 꺼내지 않았다. 그리고 총선 날이 되었고 그날 밤 자정에 결과가 발표되었다. 방송국의 예상은 다 틀렸는데 한국당은 지지율 47.6퍼센트를 받고 비례대표 34번까지 당선이 되었다. 34번이다.

조 의원

"조 의원님."

명단이 발표된 직후에 최갑중이 전화를 걸어오더니 그렇게 불렀다. 재빠른 놈이다. 방송은 아직 끝나지도 않았고 화면에 한국당 비례대표 34번 조철봉의 이름이 떠 있는 상태, 목이 멘 최갑중은 말도 잘 못한다.

"조 의원님, 축하합니다."

"고맙다."

밤 12시 반, 집안은 조용했다. 11시가 되었을 때 이은지에게 자라고 침실로 보내놓고 조철봉은 지금까지 응접실에 혼자 앉아 있었던 것이다. 최갑중이 말을 잇는다.

"이건 기적입니다. 조 의원님."

"자꾸 의원, 의원 해쌌지 마라. 한약방 같다."

"정말 축하합니다. 의원님, 의원님은 정말 선명지견이 있으신 것 같습니다."

"뭐? 선명 뭐라고?"

했다가 정신이 사나워진 조철봉이 핸드폰을 고쳐 쥐었다. 최갑중은 흥분하거나 그 반대로 점잖을 뺄 때 말도 안 되는 문자를 쓴다. 지금은 전자일 것이다.

"너, 세금 안 낸 것 없지?"

조철봉이 묻자 최갑중은 퍼뜩 정신이 난 것 같았다. 목소리가 또렷해졌다.

"예, 다 냈습니다. 형님 말씀대로 엊그제 깨끗이 정리했습니다."

"뭐? 엊그제? 인마, 그 말 한 적이 언젠데."

조철봉이 눈을 부릅떴다가 어깨를 늘어뜨렸다. 마치 간발의 차이로 장애물을 피해 간 운전사 같았다.

"예, 어쨌든, 놔두려다가 그냥 냈는데 이거, 정말로"

최갑중도 이제 생각하니 식은땀이 나는 모양이었다. 말까지 더듬는다. 재산 신고를 빼먹고, 탈세를 해서 장관 자리를 잃은 거물들의 이야기가 며칠 전까지 신문에 대서특필 되었었다. 그것을 남의 이야기로 알고 차일피일 미루다가 엊그제야 다 완납한 것이다. 만일 오늘이나 내일 냈다고 해도 치명타를 받을 것이었다.

"너, 다른 거 확실하게 체크해, 알았어?"

조철봉이 소리치듯 말하자 최갑중도 다시 긴장했다.

"예, 의원님."

이제 의원님 소리가 한의원이나 청소년 선도위원 같은 분위기로 들리지 않았다.

그러고 보면 조철봉도 동네 파출소에서 위임한 청소년 선도위원에다 구의 부녀회에서 부탁하는 바람에 좋은 책 읽기 후원회의 위원도 겸하고 있다. 그렇지만 파출소나 부녀회를 거의 가지 않기 때문에 위원 소리는 들은 적이 없다. 한국 사람은 보편적으로 직위, 이른바 감투를 좋아하는 경향이 있다. 언젠가는 조철봉이 친구하고 카페에서 술을 마시다가 옆좌석에 앉은 대여섯 명의 남자 손님이 서로 '김 검사' '최 검사' '박 검사' 하고 불러대는 것을 듣고는 기가 죽었다. 검사 영감들이었다. 친구하고 말도 크게 못하고 술을 마신 조철봉이 그 검사 일행이 나간 후에 주인한테 물었다.

"여긴 검사들 단골인 모양여?"

"그래요"

쌍꺼풀 수술을 거칠게 한 주인 여자가 머리를 끄덕였다.

"저기 옆 건물 우방섬유의 품질관리 검사원들이죠"

그런데 이제는 조철봉이 진짜 의원이 된 것이다. 의원 중에 국회의원이 제일이 아닌가? 최갑중과 통화를 끝낸 후부터 계속해서 전화가 걸려오기 시작했다. 고등학교를 졸업한 후에 한 번도 얼굴을 보지도 못한 놈에서부터 사이가 나빴던 친척까지, 그리고 새벽 1시쯤에는 베이징의 김성산까지 축하 전화를 해왔다. 정말 국회의원은 대단한 자리인 것 같다.

조철봉 스스로 자신을 사기꾼이라고 표현했지만 전과는 없다. 전과란 바로 이전에 죄를 범하여 재판에 의해 확정된 형벌의 전력이다. 조철봉은 재판정에 선 적이 한 번도 없었으니 전과 면에서는 깨끗하다. 이번에 비례대표 신청을 한 것도 주변이 깨끗했기 때문이다. 최갑중이 안 될 줄 알고 늑장을 부린 바람에 큰일 날 뻔했지만 세금도 다 냈다. 조철봉이 누구인가? 앞뒤 다 재고 사기를 쳐온 인간 아닌가? 혹여 비례대표 신청자 신분인데도 언론사에서 물어볼까봐 정치가 무엇인지에 대해서도 인터넷으로 검색해서 달달 외워놓았다. 정치란 '나라를 다스리는 일로서 국가의 권력을 획득하고 유지하며 행사하는 활동으로 국민들이 인간다운 삶을 영위하게 하고 상호간의 이해를 조정하여 사회 질서를 바로잡는 역할을 한다'고 나와 있었다. 좀 길었지만 다 외웠다. 그리고 비례대표로 기적적 당선을 하고 나서는 바로 본인의 정치인으로서의 자세를 글로 작성한 다음에 또 달달 외워두었다.

국회의원 월급을 알아보았더니 예상했던 것보다 훨씬 많았다. 별로 머리 쓰는 일도 아닌 것 같은데 많았으므로 만족했다. 그리고 특전이 무지하게 많았다. 그것만 찾아보는 데도 반나절이 걸렸고 그 반나절 동안 내내 행복했다. 특히 공항에서 VIP 라운지를 사용하게 된다는 것이 좋았다. 그래서 이코노미 클래스를 타도 VIP 라운지를 사용할 수 있는지 알아보려고 할 때 방으로 최갑중이 들어왔다. 비례대표가 된 지 나흘째가 되는 날 오후였다. 당선증을 받은 후에 당대표하고 거물들께 인사를 드렸으며 사진을 여러 방 찍고 났더니 사흘째가 되는 날부터 한가해졌다. 어서 나라를 다스리는 일을 시작해야 될 텐데 국회가 개원해야 한다는 것이다. 만날 국회에 가는 것이 아니었다.

"의원님, 상임위원회는 건설교통위원회로 가도록 하시죠"

최갑중이 정색하고 말하더니 앞쪽 자리에 앉았다. 눈만 껌벅이는 조철봉을 향해 최갑중이 목소리를 낮췄다.

"거기가 젤 나을 것 같습니다."

"뭐가?"

"이거 말입니다" 하고 최갑중이 엄지와 검지로 동그라미를 만들어 보였다.

"제가 19개 상임위원회와 특별위원회를 체크해봤는데 거기가 국물이

젤 많을 것 같습니다.”

“……”

“로비를 해 보시지요.”

“누구한테?”

“그건 제가 알아보겠습니다.”

그것이야말로 의원 보좌관이 당연히 해야 할 일인 것처럼 최갑중이 의연한 표정으로 말했다.

“좀 쓰면 되겠지요. 쓴 것의 몇 십 배는 뽑아낼 수 있을 테니까요.”

그 순간 조철봉은 심호흡을 했다. 인간의 천성이 잘 변하지 않는다는 것은 조철봉이 누구보다도 잘 안다. 간단하게 표현하면 도둑놈은 도둑놈이다. 이것을 비약해서 한 번 배신한 놈은 계속해서 배신을 때린다고도 말하는 사람까지 있다. 인간이 천성을 바꾼다는 것은 어지간한 의지 없이는 안 될 것이었다. 쉽게 돈을 버는 데 익숙해진 놈들은 그 유혹에서 벗어나기 어렵다. 지금 최갑중이 그런 것이다. 최갑중은 조철봉의 분신 같은 최측근이다.

그런데도 최갑중은 조철봉이 어떤 작정을 하고 국회의원이 되었는지를 모르고 있는 것이다. 이윽고 조철봉이 입을 열었다.

“너 앞으로 그런 짓거리하려면 나하고 오늘부터 인연 끝내자. 이 도둑놈아.”

최갑중한테는 이런 식의 처리가 어울린다.

거물. 조철봉이 한국당 부대표 안상호를 처음 보았을 때 떠오른 단어였다. 그리고 다음 순간 이 인간한테는 사기쳐먹기가 어렵겠다는 생각이 떠올렸었다. 버릇이 되었기 때문에 무의식적으로 머리가 그렇게 측정, 판단을 해낸 것이어서 어쩔 수가 없다. 그런데 당선증을 받은 지 일주일째가 되는 오늘 오전 조철봉은 의원회관의 당 부대표실에서 안상호와 둘이서 마주 앉았다. 안상호는 웃음 띤 표정이었다. 두꺼운 눈두덩이 더 늘어졌고 주름진 입술 끝도 야무지지 못하게 벌려져 있었지만 그 느낌은 여전했다. 거물. 녹록하지 않은 분위기. 그때 안상호가 입을 열었다.

"조 의원, 상임위원회에는 통일외교통상위원회에 가시는 게 어떨까요? 조 의원께서 남북 합자 사업도 추진한 경력도 있으시니 딱 맞지 않겠습니까?"

"아, 네."

긴장한 조철봉이 안상호를 보았다. 비례대표 34번, 어떤 언론사는 어제 34번 조철봉을 행운의 사나이로 묘사했는데 비아냥거리는 냄새가 물씬물씬 났다. 또한 야당 사이트가 된 인터넷 해피뉴스에서는 34번 조철봉의 재산형성 과정에 의혹이 있는 것 같다는 짤막한 기사도 나왔다. 아니면 말고 식의 기사였는데 댓글이 와락 달리고 나면 문제가 된다. 털면 먼지 안 나는 사람 없다는 말이 맞게 되는 것이다. 자꾸 두드리면 별놈의 것이 다 튀어나오고 본인뿐만 아니라 조직이, 당이 견디기 힘들다. 이른바 여론 재판인데 지난 정권 때 잘 써먹었다. 그래서 지금도 촛불의 향수에 젖어 전깃불을 싫어하는 인간도 많다.

"그럼 그렇게 하시죠."

안상호는 조철봉의 어중간한 대답을 승낙으로 간주하더니 이제는 정색을 했다. 그러자 눈꺼풀 속의 눈동자가 번들거렸다.

"초선의원 모임은 어디로 나가실 겁니까?"

"예, 저는 아직."

그동안 초선의원 모임이 여러 번 있었지만 아직 어떤 곳에서도 조철봉한테 한번 만나자는 연락을 해오지 않았다. 모두 똑똑한 지역구 초선의원이 주도해서 만든 모임인데 곧 정치세력화될 것이었다. 그러나 조철봉은 꼭 우등생반에 잘못 끼어든 열등생 취급을 받는 느낌이었다. 초선은 지역구 비례대표 모두가 미국 박사가 많았고 전직 장관, 대학 총장이 보통 수준이었다. 맨 끝의 34번 조철봉의 학벌과 경력은 시쳇말로 쪽팔리는 조건이어서 모임의 격을 떨어뜨린다고 생각했을지도 모른다. 안상호의 시선을 받은 조철봉이 심호흡을 하고 나서 어깨를 폈다.

"제가 생각한 것이 있습니다."

"뭡니까?"

"납탈회를 만들 계획입니다."

"납탈회라뇨"

눈썹을 모은 안상호가 되묻자 조철봉은 정색했다.

"예, 납북자와 탈북자를 구해내는 모임말입니다."

"아아."

입을 반쯤 벌렸다 닫은 안상호가 지그시 조철봉을 보았다. 다시 녹록하지 않는 표정, 그 눈빛이 꼭 뱀 같았다. 이런 인간한테는 절대로 사기를 못친다. 정치인이 사기꾼과 격이 같겠는가? 대통령을 만드는 사람들이다. 정치란 나라를 다스리는 일, 정치인은 나라를 다스리는 인간, 조철봉의 가슴이 갑자기 세차게 뛰었다. 나라를 상대로 사기를 친다는 생각이 떠올랐기 때문이다. 하지만 그럼 반역자다. 아니, 성즉군왕이요 패즉역적이라고 했던가? 그 말 맞나? 그때 안상호가 말했다.

"그거, 정치적인 일인데, 좀 보류하십시다."

"납탈회라고?"

되물은 임기택이 눈을 가늘게 떴다.

"그게 무슨 말야?"

"예, 납북자, 탈북자를 구해내는 모임이라는데요"

보좌관 이정규가 대답하자 임기택은 피식 웃었다.

"웃기고 있네."

"예, 좀 그렇습니다."

이정규는 웃지도 않고 맞장구를 쳤다.

"부대표께 그런 모임을 만들겠다고 했다가 보류하라는 말씀을 들었다니까요"

"뭘 몰라. 그 친구."

"초선인데다……."

"강북대는 제대로 나왔어?"

"예. 그런데 학점 평균이 C였습니다."

"아이구, 두야" 하고 임기택이 이마를 손바닥으로 한번 만지고는 의자에 등을 붙였다. 임기택은 미국 LA 다운타운대학에서 석사, 워싱턴 징글벨대학에서 박사학위를 받은 후에 귀국해서 서울의 일류대학인 고세대학에서 경영학과 교수를 하다가 이번에 지역구 초선의원이 되었다. 그것도 서울 강북의 민족당 토박이 3선의원을 꺾고 당선된 터라 콧대가 높을 만했다.

"한 10분만 시간을 내자고"

손목시계를 보는 시늉을 하면서 임기택이 말했다.

"그 친구 들어오고 나서 10분쯤 지났을 때 손님 오셨다면서 들어와."

"예, 알겠습니다."

이정규가 자리에서 일어섰을 때 문에서 노크 소리가 들리더니 여직원이 상반신만 내밀고 말했다.

"손님 오셨습니다."

그러자 이정규가 서둘러 밖으로 나가더니 곧 조철봉을 안내해왔다.

"어이구, 어서 오시지요"

임기택이 반색을 하며 조철봉을 맞는다. 표정이 싹 달라져 있었는데 전혀 다른 사람 같다. 조철봉이 자리에 앉았을 때 임기택이 웃음 띤 얼굴로 말했다.

"통일외교통상위에 배치되셨다면서요? 거긴 중량급만 가는 곳인데 지도부로부터 대단한 신임을 받고 계신 것 같습니다. 축하드립니다."

"갈 데가 그곳뿐이었죠"

쓴웃음을 지은 조철봉이 말을 잇는다.

"다른 곳은 경험도, 지식도 부족해서요. 제가 남북 합자 사업을 좀 관계했기 때문에 거기로 배치시켜 주신 것 같습니다."

임기택은 본인 희망대로 재정경제위원회에 배치되었다. 조철봉과는 격이 다르다. 짧은 덕담이 끝났을 때 임기택이 넌지시 조철봉을 보았다. 이제 찾아온 용건을 말하라는 표시였다. 이곳은 강북의 임기택 지역구 사무실 안이다. 임기택의 시선을 받은 조철봉이 방 안을 둘러보는 시늉을 했다. 방 안에는 둘 뿐이다.

"초선의원 중에서 임 의원님이 가장 두각을 나타내고 계시더군요. 민족당의 토박이 3선의원을 압도적 표차로 누르고 당선이 되셨겠다, 언론으로부터 호평도 제일 많이 받고 계시고"

조철봉이 낮지만 또렷하게 말을 잇는다. 얼굴에는 부드러운 웃음기가 떠올라 있다.

"근데 전 그 반대란 말씀입니다. 비례대표 맨 마지막으로 간신히 된데다가 학력도 경력도 그저 그렇고, 어제는."

말을 그친 조철봉이 쓴웃음을 지어 보였다. 조철봉이 무슨 말을 이어갈지 알고 있었으므로 임기택은 외면한다.

"마침내 한성신문에서 제가 카바레를 자주 다녔다고 익명 제보자를 통해 보도를 했더군요. 이거 참, 당에 누가 될 것 같으면 얼른 정리를 해야 되겠습니다."

그러고는 조철봉이 정색하고 임기택을 본다.

"오늘은 그냥 인사차 들렀습니다. 누가 오라는 사람이 없으니 찾아다니기나 하는 거죠."

돌아오는 차 안에서 옆자리에 앉은 최갑중이 몇 번이나 힐끗거리다가 마침내 묻는다.

"의원님, 도대체 거기 왜 가신 겁니까?"

거기라면 임기택의 사무실이다. 좌석에 등을 붙이고 앉아 있던 조철봉이 머리를 돌려 최갑중을 보았다.

"한 수 배우러 간 거다."

"뭘 말입니까?"

"미국 박사에다 고세대 교수 출신이니까 한마디 한마디가 다 피가 되고 살이 되는 말씀 아니겠냐? 그래서 말씀 들으러 갔다.”

그러자 기가 막힌 듯이 입만 쩍 벌리고 있던 최갑중이 생각난 듯이 다물고 나서 입맛을 다셨다. 그때 조철봉이 혼잣소리를 했다.

“눈치를 보니까 날 그쪽 모임에 끼어줄 것 같지가 않구먼.”

최갑중이 숨을 죽였다. 이것이 임기택을 찾아간 목적이었던 것이다. 임기택은 ‘바른정치를 위한 모임’이라는 초선의원들만의 모임을 벌써 구성했는데 등록한 회원이 18명이나 되었다. 물론 임기택이 회장이다. 앞쪽에 앉은 운전사 미스터 윤도 긴장한 듯 몸을 굳히고 있다. 조철봉이 말을 잇는다.

“내일은 박성규 의원한테 가봐야겠다. 네가 시간 약속을 해.”

“박성규 의원요?”

최갑중이 기운 없는 목소리로 물었으므로 조철봉은 혀를 찼다.

“그래, 인마. 기운을 내.”

“의원님, 너무 그러실 필요는 없지 않습니까? 그냥 가만있어도”

“자세를 바꿔야 돼.”

어깨를 부풀렸다가 내리면서 조철봉이 길게 숨을 뱉는다.

“나는 자동차 영업사원 할 때의 자세로 다시 시작할 거다.”

그러나 납득이 안 가는지 최갑중은 눈만 크게 뜨고 입술은 꾹 닫혀 있다. 조철봉이 말을 잇는다.

“겸손하고 상대방 장점을 존중해주면서 성실한 자세를 보일 거다.”

박성규 의원은 역시 초선이지만 구청장, 구의회 의장 출신이어서 중량급 인정을 받는 인물이다. 박성규도 초선의원들만의 모임인 ‘정의실천모임’을 창설하여 초선 13명을 모아 놓았다. 물론 조철봉은 박성규한테서도 전화 한 통 받은 적이 없다. 그때 최갑중이 말했다.

"의원님, 오후에 보좌관하고 비서관 면접이 있습니다."

"알고 있어."

"보좌관 면담을 하실 두 명 중에 박종수는 호바드대학 출신으로 이번에 낙선한 한기수 의원 보좌관을 지냈으니까 많이 도움이 되실 것 같은데요."

최갑중은 박종수가 마음에 드는 눈치였다. 국회의원은 6명의 직원을 고용할 수가 있다. 즉 4급 보좌관 2명에 5급 비서관 1명, 거기에 운전기사까지 포함한 6급에서 9급까지의 직원 3명이다. 물론 6명 직원의 봉급을 모두 국가에서 내준다. 국회의원 세비가 연봉으로 1억 가깝게 되는 데다 6명의 연봉을 평균 5천씩만 계산해도 국회의원 1명당 연간 4억의 세금이 나가는 것이다. 최갑중은 이미 보좌관 자리를 꿰찬 터라 4급직 공무원 신분이다. 조철봉은 아직 명함을 10장도 안 뿌렸는데 최갑중은 벌써 명함 2통을 비웠다고 했다. 최갑중은 말을 이었다.

"또 하나는 신문기자 출신으로 안상호 의원이 추천한 김경준입니다."

최갑중이 건성으로 말했을 때 조철봉이 머리를 끄덕였다.

"보좌관은 김경준으로 하지. 면담은 필요 없어. 내가 아는 게 없으니까 물어볼 것도 없다."

"나, 꼭 가야 돼?" 하고 이은지가 물었으므로 조철봉은 이맛살을 찌푸렸다. 밤에 집에 돌아왔을 때마다 이은지가 이렇게 묻는 것이다. 오늘로 사흘째, 나흘 전 일주일 후에 한국당 국회의원 당선자 부부가 대통령의 초청을 받아 청와대 만찬에 참석해야 된다는 말을 들은 후부터 이런다.

"아, 그럼. 이제 두 번 다시 그 말 묻지마."

눈을 흘겨보인 조철봉이 저고리를 벗어 이은지에게 내밀었다.

"남들은 대통령한테 초대받고 싶어서 별 꼼수를 다 쓰는데 이 여자는."

"무섭단 말야."

이은지가 울상을 지었다.

"생각만 해도 떨려. 오줌이 마렵고."

"뭐?"

눈을 크게 뜬 조철봉이 이은지의 울상을 보더니 입맛을 다셨다.

"그럼 가기 전에 실컷 싸고 가."

"자꾸 나오면 어떡해?"

"지금 무슨 말을 하는 거야?"

마침내 조철봉의 목소리가 높아졌다.

"기저귀를 차, 그럼."

그러고는 바지를 벗었을 때 이은지가 킁킁거렸다.

"이게 무슨 냄새야?"

그 순간 조철봉이 질색을 하고 움직임을 멈췄다가 바지를 벗었다. 도둑이 제발 저린다는 옛말이 있다. 죄를 짓지 않았는데도 도둑 소리에 놀란 꼴이 되었다. 하도 다른 여자 앞에서 바지를 자주 벗다보니 이은지의 한마디에 괜히 펄쩍 놀란 것이다.

"무슨 냄새라니?"

팬티 차림으로 조철봉이 당당하게 이은지의 정면에 섰다. 이은지가 다시 킁킁거렸다.

"땀 냄새 같기도 하고."

"헬스클럽 냄새겠지."

"헬스클럽? 당신이 헬스 나가?"

"그래. 국회의원 되고 나서."

"아니, 갑자기 왜? 골프나 하지."

"초선이 그럴 여유가 있나?"

"헬스는 하고?"

"당연히 해야지."

"왜?"

그러자 욕실로 발을 떼면서 조철봉이 말을 잇는다.

"신문 못 봤어? 국회에서 여야가 싸우는 거 말야."

"그래서?"

뒤를 따르며 이은지가 묻자 조철봉이 또 답답하다는 듯이 입맛을 다
셨다.

"싸울 때 대개 초선들이 맨 앞에 나선다구. 밀어붙이는 거지. 의장석도
점거하고 말야. 그때라도 내가 두각을 나타내야 되지 않겠어?"

"그, 그래서 체력을 단련한다는 거야?"

"응. 복싱도 해."

조철봉이 정색하고 말하고는 욕실 안으로 들어섰다. 그런데도 이은지
는 뭔가 찜찜하고 기도 막힌 것 같았다. 욕실 문에 등을 붙이고 서서 말
을 잇는다.

"참나. 국회의원 되고 나서 복싱 배우는 남자 첨 봤네."

조철봉의 대답이 없었으므로 이은지는 혼잣소리처럼 말한다.

"그럼 의사당에서 복싱을 한다는 거야?"

그때 욕실 문이 벌컥 열렸으므로 이은지는 안으로 자빠질 뻔했다. 조철봉이 벌거벗은 채 이은지에게 말한다.

"유도도 배울 작정이야. 복싱하고 같이 배우면 효과적일 것 같아서."

"아니, 겨우" 했다가 이은지는 입을 다물었다. 조철봉은 모자란 인간이 아닌 것이다. 요즘 언론에서는 조철봉의 카바레 출입을 계속 터뜨렸고 일부 여성단체는 자격 시비를 걸고 있다. 스트레스가 쌓였을 것이다.

대통령의 한 말씀이 이토록 큰 감동을 주리라고는 전혀 상상도 못했던 조철봉이다. 조철봉도 링컨의 게티스버그 연설이나 케네디의 유명한 연설쯤은 알고 있는 위인이다. 그런데 오늘 대통령의 말씀은 그보다 몇 백 배 나았다. 링컨이 10명, 케네디가 50명 살아 돌아와서 말해 준다고 해도 그렇다. 대통령이 조철봉에게 한 말씀은 그야말로 천상의 소리 같았다. 대통령은 조철봉의 인사를 받더니 이랬다. 물론 조철봉 옆에는 기저귀를 찬 이은지가 떨며 서 있었고 당대표에다 청와대 실장, 수석들까지 다 모여서 듣고 있었다.

"아이고, 조 의원, 내가 진즉 뵈었다면 카바레 데려다달라고 했을 텐데."

그 순간 주위의 인물들은 왁자하게 웃었으며 웃지 않은 위인은 딱 둘, 조철봉은 눈물이 쏟아지려고 해서 이를 악물었으며 이은지는 긴장해서 못 들었다. 그것뿐이다. 대통령이 마지막으로 조철봉과 악수를 하고 나서 몸을 돌렸기 때문이다. 그 순간 조철봉이 주르르 눈물을 쏟았지만 아무도 보지 못한 것 같다. 눈물을 쏟고 난 조철봉은 심호흡을 했다. 옆에 선 이은지의 손을 쥐고 자리로 다가가면서 조철봉은 이제 이것으로 카바레 건이 날아간 것을 예상할 수 있었다. 그리고 다음 날 오전, 조철봉은 그것이 사실임을 확인했다. 극성스러웠던 여성 단체 서너 곳이 성명 발표를 했지만 아무도 기사화하지 않았고 곧 묻힌 것이다.

"대통령께서 농담으로 사건을 덮어주신 것이지요."

이번에 보좌관이 된 기자 출신 김경준이 말했다. 김경준도 언론이 이제 카바레 사건을 더 이상 다루지 않을 것이라고 믿는다. 의원회관은 정리가 되지 않았으므로 그들은 조철봉의 사무실에 앉아 있었는데 방 안에는 최갑중까지 셋이 모였다. 김경준이 말을 잇는다.

"곧 이곳저곳에서 연락이 올 겁니다."

조철봉의 시선을 받은 김경준의 얼굴에 희미한 웃음기가 떠올랐다.

"그게 정치권의 생리니까요."

김경준은 40대 중반으로 옷차림이 깔끔했고 용모도 단정했다. 조철봉이 보기에는 정치가 어울리지 않을 사람 같았는데 본인 희망은 국회의원이라고 했다. 그때 탁자 위에 놓인 전화기가 울렸으므로 김경준이 먼저 전화기를 쥐었다.

"아, 네, 네, 잠깐만요." 하더니 김경준이 송화구를 손바닥으로 막고 조철봉을 보았다. 웃음 띤 얼굴이다.

"임기택 의원 보좌관인데요, 임 의원이 내일쯤 시간을 낼 수 있으시냐는데요."

"어떡하면 좋지?"

조철봉이 정색하고 묻자 김경준이 머리를 저었다.

"다음에 연락을 드리겠다고 하지요."

"그러지."

조철봉의 대답을 들은 김경준이 전화기를 다시 귀에 붙이더니 몇 마디 더 하고는 통화를 끝냈다.

"그것 참, 상황이 싹 변하는군."

최갑중이 감탄한 표정으로 혼잣소리처럼 말했을 때 김경준이 조철봉을 보았다.

"의원님, 정치인의 한마디는 의미심장합니다."

정색한 표정이었으므로 조철봉이 저도 모르게 머리를 끄덕였다.

"으음, 의미심장이라."

최갑중도 여전히 감탄한 표정으로 다시 혼잣소리처럼 말을 잇는다.

"의미가 심장에 있다는 말이로군. 명언이네."

그러자 김경준이 여전히 굳은 얼굴로 조철봉에게 말한다.

"대통령께서 불쑥 말씀을 뱉으셨을 리가 없습니다. 앞뒤를 다 재봐야 합니다."

"내가 국회의원이 되고 나서 할 일은."

엄숙한 표정이 된 조철봉이 손에 쥔 복사지를 보면서 말을 잇는다.

"첫째, 납북자·탈북자를 조속히 귀국시키도록 법적·제도적 장치를 갖추는 거야. 그러려면 어떤 방법으로 어떻게 추진하는 것이 낫겠나를 당신들이 연구해줘야겠어."

사무실의 앞쪽 소파에는 최갑중, 김경준, 그리고 비서관 박동일까지 셋이 나란히 앉았는데 조철봉 의원의 핵심 참모들이었다. 역시 긴장한 그들을 향해 조철봉이 말했다.

"국가 예산부터 바라지 않겠어. 예산 안 따도 돼. 내 재산을 기금으로 만들어 쓸 테니까, 내가 이렇게 쓰려고 돈 모은 거야."

그러고는 셋을 둘러본 조철봉이 이를 드러내고 웃었다.

"국회의원만큼 돈 쓰고 생색내는 자리가 어딨어? 안 그래?"

"그건 그렇지만."

최갑중이 제일 먼저 나섰다.

"무조건 제 돈 쓰겠다는 국회의원도 좀 그렇습니다. 그러니까 자꾸 그런 말씀 안 하시는 게 낫습니다."

김경준의 표정에는 변화가 없었지만 박동일의 눈이 치켜떠지더니 콧구멍이 벌름거렸다. 웃음을 참는 것이다. 아직 30대 중반으로 젊어서 억제가 안 되는 것 같다. 조철봉이 최갑중을 흘겨보고 나서 말을 이었다.

"내가 외통위 소속이니까 대북 협상관계, 현재까지의 추진 현황, 전망에 대한 자료를 모아 주도록. 개원하기 전에 공부하고 싶으니까."

"알겠습니다."

정색한 김경준이 머리를 끄덕였다.

"곧 보고 드리겠습니다."

그러고는 김경준과 박동일이 방을 나갔으므로 둘이 남았다.

"의원님, 요즘 너무 열심이신 것 같은데요. 낮에는 공부하시고 저녁에는 꼭 헬스에 가시더군요."

최갑중이 걱정스러운 표정으로 조철봉을 보았다.

"더구나 헬스에서 복싱하고 유도까지 하신다면서요? 무리하시는 거 아닙니까?"

"우리 한국당이 단상을 점거할 경우에는 내가 제일 먼저 발을 디딜 거다."

"예?"

"아니, 그건 그렇고"

정색한 조철봉이 어깨를 늘어뜨리면서 긴 숨을 뱉는다.

"다른 건 다 참고 버티겠는데 그건 어렵단 말야."

그 순간 최갑중이 눈을 치켜떴다. 눈동자가 번들거린다. 최갑중이 묻는다.

"거시기 말입니까?"

"그래, 거시기."

"그거 대통령이 카바레 사건을 겨우 무마시켜 주셨는데 또"

"그럴 수가 있나?"

최갑중에게 눈을 흘겨보인 조철봉이 목소리를 낮췄다.

"외국에서 놀고 오면 안 될까?"

"외국요?"

"그래, 미안하니까 내 사비로 슬쩍 나갔다가 오는 거다. 그럼 되지 않을까?"

"으음."

낮게 신음한 최갑중이 조철봉을 본다. 마치 열흘쯤 굶은 인간을 보는 것 같은 측은한 표정이 되어 있다.

"하긴 좀 되셨네요, 그죠?"

"그래, 영일 엄마는 이제 임신 4개월이야. 무리하면 안 되거든"

이은주는 소원했던 아이를 임신한 것이다. 조철봉의 시선을 받은 최갑중이 이윽고 긴 숨을 뱉었다.

"너무 오래 참으시면 병나죠, 하셔야죠"

칭다오 공항의 입국장을 나온 조철봉이 옆을 따르는 최갑중을 향해 활
짝 웃었다.

"이제 살 것 같다."

"그렇습니까?"

건성으로 대답한 최갑중이 주위를 둘러보았다. 그때 사람들을 헤치고
유병삼이 나온다. 산둥성과 헤이룽성, 지린성, 랴오닝성까지 중국 동북쪽
4개 성의 룸살롱을 관리하는 총대표. 7년 전에 조철봉이 중국 땅에서 처
음 시작한 사업은 룸살롱이었다. 지금은 동북 7개성에 모두 127개의 룸
살롱을 경영하고 있지만 전문 경영인에게 지분까지 나눠주고 이익금만
배당받는 상황이 되었다. 그 127개 업체를 총괄하는 사장이 유병삼이다.

"어서 오십시오."

다가온 유병삼이 허리를 깊게 숙이고 인사를 했지만 얼굴은 긴장으
로 굳어 있다. 7년 전만 해도 유병삼은 1개 룸살롱 영업상무였다가 현
재의 위치에 이르렀다. 능력을 인정받은 것이다. 유병삼은 직원 셋을
데리고 왔는데 그들은 소리 없이 조철봉과 최갑중 주위에 둘러서서 경
호했다. 최갑중한테서 각별한 주의를 받은 것이다. 공항 밖에는 이미
검은색 벤츠 600이 주차되어 있었는데 조철봉과 최갑중이 뒷좌석에 오
르자 차는 진동도 없이 출발했다. 앞좌석에 앉은 유병삼이 몸을 돌려
조철봉을 본다.

"별장에 준비해놓았습니다."

조철봉이 머리만 끄덕였고 유병삼은 말을 잇는다.

"너무 많으면 혼란스러우실 것 같아서 셋을 대기시켰습니다."

"수고했어."

좌석에 등을 붙인 조철봉의 얼굴이 환해졌다. 기대에 부푼 표정이다.

"여기 최 보좌관도 그중 하나 고르라고 해야겠구먼."

"아, 아닙니다."

질색을 한 최갑중이 상체를 세우더니 손까지 저었다.

"그러시면 안 됩니다, 의원님."

"이렇게 나왔을 때는 의원이라고 부르지 말라고 했지 않아?"

조철봉이 눈을 치켜뜨고 말했다.

"정신 나간 거냐?"

"죄송합니다, 사장님."

머리를 돌린 조철봉이 이제는 유병삼을 본다.

"그 세 명 모두 한족이겠지?"

"아, 아닌데요"

이제는 유병삼이 당황해서 손으로 뒤통수를 긁었다.

"조선족 아가씨들을 골랐습니다만."

유병삼은 조철봉이 영어라곤 굿모닝하고 헬로밖에 못한다는 것을 안다. 유병삼이 목격한 장면인데 조철봉은 밤에 만난 사람한테 굿모닝이라고 말한 적도 있다. 그래서 대화가 소통되도록 조선족 아가씨로 고른 것이다.

"바꿔."

조철봉이 그래도 부드러운 표정을 짓고서 유병삼한테 말했다.

"유 사장도 알다시피 내 위치가 그래서 그래. 내가 누군지 걔들이 알면 나야 괜찮지만 대한민국 국회의원 체면이 깎일 것 아닌가?"

"예, 그렇습니다. 지당하신 말씀입니다."

유병삼이 이마에 밴 진땀을 손바닥으로 닦으며 말했다.

"한족으로 고르겠습니다. 더 나은 아가씨가 얼마든지 있습니다."

"지난번 청와대에서 대통령을 만났을 때."

조철봉의 표정이 엄숙해졌다. 긴장한 유병삼도 몸을 굳혔다.

"대통령께서 나한테 하신 말씀을 듣고 내가 그 자리에서 맹세했다. 품격을 떨어뜨리지 않겠다고 말야."

뭐, 조선족 아가씨하고 노는 것이 품격을 떨어뜨리는 것인지 어쩐지는 유병삼이나 최갑중 역시 따질 경황이 없다. 둘한테 중요한 건 오직 조철봉이 대통령한테서 직접 이야기를 들었다는 이 엄청난 사실, 최갑중은 그동안 백 번도 더 들었지만 엄숙한 표정을 지었으며 유병삼은 온몸으로 존경심을 드러내고 조철봉을 본다. 조철봉은 대통령과 대화하는 인간인 것이다. 어깨를 편 조철봉이 말을 잇는다.

"언론에서 빠뜨린 말이 있지. 다음에 한번 보자는 말씀이었어. 그것이 언제 다시 청와대로 부른다는 뜻인지 뭔지는 모르겠어."

물론 거짓말이다. 당선자들과 부부동반 만찬을 한 다음 날 대통령이 조철봉에게 한 말은 가십으로 각 신문에 기사화되었다. 대부분의 신문이 대통령의 조철봉에 대한 농담에 호의적이었으며 그것이 조철봉을 궁지에서 해방시킨 것이다. 그러나 조철봉은 슬슬 말을 만들고 있다. 크게 오버하지 않는 범위 내에서 상대방에 따라 몇 개 단어를 추가시킨다. 지금 한번 보자는 말씀도 그렇고 며칠 전 인사를 나눈 통일부 실장한테는 외통위에서 잘 해보시라는 격려 말씀을 하셨다고 했다. 지금 들은 유병삼도 그렇지만 통일부 실장은 더 존경심이 가득찬 표정이 되어 있었다.

유병삼이 안내한 곳은 바닷가 별장이다. 근처 민가와는 100미터쯤이나 떨어진 2층 별장으로 건평이 200평 가깝게 되었고 잔디가 깔린 정원과 뒷마당에는 풀장 까지 있다. 조철봉은 2층 숙소로 안내되었는데 넓은 응접실과 침실, 풀장 같은 욕실이 딸린 전체를 혼자 사용하게 되었다. 유병삼이 귀빈 접대용으로 임차한 저택인데 조철봉도 서너 번 이용한 적이 있다. 욕실에서 씻고 나온 조철봉이 가운차림으로 응접실 소파에 앉았을 때는 오후 5시가 조금 넘었다. 베란다의 유리문 밖으로 바다가 보였다. 늦은 오후의 햇살을 비스듬히 받은 바다색이 검푸르게 변했고 수평선 위에 유조선 한 척이 붙여진 것처럼 떠 있다. 그때 탁자 위의 인터폰이 울렸으므로 조철봉은 버튼을 눌렀다.

"응, 무슨 일이야?"

"식사는 아래층 식당에서 하시지요."

최갑중의 목소리가 울렸다.

"30분쯤 후에 내려오시면 됩니다."

"그러지."

"한식과 중식을 다 준비했는데 아가씨들하고 같이 식사를 하셔도 되겠지요?"

"그럼."

"식사 끝나시면 이층 응접실에 술상 차리겠습니다. 거기서 술 드시고"

"좋지."

"아가씨 셋 다 왔습니다. 사장님."

"너는?"

"에, 또, 제 파트너 하나도 왔습니다."

그리고는 최갑중이 덧붙였다.

"그러니까 식사는 유 사장까지 일곱 명이 같이 합니다."

오랜만의 외박이어서 최갑중과 유병삼은 열성을 다해 준비를 한 것이다. 아래층에는 요리사 도우미가 세 명이나 와 있었고 별장 주변은 유병삼 직원들이 철통같이 지키고 있다. 조철봉은 심호흡을 했다. 이럴 때는 진짜 대통령도 안 부럽다. 아니, 청와대에 갇혀 살면서 이런 기회도 갖지 못하는 대통령이 오히려 안쓰럽다. 그때 탁자 옆에 놓인 핸드폰이 진동을 했으므로 조철봉은 집어 들었다. 칭다오에 내려 자동 로밍을 해 놓았기 때문에 연결이 된다. 모르는 전화번호였지만 조철봉은 귀에 붙였다. 그러자 곧 목소리가 울렸다.

"조 의원님. 전, 칭다오 영사관 최순동 영사입니다."

"아니."

놀란 조철봉의 얼굴이 굳어졌다. 무의식 중에 주위를 둘러보는 시늉까지 했다.

"누구시라고 했지요?"

엉겁결에 그렇게 되물었을 때 수화구에서 다시 목소리가 이어졌다.

"칭다오 영사관의 최순동 영사입니다. 의원님, 지금 칭다오에 계시지요?"

"아아."

대답 안 할 수가 없었으므로 어중간하게 대답을 한 조철봉의 어깨가 늘어졌다.

꼭 누가 옆에서 보고 있는 느낌이 든 것이다. 이 상태라면 철봉이 일어날 것 같지가 않다. 아니, 영사라는 말을 듣는 순간 에너지가 절반 이상 꺾였다. 의욕이 감소된 것이다. 그때 영사의 말이 이어졌다.

"오셨다는 연락을 받고 참고하실 자료를 준비하고 있습니다. 산동성의 교민과 투자업체 현황, 그리고 전망과 대책에다 조선족 동포 및 한족의 비자 발급 현황, 탈북자 현황까지 이틀만 시간을 주시면 보고드릴 수가 있습니다."

"잠깐, 최순동 영사라고 하셨던가?"

"예, 최, 순, 동입니다."

이건 방송국의 신참 현장 리포터가 방송국 이름은 0.1초 만에 말해놓고 제 이름은 한 자에 1초씩 걸려 말하는 것하고 똑같았지만 조철봉은 감동했다.

"으음, 최순동 영사, 고맙습니다."

"의원님, 또 필요하신 자료가 있으면 말씀해 주시지요."

"아니, 그것이면 됐는데. 내가 마악 전화하려고 했는데, 이것 참."

"국회 외교통상위원회에 오신 것을 뒤늦게나마 축하드립니다."

"아니, 뭐."

"호텔을 체크해봤는데 안 계시기에 중국 공안에 문의했더니 해변 별장에 계시더군요. 불편한 점 있으시면 언제라도 이 전화로 연락해주십시오."

눈을 치켜뜬 조철봉은 최 영사의 뒤쪽 말은 아예 듣지도 않았다. 중국 공안까지 여기에 와 있다는 걸 알고 있는 것이다. 조철봉이 다시 머리를 들고 이번에는 천장 구석까지 훑어보았다. 그때 최 영사의 말이 이어졌다.

"그럼 내일 오전에 다시 연락드리겠습니다, 의원님."

"고맙습니다, 최 영사."

전화기를 내려놓은 조철봉은 우두커니 제 사타구니를 내려다보았다. 그러고는 머리를 들고 또 응접실 구석구석을 살핀다. 그러고 나서 어깨가 땅에 닿을 것처럼 길고 굵은 한숨을 뱉더니 인터폰을 들었다.

"예, 사장님."

금방 최갑중의 활기찬 목소리가 울렸으므로 조철봉의 심장 박동이 빨라졌다.

"너, 올라와 봐."

조철봉이 말하자 최갑중은 20초도 안 되어서 앞자리에 앉아 있었다.

"조금 전에 칭다오 영사관에서 전화가 왔어" 하고 조철봉이 입을 열었다. 그러고는 공안한테 물어서 지금 별장에 와 있다는 것까지 알게 되었다고 했을 때 최갑중의 얼굴도 굳어졌다.

"대단하군요."

뭐가 대단한지는 말하지 않고 최갑중의 말이 이어졌다.

"이거 당장 소문이 나겠는데요?"

"좀 더 면밀하고 신중하게 준비한 후에 해야 되겠다."

조철봉이 심각해진 얼굴로 최갑중을 본다.

"대통령이 겨우 카바레 문제를 해결해줬는데 여기 소문이 나버리면 내가 염치가 없다."

그러고는 조철봉이 다시 땅이 꺼질 것 같은 숨을 뱉었다.

"다음에 기회를 봐서."

그날 저녁 7시경이 되었을 때 조철봉은 칭다오의 로얄 크라운호텔 양식당에서 최갑중과 둘이 식사를 하는 중이었다. 별장을 나와 이곳으로 숙소를 옮긴 것이다. 별장을 나올 적에 최갑중은 여자들을 방 안으로 들어가게 해서 조철봉의 속이 더 상하지 않도록 배려했다. 그렇지만 여자를 안 보았다고 속이 얼마나 덜 상하겠는가? 조철봉의 지금 심정은 최갑중이 안다. 아마 피눈물을 흘리고 싶을 것이었다. 국회의원이 된 것을 후회하고 있을지도 모른다. 그러나 별장을 나온 것은 최갑중이 생각해도 잘 한 일이다. 그때 스테이크를 껌처럼 씹고 있던 조철봉이 입을 열었다.

"내가 아무래도 준비가 덜 된 것 같다."

"뭐가 말입니까?"

대충 짐작이 되면서도 최갑중이 묻는다. 최갑중은 지금 스테이크를 가로 세로 각각 1센티미터가 되도록 자르고 있다.

"정치인, 국회의원이 될 준비 말이야."

마침내 씹던 것을 삼킨 조철봉이 말을 잇는다.

"하고 싶은 거 다 하면서 국민의 모범이 되어야 할 국회의원이 될 수는 없다는 것을 명심해야 했어."

"아니."

포크를 내려놓은 최갑중이 정색했다.

"그럼 국회의원은 그것도 안 한단 말입니까? 형님은 너무 예민해지셨습니다."

그러고는 최갑중이 식당 안을 둘러보는 시늉을 했다. 양식당 안에는 서양인 손님이 두 테이블뿐이었다.

"일 때문에 와서 잠깐 회포를 푸는 걸 뭐라고 하는 놈이 있다면 그놈이야말로 변태거나 고자일 겁니다. 세상을 그렇게 각박하게 살면 못 쓴다고요."

최갑중이 손까지 흔들면서 열변을 토했다.

"제가 신문을 보았더니 사르코지라는 프랑스 대통령은 여자관계가 복잡한데도 잘만 나다니고 있더만요. 형님은 걱정하실 것이 없습니다."

"한국이 프랑스하고 같냐? 그리고……"

조철봉이 눈을 흘겼다.

"난 비례대표 34번 국회의원이고 그 양반은 대통령이여, 인마."

"어쨌든 형님은 외교통상위 자료 수집하러 칭다오에 오신 겁니다. 그리고……"

심호흡을 한 최갑중이 말을 잇는다. ·

"밤에 잠깐 회포를 푸시는 겁니다."

조철봉이 쓴웃음을 지었다. 호텔로 나온 것은 오해가 일어나지 않도록 거처를 공개한 것이었다. 이곳으로 여자를 끌고 온다면 죽으려고 작정한 것이나 같다. 최갑중이 지그시 조철봉을 본다. 조철봉과 함께 십수 년간 영욕의 세월을 보낸 동반자, 스스로 조철봉의 눈빛만 봐도 절반쯤은 속을 알 수 있다고 자부해온 심복, 최갑중이 말한다.

"형님, 제 방에서 하시지요."

"뭘?" 했지만 조철봉은 대번에 최갑중의 의도를 파악한 후였다. 최갑중은 제 방으로 여자를 데려갈 테니 거기서 행사를 치르라는 것이다. 조철봉은 심호흡을 했다. 최갑중의 방은 바로 옆방이었으며 옆방으로 통하는 쪽문도 있다. 바로 이런 상황을 위하여 만들어 놓은 쪽문이다. 그때 조철봉의 바지 주머니에 든 핸드폰이 진동을 했다. 다시 심호흡을 한 조철봉이 조심스럽게 핸드폰을 꺼내 발신자 번호부터 본다. 133으로 나가는 중국 번호 별로 좋은 예감이 안 들었지만 조철봉은 핸드폰을 귀에 붙였다.

"여보세요."

"아, 조 의원님. 나, 김성산입니다."

북한 천리마무역 대표이자 합작사업의 북한 측 대표 김성산이다. 갑자기 웬일인가? 그때 김성산의 말이 이어졌다.

"숙소를 옮기셨다는데 잘 하셨습니다."

다시 눈만 부릅뜬 조철봉의 귀에 김성산의 말이 이어진다.

"우리도 별장에 가셨다는 보고를 받았거든요. 별장에 아가씨 넷이 들어갔다는 것도 말입니다."

그러고는 김성산이 짧게 웃었다.

"중국 공안은 우리보다 더 잘 알고 있을 것 아닙니까? 우리도 이만큼 파악했는데 말입니다."

"……."

"그래서 걱정했는데 숙소 잘 옮기셨습니다. 그럼요, 오해 받지 않도록 처신하셔야지요. 앞으로 큰일 하셔야 되니까 말입니다."

"……."

"제가 지금 밖에서 남의 전화를 빌려 전화합니다. 지금까지의 조 의원과 우정을 생각해서 말입니다."

"고맙습니다."

조철봉이 겨우 그렇게 말했을 때 김성산이 다시 짧게 웃었다.

"아마 중국 공안들한테 약점 잡혔으면 좀 시끄러워졌을 겁니다."

좀이 아니라 나라 망신이 아니겠는가? 온몸에서 소름이 돋아난 조철봉이 전화기를 귀에 붙인 채로 길게 숨을 뱉었다. 그러자 앞에 앉은 최갑중이 긴장한 얼굴로 조철봉을 본다. 그때 김성산이 말했다.

"북남합자 사업을 성취시키셨으니까 앞으로의 활동에 좋은 경험이 되실 겁니다. 앞으로도 잘 부탁합시다."

"감사합니다. 김 사장님, 신세 잊지 않겠습니다."

통화를 끝낸 조철봉이 길게 숨을 뱉고 나서 지쳐 늘어진 표정을 짓고는 최갑중에게 말했다.

"김성산 대표다."

"아아, 예."

조철봉이 눈을 치켜뜬 최갑중을 향해 쓴웃음을 지어보였다.

"북한 측도 내가 별장에서 여자 부른 것까지 다 알고 있구만, 공안은 더 자세하게 파악했을 거란다."

최갑중이 대답 대신 침만 삼켰고 조철봉의 말이 이어졌다.

"내가 좋은 경험을 했어."

"……."

"하느님이 도우셨어, 부처님 공덕이야."

"……."

"앞으로 더 조심해야 돼"

"그렇군요."

심호흡을 하고난 최갑중도 마침내 시인을 했다.

"제가 너무 경솔했던 것 같습니다."

"앞으로 기회가 올 거다. 오늘은 아냐."

"알겠습니다."

"김성산이 나한테 은밀하게 전화했다는데."

조철봉이 불쑥 말했으므로 최갑중이 몸을 굳혔다. 최갑중의 시선을 받은 조철봉이 말을 잇는다.

"북한 당국과는 생각이 다르다고 말한 것 같다."

"글쎄요."

건성으로 대답한 최갑중이 입맛을 다셨다. 김성산의 의도 따위에는 관심이 없는 것 같았다.

"어쨌든 쪽문도 사용할 수 없게 된 것 같군요."

"너나 해라."

"그런 말씀하지 마십쇼."

정색한 최갑중이 똑바로 조철봉을 보았다.

"저도 형님이 하실 때까지 참을 겁니다."

쓴웃음을 지은 조철봉이 물잔을 들었다가 내려놓고는 종업원을 불러 위스키를 시켰다. 그러고는 입을 열었다.

"이번 출장은 내 위치가 얼마나 중요한지를 알려주는 계기가 되었어, 비록 비례대표 34번이지만 말이다."

이것이 조철봉의 성품이다. 오래 낙망 안한다.

중국 출장에서 돌아온 다음 날 저녁에 조철봉은 수석 부총무 이경필과 인사동의 한정식집에서 식사를 했다. 오늘 식사는 이경필의 제의로 이루어진 것이지만 조철봉으로서는 불러주셔서 영광이라고 생각할 정도였다. 총선이 끝난 지 보름이 넘었지만 연수회니 강의, 의원 교육 등의 단체 모임을 제외하고 개인적으로 초대를 받은 경우는 한번도 없었기 때문이다.

이경필은 한국당 부대표 안상호의 심복으로 별명이 조조였다. 머리가 좋고 눈치까지 빨라서 꼭 권력자 라인을 잡고 있기 때문일 것이다. 지난 총선 때도 이경필은 당 선대부위원장을 맡아 자신의 지역구는 제쳐 두고 다른 지역구 응원을 다닐 만큼 영향력이 있었다. 방에서 둘이 저녁을 먹으면서 소주를 두 병 마셨기 때문에 술기운이 올라왔다. 이경필은 시중드는 아줌마한테 야한 농담을 던지면서 웃고 떠들었는데 아직 용건을 꺼내지 않았다. 시중드는 아줌마 둘은 몸이 펑퍼짐했지만 미인이었다. 나이는 40대 중반 정도, 한창 물이 오른 때라는 것이 온몸으로 드러났고 그것을 본 조철봉의 몸도 가끔씩 후끈후끈해졌다.

"조 의원."

소주잔을 든 이경필이 웃음 띤 얼굴로 조철봉을 보았다. 이경필은 방금 이 사이에 털이 낀 이야기를 한 참이었는데 옛날 이야기다. 아줌마들도 깔깔 웃었지만 금방 웃음이 그친 얼굴을 보면 백번은 들은 이야기인 것 같았다. 조철봉의 시선을 받자 이경필이 말을 이었다.

"이번 전대에서 잘 부탁합시다."

"예. 알겠습니다."

조철봉이 선선히 머리를 끄덕였다. 6월에 전당대회가 있는 것이다. 전당대회에서 새 당대표가 선출되는데 안상호가 가장 유력했다. 언론에서 계산한 안상호 계열의 현역의원은 지역구 전국구 합해서 57명, 한국당 의원 175명의 삼분의 일이나 되었다. 조철봉 또한 안상호 계열로 분류되어 있었는데 안상호의 추천을 받았다고 알려졌기 때문이다. 조철봉으로서는 안상호를 거부할 명분이 없다. 오히려 같은 편으로 넣어준 것만으로도 감지덕지할 입장이었다.

"그런데 며칠 전에 칭다오에 다녀오셨다면서?"

술잔을 든 이경필이 웃음 띤 얼굴로 물었으므로 조철봉은 정신이 번쩍 났다.

이경필의 안경알 밑의 눈동자가 번들거리고 있다.

"예. 자료 수집차 다녀왔지요"

"열심히 하시는데, 연락을 받았어요"

어디서 연락을 받았다는 말은 하지 않고 이경필이 말을 잇는다.

"민족당에서 대북관계에 신경을 곤두세우고 있어서 말요. 대북 관계는 조심스럽게 행동해야 됩니다. 조 의원이 탈북자, 납북자 문제에 관심이 많다는 것이 다 알려져 있어요"

정색한 이경필의 표정을 본 조철봉이 천천히 머리를 끄덕였다. 가볍게 처신하면 안 된다는 충고였다. 나이도 10여 년 연상인 데다 당의 수석 부총무인 거물의 충고인 것이다.

"잘 알겠습니다."

조철봉의 대답을 들은 이경필이 다시 잔을 들더니 물었다.

"일주일 후에 베이징에서 남북 비공식 경제협의회가 열릴 예정인데, 한국 대표는 외교부 차관이고, 거기에 옵서버로 참가해보시지 않을랍니까? 현장 경험도 쌓으실 겸 우리가 추천해 드릴테니까."

조철봉의 가슴이 뛰었다. 이경필은 이 선물을 주려고 부른 것이다. 물론 목적은 안상호 세력의 규합이지만 조철봉에게는 큰 선물이다. 이제는 다른 모양으로 북한 측과 만나게 될 수가 있는 것이다.

"그거, 생색도 안나는 일인데요"

조철봉의 말이 끝났을 때 김경준이 말했다. 응접실에는 조철봉과 최갑중, 비서관 박동일까지 넷이 모여 앉았는데 방금 남북 경제협의회에 옵서버로 참가하게 되었다는 말을 한 것이다. 눈만 크게 뜬 조철봉에게 김경준이 말을 잇는다.

"비공식 회담이라 언론에도 나중에야 결과나 뜰 뿐이고 그거."

"그거라니?"

조철봉이 묻자 김경준은 입맛부터 다셨다.

"지금까지 10여 차례 그 회담을 했지만 계속 당하기만 해서요. 솔직히 가려고 하는 사람이 없습니다."

"무슨 얘기야?"

"잘해도 본전이고 못하면 된통 바가지를 쓰니까요. 회담에서 말입니다."

그러고는 김경준이 설명을 했다. 장관급 회담에서 기본 합의된 내용을 점검, 보완하는 것이 비공식 회담인 것이다. 따라서 합의 사항을 지키지 못한 질책은 다 받아야 된다는 것이다. 그때서야 내막을 안 조철봉이 머리를 끄덕였고 최갑중은 입맛을 다셨다.

"그래서 우리한테 일을 준 것이군" 하고 최갑중이 혼잣소리까지 했다. 김경준이 정색하고 조철봉을 보았다.

"의원님이 참석 안 하셔도 됩니다. 옵서버 역할이니까요. 부총무는 경험 쌓으라고 했지만 그런 경험 쌓지 않으셔도 됩니다. 체면만 깎이게 되실지 모르니까요. 그리고 지금까지 우리 한국당에서는 그 회담에 나간 적이 없습니다."

"그럼 민족당은?"

"그 사람들은 가끔 나갔지요."

220

"이번에도 나갈까?"

"제가 듣기로는 이번에는 안 나간답니다."

그러자 머리를 끄덕인 조철봉이 정색하고 김경준을 보았다.

"나갈 테니까 김 보좌관이 준비해줘요"

"예? 참석하신다고요?"

김경준보다 먼저 최갑중이 눈을 크게 뜨고 물었다.

"아니, 왜, 안 나가셔도 된다는데."

"시끄러" 해놓고 다시 조철봉이 정색했다.

"솔직히 나 같은 사람 내보낼 데가 있다는 것이 얼마나 고마운지 몰라. 당신들은 아직 내 마음을 이해 못하는 것 같은데."

셋은 갑자기 물벼락을 맞은 듯이 숨소리도 내지 않았고 조철봉의 말이 이어졌다.

"시간이 지날수록 내 자리가 무서워져. 겁도 나고 그, 3D란 거 있지? 그게 뭐더라?" 하고 조철봉이 먼저 최갑중을 보았다가 무안한 표정이 되어 시선을 김경준에게로 옮겼다. 조철봉의 시선을 받은 최갑중이 와락 눈썹을 모으고는 외면했기 때문이다. 내가 모르고 있는 줄 뻔히 알면서 사람 약 올리느냐는 시늉이었다. 조철봉의 시선을 받은 김경준이 대답한다.

"예, 디피컬트(Difficult), 대인저(Danger), 더티(Dirty), 그러니까 어렵고, 위험하고, 더러운 일을 말하는 것 아닙니까?"

"맞아" 해놓고 조철봉이 차분하게 말을 잇는다.

"나는 내 분수를 알아. 그러니까 한국당에서 3D에 해당되는 일부터 맡아서 할 거야. 생색이 안 나도 좋아. 까짓것."

그러고는 생각난 듯 덧붙였다.

"그럴수록 더 좋지."

그러자 최갑중이 먼저 머리를 끄덕였다. 조철봉의 말뜻을 금방 이해한 것이다. 생색이 안 나고 잘 알려져 있지 않을수록 좋을 것이었다. 며칠 전 칭다오로부터 돌아오는 비행기 안에서 조철봉은 한숨을 계속 내뱉었다. 한 시간 동안 아마 30번은 뱉었을 것이었다. 오입하려다가 못하고 나오는 심정은 최갑중이 잘 안다.

욕실에서 나온 김경준이 응접실 소파에 앉았을 때 유지연이 다가와 섰다.

"커피 줄까?"

"아니, 됐어."

김경준이 머리를 젓자 유지연이 옆에 앉는다. 밤 11시 10분. 오늘도 김경준은 10시 반이 넘어서야 집에 들어왔다. 하지만 표정은 어두웠고 목소리는 가라앉아 있다. 그리고 시선을 마주치지 않는다.

"그런데, 참" 하고 김경준이 목소리를 더 낮추더니 눈으로 현관 쪽 방을 가리켰다.

"오늘은 선미가 일찍 들어왔네?"

머리를 끄덕여 보인 유지연이 화제를 바꿨다.

"그런데 조 의원 어때? 까다롭지는 않아?"

"아니, 별로"

"인터넷에 들어가 봤더니 요즘은 잠잠해졌어. 비꼬는 글도 없어졌고"

"다 그런 거야."

"그래도" 했다가 말을 멈춘 유지연이 가늘게 숨을 뱉는다. 20평형 아파트 안이어서 두 발짝만 떼면 안방이고 하나뿐인 딸 선미의 문간방은 세 발짝 앞이다. 고2짜리 선미는 전교에서 10등 안에 들어가는 수재였으므로 두 부부의 희망이자 자랑이다. 잠시 좁은 집안에는 정적이 덮였다. 선미의 방도 조용하다. 김경준이 들어왔을 때 문을 열고 인사만 하고는 다시 들어간 것이다. 그때 유지연이 입을 열었는데 목소리를 죽여서 겨우 알아들었다.

"저기, 대출 알아봤어?"

"응, 그런데 어려워."

김경준이 외면한 채 대답했다. 유지연은 다시 입을 다물었다. 다음 달이면 아파트 계약기간이 끝나게 되는 것이다. 계속 눌러 살려면 전세금 3천만 원을 더 줘야 한다. 집주인이 3년 동안 형편을 봐주었기 때문에 집을 비우든지 3천만 원을 더 내고 전세 계약을 다시 해야만 한다. 그때 김경준이 입을 열었다.

"선미, 과외 못간 거지?"

조심스럽게 묻자 이번에는 유지연이 외면하고 대답하지 않는다. 그렇다는 표시였다. 김경준은 길게 숨을 뱉었다. 다시 집안에 무거운 정적이 덮였다. 형편이 이렇게 된 것은 김경준이 5년 전에 정치잡지를 발행한 것이 원인이다. 신문사를 그만두고 월간 정치잡지를 창간했던 김경준은 6개월 만에 15억 원 가까운 빚을 지고 사업을 그만두었다. 그러고는 그때부터 학원 강사, 국회의원 인턴사원, 택배 일까지 하면서 빚을 갚았는데 유지연은 지난달까지 식당에서 알바를 했다. 그때 유지연이 조심스럽게 묻는다.

"조 의원한테 어떻게 안 될까? 그 사람 돈 많다던데."

"안 돼."

한마디로 말을 자른 김경준이 머리까지 저었다.

"그 사람, 어떻게 돈을 번 사람인지 알아? 그런 사람한테서는 안 돼."

"월급 담보로 대출은 안 돼?"

"그것도 당장은 어렵겠어."

"집주인이 오늘 찾아온다고 했는데 안 왔어."

유지연의 목소리가 떨렸다.

"어떡하지? 당신한테 걱정 안 시키려고 했는데 집주인이 화가 나서 오늘 만나서 결정을 하자고 했어. 집 비우라고."

"……."

"시골로 이사 갈까? 당신은 여기서 하숙을 하든지 하고."

"말도 안 되는 소리 마."

그러자 유지연의 시선이 문간방으로 옮겨졌다.

"선미한테 미안해서 미치겠어. 쟤가 과외비 없어서 못 가는데도 아무 말 안 해."

그때 벨이 울렸으므로 둘은 깜짝 놀랐다. 집주인이다.

"누구요?"

문으로 다가간 김경준이 화난 목소리로 물었다. 이 시간에 찾아온 집주인한테 화가 난 것이 아니다. 경제적으로 무능한 자신한테 화가 난 것이다. 그때 문 밖에서 웅얼거리는 소리가 들렸지만 김경준은 잘 못 들었다. 그래서 문의 고리를 풀고는 왈칵 문을 열었다.

"아니."

그 순간 김경준의 입에서 외침이 나왔다.

"아니, 의원님."

조철봉이 문 앞에 서 있었던 것이다.

"어, 너무 늦었나?"

웃음 띤 얼굴로 조철봉이 말했다.

"그래 너무 늦었군."

제 말에 제가 대답했을 때 겨우 정신을 차린 김경준이 묻는다.

"웨, 웬일이십니까?"

"괜찮다면 잠깐 집안에 들어가게 해주겠어? 10분 안에 나가겠네."

"들, 들어오시지요."

누구라고 거절하겠는가? 비켜선 김경준은 그때서야 제가 가운 차림이라는 것을 알고 당황했다. 그래서 조철봉을 들여놓고 안쪽을 보았더니 유지연은 벌써 보이지 않았다. 안방으로 옷을 갈아입으려고 들어갔을 것이었다.

"누추합니다만 여기 앉으시지요."

조금 전까지 자신이 앉았던 자리를 권한 김경준이 굳은 얼굴로 앞쪽에 앉는다.

"너무 늦었어."

자리에 앉으면서 조철봉이 다시 말했을 때 안방에서 유지연이 나왔다. 외출복 원피스로 갈아입고 나왔는데 화장기가 없는 얼굴하고 안 어울렸다.

"아이고, 밤늦게 실례가 많습니다."

자리에서 일어선 조철봉이 조금 과장된 표정으로 말하더니 유지연의 인사를 받고 나서 다시 앉았다. 유지연은 서둘러 주방으로 갔지만 황당한 모양이었다. 냄비 뚜껑을 열었다가 냉장고 문을 열고 닫았다. 주방이 바로 두 발짝 뒤여서 냉장고 안 냄새까지 다 풍겨왔다. 그때 조철봉이 입을 열었다.

"나도 오늘 오후에야 보고를 받아서 말이야. 그래서……."

그러고는 조철봉이 가슴 주머니에서 봉투 하나를 꺼내더니 탁자 위에 놓았다.

"여기 3억 원이야, 인상된 전세금을 내든 새 집을 얻든 김 보좌관이 알아서 써."

그 순간 하얗게 얼굴이 굳은 김경준을 향해 조철봉이 말을 잇는다.

"먼저 내 식구부터 챙기고 나서 바깥일을 해야지. 그게 내 사업 스타일이야."

"의원님" 하고 김경준이 갈라진 목소리로 불렀지만 조철봉의 말이 이어졌다.

"내가 국회의원 할 동안 성심껏 도와주면 돼. 그 대가를 먼저 받는 것이라고 생각하면 마음이 편할 거야."

"의원님."

"내가 아무것도 모르니까 많이 도와줘야 돼, 김 보좌관이."

"의원님."

"그럼 난 이만" 하고 조철봉이 자리에서 일어섰을 때 냉장고 앞에서 굳은 것처럼 서 있던 유지연이 다가와 조철봉의 앞에 섰다.

"의원님."

유지연의 두 눈에서 눈물이 쏟아지고 있었다. 손바닥으로 눈물을 닦은 유지연이 조철봉을 똑바로 보았다.

"고맙습니다. 잘 쓸게요."

"아이고, 사모님한테서 처음 고맙다는 인사를 받는군."

웃음 띤 얼굴로 말한 조철봉이 금방 정색했다.

"이제 됐습니다. 그럼."

조철봉이 유지연을 향해 허리를 꺾어 인사를 했다.

외교부 차관 임상섭 앞에 다가선 이재영이 입을 열었다.

"한국당에서 옵서버로 조철봉 의원을 보낸다고 합니다."

"조철봉?"

임상섭의 눈썹이 올라갔다. 붉고 윤기가 나는 얼굴, 굵은 눈썹과 또렷한 눈동자, 굳게 다문 입술이 다부진 인상이었다.

"조철봉이 누구야?" 했다가 임상섭의 얼굴에 쓴웃음이 번졌다.

"아, 그 카바레 자주 갔다가 대통령께 격려를 들은 작자 말이지?"

"예, 그렇습니다."

동북아국장 이재영의 얼굴에도 웃음이 떠올랐다. 이재용과 임상섭은 이번 남북 비공식 경제협의회에 참석하게 된 것이다. 거기에 통일부 협력국장 김창호까지 셋이 한국 측 대표단이다.

"도대체 그런 작자를 왜 보내는 거야?"

임상섭이 묻자 이재영이 목소리를 낮췄다.

"조철봉은 안상호 계열로 포함되어 있습니다. 6월 전당대회에 대비한 안상호의 자파 의원 길들이기로 봐야 될 것 같습니다. 조철봉이 내놓을 만한 경력이라고는 남북 합자 사업추진 정도니까요"

"그까짓 합자 사업."

내뱉듯이 말한 임상섭이 머리를 들고 정색했다.

"그거 괜히 회담에 끼어들어서 콩이냐, 팥이냐 해대지 않을까?"

"조철봉이 며칠 전에 칭다오에 다녀갔습니다. 칭다오 영사관에서 보고를 해왔는데요."

임상섭의 시선을 받은 이재영이 얼굴을 일그러뜨리며 웃었다.

"조철봉이 바닷가 별장에다 여자들을 모아놓고 파티를 벌이려다가 취소하고 호텔방으로 거처를 옮겼다는 것입니다. 영사관에서 의례상 안부 전화를 했더니 화들짝 놀라 옮겼다는군요. 그냥 놔두었다면 섹스 파티를 했을 겁니다."

"저런, 저런."

임상섭이 이맛살을 찌푸리며 혀를 찼다.

"그거 터졌으면 한국당이 뒤집혔을 텐데. 그냥 놔두지 왜 전화를 했지?"

"국회의원이 와 있는데 연락 안 할 수가 있습니까?"

"문제야."

다시 혀를 찬 임상섭이 이재영을 똑바로 보았다.

"이번 베이징에서는 아예 여자 하나를 붙여서 호텔방에 묶어둘 수가 없을까? 나중에 생색이나 내라고 하면서 말야."

"연구해보겠습니다."

"도대체 개나 소나 다 정치를 한다고 나섰으니 나라가 어떻게 되려는지 원."

그때 전화벨이 울렸으므로 임상섭은 전화기를 들고 귀에 붙였다.

"예, 임상섭입니다."

"차관님, 김창호입니다."

이번에 한국 측 대표단 일원이 된 통일부 협력국장 김창호였다. 김창호하고는 여러 번 남북회담 실무를 함께 챙긴 사이여서 임상섭의 표정이 부드러워졌다.

"아, 김 국장. 마침 전화 잘 주셨소. 내 방에 이 국장도 와 있거든요."

"그렇습니까? 그런데 그 이야기 들으셨겠지요?"

"뭐요?" 해놓고는 임상섭이 앞에 선 이재영을 향해 쓴웃음을 지어 보였다. 이것 보라는 표정이기도 했다. 그때 김창호의 말이 이어졌다.

"한국당 34번 말씀입니다. 카바레 의원."

"으흐흐."

김창호의 말이 끝나기도 전에 임상섭의 입에서 웃음이 터졌다. 웃음을 겨우 참은 임상섭이 입을 열었다.

"마침 우리도 그 이야기를 하는 중이요. 하지만 신경 쓸 것 없어요. 김 국장."

사흘 후, 베이징의 국제호텔 소회의실에서 남북한 비공식 경제회담의 대표단 8명이 테이블 양쪽에 마주 앉았다. 벽에 걸린 시계는 오전 10시 10분을 가리키고 있다. 북한 측 대표는 외교부 부부장 한정철, 그리고 조철봉과 마주 보는 자리에 통전부 부부장 대리 강진수가 앉았다. 통전부는 곧 통일전선부로서, 북한의 대남 공작뿐만 아니라 대남 관계를 총괄하는 부서인 것이다. 인사 소개는 남북한 대표가 맡아서 했는데 조철봉은 현역 의원으로 참관인이라고 소개되었다.

조철봉은 옵서버가 그런 뜻인 줄 알고 놔두었다. 그리고 곧 회담이 시작되었는데 비공식 회의여서 언론 보도는 통제되었다. 회의실 안에는 양측 속기사 2명과 보좌역으로 각각 3명씩 동석했기 때문에 총원은 8명씩 16명, 문을 딱 걸어 잠그고 시작했다. 조철봉은 양측 대표단이 바로 실무 협상에 들어가는 모양이 보기 좋았으므로 듣기만 했다. 가만 보니까 북한 측에도 듣기만 하는 대표단 일원이 있다. 바로 통전부 부부장 대리 강진수였다. 그래서 둘은 여러 번 시선이 마주쳤는데 그것이 어색해서 서로 머리를 반대쪽으로 돌리기도 했다. 강진수의 인상은 선입견도 작용했겠지만 차갑고 독하게 보였다. 얇은 입술을 죽 다물고 있어서 입술이 아예 실낱 같은 것도 마음에 안 들었다. 눈빛이 곱지 않은 걸 보면 이쪽에 대한 감정도 좋지 않은 것 같다.

"아니 그게 무슨 말입니까?" 하고 갑자기 목소리가 높아지는 바람에 조철봉은 물론이고 강진수도 머리를 돌렸다. 북한 대표 한정철이다. 눈을 치켜뜬 한정철의 얼굴은 붉게 상기되었다. 앞에 앉은 임상섭의 시선은 테이블 위로 내려져 있다. 찌푸린 표정이었지만 그래도 차분했다.

"핵 문제라니요? 핵하고 경협하고 도대체 무슨 상관이 있다는 겁니까?"

한정철의 목소리가 방 안을 울렸다. 조철봉은 임상섭을 보았다. 심장 박동이 빨라졌으므로 심호흡을 했지만 가라앉지 않았다. 그때 임상섭이 머리를 들고 한정철에게 말한다. 여전히 차분하다.

"잘 아시다시피 국내 분위기가 달라졌습니다. 이해해주셔야 되지 않겠습니까?"

"회담을 하자는 겁니까? 안 하자는 겁니까? 솔직히 말하세요"

"하려고 여기까지 온 것이 아닙니까?"

"핵 이야기를 꺼낸 건 회담을 깨자는 의도나 같습니다. 그만둡시다."

"그러지 마시고"

"정말 답답한 사람들이구만."

그러면서 한정철이 자리를 차고 일어섰고 좌우의 대표단도 따라 일어섰다. 그러나 조철봉 앞에 앉은 강진수는 일어나지 않았다. 조철봉은 강진수의 이맛살이 조금 찌푸려져 있는 것을 보았다. 그때 강진수가 부스럭대며 일어섰으므로 북한 대표단은 다 일어선 셈이 되었다. 임상섭은 눈만 껌벅이고 앉아 있었는데 태연했다. 좌우에 앉은 두 사람도 마찬가지였다. 북한 대표단이 속기사까지 데리고 방을 나가 버렸으므로 회의실에는 한국 측 대표단만 남았다. 그때 임상섭이 머리를 돌려 조철봉을 보았다.

"조 의원님, 아마 내일 다시 회의를 하게 될 겁니다."

임상섭이 웃음 띤 얼굴로 말을 잇는다.

"우리가 핵 문제를 언급 안 할 수가 없지 않겠습니까?"

그러더니 제 말에 제가 대답했다.

"북한 측도 핵 발언에 펄펄 뛰어야죠. 경협하고 핵하고 무슨 관계냐면서요"

"그럼 내일은 이 문제가 거론되지 않는 겁니까?"

조철봉이 묻자 임상섭이 다시 웃었다.

"봐야지요. 하지만 바로 일어나진 않을 겁니다."

"대한민국 국회의원을 아예 눈앞에 없는 놈처럼 취급하더구만" 하고 조철봉이 말했으므로 앞에 앉은 김경준은 긴장했다. 이번 베이징 회담에는 최갑중이 따라오지 않았다. 호텔 방 안이다. 조철봉이 말을 이었다.

"하지만 우리 쪽 대표단도 선수들이야. 저쪽이 지랄을 해도 태연하더라니까."

"다 체면이라는 게 있으니까요."

잠자코 듣기만 하던 김경준이 입을 열었다.

"서로 체면을 세워주고 나서 일을 처리하는 거죠. 예를 들면 우리는 핵문제를 언급 안 할 수가 없고 북한은 그러면 펄펄 뛰는 시늉을 하는 겁니다."

"그럼 다 쇼란 말야?"

정색한 조철봉이 묻자 김경준은 쓴웃음을 지었다.

"그저 인사치레라고 생각하시면 됩니다."

"김 보좌관은 이번 회담이 잘 끝날 것 같아?"

"예. 북한 측이 급하니까요."

김경준은 안목이 높다. 조철봉보다 정치적인 식견도 깊다. 머리를 끄덕인 조철봉이 넌지시 김경준을 보았다.

"혹시 뭐, 이벤트 없을까?"

"예?"

눈을 크게 떴던 김경준이 조심스럽게 묻는다.

"이벤트라면 기삿거리 말씀입니까?"

"그렇지. 예를 들면 북한 대표단이 나 때문에 회담을 파기하지 않았다는 멘트도 좋고."

"……."

"뭐, 북한 대표 중 하나가 한국 기자들한테 한국당 의원 조철봉의 식견을 높게 평가한다는 둥 몇 마디 해줘도 좋고."

"……."

"북한 대표 중 한 명한테 돈 좀 먹이고 그렇게 부탁할 수 없을까? 그럼 귀국해서 내 주가가 높아질 것 같은데."

"의원님."

부르고 나서 심호흡을 한 김경준이 말을 잇는다.

"서둘지 마십시오, 의원님. 곧 기회가 올 테니까요. 그땐 꼭 제가 그 기회를 잡아드리겠습니다."

그러고는 김경준이 절절한 표정으로 조철봉을 본다.

"저도 사람 여럿 겪었습니다만 의원님 성품이 제일 깨끗하십니다. 제가 진심으로 심복하고 있습니다."

"어허, 그럴 리가."

당황한 조철봉이 손까지 저었다. 그러다 보니 얼굴까지 붉어졌다. 조철봉 평생에 성품이 깨끗하다는 말은 처음 듣는 것이다. 김경준 같은 인물한테서 진심으로 심복하고 있다는 말을 듣고 나니 가슴까지 세차게 뛴다.

"말도 안 되는 소리를."

다시 조철봉이 말했을 때 김경준은 정색했다.

"아닙니다. 참 순수하십니다. 그만하면 정치인 자질이 충분하십니다."

"그거, 나, 비꼬는 말 아니지?"

"비꼬다니요? 진심입니다."

펄쩍 뛰듯이 말한 김경준이 말을 잇는다.

"방금 말씀하신 트릭은 위험 부담이 좀 큽니다. 혹시 저쪽에서 먼저 기회를 준다면 모를까 우리 측에서 제시하면 약점만 잡히게 됩니다. 이건 사업상 거래하고 다르거든요."

"그렇군."

"국가 간 거래입니다. 오히려 안면몰수, 약점 추적은 더 철저할 테니까요."

"내가 성급했어."

조철봉이 머리를 끄덕였을 때 탁자 위에 놓인 전화벨이 울렸다. 김경준이 전화기를 들고 귀에 붙이더니 곧 눈을 크게 떴다. 그러고는 몇 번 응답을 하고 나서 전화기를 조철봉에게 내밀었다.

"북한 대표단의 강진수 씨라는데요."

강진수, 스스로 자신이 통전부 부부장 대리라고 밝힌 인물, 조철봉이 보기에 이번 북측 대표단 중에서 가장 영향력이 강한 것 같았던 인물이 전화를 해온 것이다. 전화기를 받아 쥔 조철봉이 심호흡부터 했다. 가슴이 세차게 뛰었기 때문이다.

"예, 전화 바꿨습니다."

그러자 수화구에서 사내의 목소리가 울렸다.

"조 의원님, 잠깐 뵈었으면 좋겠는데요. 제가 지금 호텔 라운지에 와 있습니다."

"아아, 예."

놀란 조철봉이 앞에 앉은 김경준에게 시선을 주고 나서 곧 대답했다.

"알겠습니다. 바로 나가지요."

전화기를 내려놓은 조철봉이 번들거리는 눈으로 김경준을 보았다.

"통전부 부부장 대리가 날 보자는데, 지금 라운지에 와 있다는 거야."

"그 사람이 의원님에 대해서 모르고 있을 리가 없습니다. 그리고 그냥 만나자고 할 리도 없고요."

정색한 김경준이 말을 잇는다.

"하지만 이것이 어떤 기회인 것은 분명합니다, 의원님."

"모두 내가 저지른 일 때문인 것 같은데."

자리에서 일어선 조철봉이 혼잣소리처럼 말했다.

"이 세상에 우연히 닥친 일은 없으니까 말야."

그렇다. 원인이 없는 일은 없는 것이다. 좋건 나쁘건 닥친 결과는 모두 과거 행적과 관계가 있다. 길 가다가 떨어진 간판에 머리를 맞아 죽었다는 사건도 조철봉은 우연이라고 안 본다. 그 사람이 전생에서 그 간판 주인한테 해코지를 했던 보답을 받은 모양이라고 생각하는 인간이다. 조철봉이 라운지로 들어서자 안쪽 자리에 혼자 앉아있던 강진수가 자리에서 일어섰다. 강진수가 다가선 조철봉을 향해 얼굴을 펴고 웃는다. 그러자 눈이 가늘어지면서 독한 인상이 호인처럼 변했다. 그것을 본 조철봉의 가슴이 또 뛰었다.

"아니, 웬일이십니까?"

강진수가 내민 손을 잡은 조철봉이 물었다. 오후 3시 반이 되어가고 있었는데 라운지에는 손님이 서너 테이블뿐이다.

"말씀 드릴 것이 있어서요."

자리에 앉으면서 강진수가 다시 눈웃음을 쳤다. 종업원이 다가왔으므로 둘은 서둘러 커피를 시켰다. 그래서 종업원은 오다가 말고 돌아갔다.

"회의 참석해보시니까 감상이 어떠십니까?"

강진수가 물었으므로 조철봉은 쓴웃음부터 지었다.

"저야 참관인이니까 그냥 보고 듣기만 하는 입장이지만 좀 답답하더 군요."

"사업상 회의하고는 다르지요?"

"그렇더군요."

"체면이라는 것이 있어서요."

"제 보좌관도 그런 말을 하더만요."

"그래서 비선, 즉 제2의 통로를 만들어 놓을 때가 많은데 이번에는 남 조선 쪽에서 조 의원님이 그 역할을 맡아 주셔야 될 것 같습니다."

"아아."

또 감동한 조철봉이 커다랗게 머리를 끄덕였다. 요즘은 조철봉이 문자 공부를 열심히 한다. 정치인들이 가끔 써먹는 문자가 멋지게 보였기 때 문이기도 했지만 제 무식을 덮기 위한 방법으로 딱 맞을 것 같았기 때문 이다. 그래서인지 방금 적당한 문자가 생각났다.

"불감청이언정고소원."

즉, 감히 청하지는 못해도 원하고 있다는 말이다.

"아, 그거야 당연히."

그러고는 조철봉이 강진수를 보았다. 이제 기회가 왔다. 고진감래다. 그때 강진수가 입을 열었다.

"외통위 소속이 되셨으니까 앞으로 저희들하고 자주 뵙게 될 것입 니다."

"그렇죠."

맞장구를 쳤지만 조철봉의 가슴이 찌르르 울렸다. 아직 당선자 신분이

긴 해도 34번 조철봉을 오라는 모임은 원외단체 두어 곳뿐이다. 그것도 보도 듣도 못했던 두꺼비 보호단체 같은 곳이다. 그래서 모임 이야기만 나오면 기가 죽는다.

"그런데 이런 식으로 나가면 남북관계는 좀 골치가 아파집니다" 하고 강진수가 말했으므로 조철봉은 긴장했다. 강진수가 본론을 꺼낸 것이다. 조철봉의 시선을 받은 강진수가 부드러운 표정으로 말한다.

"정권이 바뀌면서 남측의 대북 자세가 바뀐 건 이해합니다. 우리도 고집만 부릴 수는 없겠지요. 그래서 서로 이해하는 자세가 필요합니다."

그렇다. 그래서 북한 측의 융통성 있는 자세가 필요한 것이다. 한국 정권이 바뀌었으니 자세를 바꿔야 하는 것은 북한이다. 전(前) 정권이 약속했다고 밀어붙인다면 들어줄 리가 없는 것이다. 지금은 그것이 통하지 않을 뿐 아니라 못한다. 그때 조철봉이 입을 열었다.

"난 능력 없습니다. 잘 아시겠지만 난 공부하라고 보낸 참관인일 뿐이고 외통위도 갈 곳이 없다고 보내진 것이라서요. 비례대표 맨 꼴찌로 전혀 예상하지도 못한 상태에서 의원 배지를 달게 된 인물이라 천덕꾸러기죠. 원내 모임에서 오라는 데가 아직 한 곳도 없습니다."

거짓말 하나도 보태지 않고 이야기를 끝냈더니 가슴이 먹먹해지면서 코끝이 찡했다. 그러자 강진수가 조철봉을 찬찬히 바라보았다.

"조 의원님, 그래서 말씀인데요. 저희들이 도와드리지요."

눈만 껌벅이는 조철봉을 향해 강진수가 말을 잇는다.

"저희들도 조 의원님이 북남 합자 사업을 이뤄 놓으신 것까지 다 압니다. 당에서도 조 의원님을 가장 높게 평가하고 있습니다. 곧 조 의원님이 두각을 나타내게 되실 테니까 두고 보시지요"

그러더니 얼굴을 펴고 다시 웃었다.

"아마 내일 회의는 조금 부드러운 분위기가 될 겁니다. 우리 측도 그렇겠고 남측도 지시를 받겠지요. 어쨌든 이번 물량 공급은 지난번 합의된 물량의 잔량인 데다 미국 측도 문제를 삼고 있지 않으니까 한국 입장도 불편하지 않을 겁니다."

조철봉은 이제 잠자코 강진수를 보았다. 50대 초반쯤이나 되었을까? 발음이 분명하고 군말이 없어서 그야말로 말이 쏙쏙 귀에 들어온다. 설득력이 있는 것이다. 그러나 물론 받아들이는 상대에 따라서 다르다. 강진수가 말을 이었다.

"회의는 내일 대충 합의를 하고 다시 일주일 후에 이번 대표단이 이제는 평양에서 완전 합의를 하게 될 겁니다. 물론 그동안에 물밑 접촉과 합의가 있겠지만 일주일 후에는 다 끝납니다."

그러더니 강진수가 정색했다. 상반신도 펴고 반듯이 앉아 조철봉을 본다.

"조 의원님도 그때 나오실 수 있겠지요? 이번처럼 참관인 자격으로 말입니다."

"그럴 수 있겠지요."

조철봉이 시큰둥한 표정으로 말하자 강진수는 심호흡부터 했다.

"그때 조 의원님이 우리 위원장 동지를 만나실 수 있을 겁니다."

조철봉이 눈을 껌벅였다. 강진수의 말이 뇌에서 이해되는 데 3초쯤 걸렸기 때문이다. 그리고 3초가 지났을 때 조철봉은 숨을 딱 멈췄다. 위원장을 만난다면, 조철봉의 얼굴이 나무토막처럼 굳었다. 최소한 한국에서는 대통령 후보가 되었다.

"으으음."

조철봉의 이야기를 듣고 난 김경준이 뱉은 신음소리다. 신음을 뱉고 난 김경준이 눈을 치켜뜨고 조철봉을 본다.

"의원님."

김경준의 두 눈이 반짝였고 목소리는 떨렸다.

"의원님은 운이 트이셨습니다. 그야말로 운수대통입니다."

눈만 크게 뜬 조철봉을 향해 김경준이 말을 잇는다.

"의원님께서 지금까지 받으신 설움을 단 한 방에 날리시게 되는 겁니다."

"그렇지."

김경준의 분위기에 휩쓸린 듯 마침내 조철봉의 입도 열렸다.

"압박과 설움에서 해방되는 거지. 그 잘난 호바드 박사와 징글벨 대학 출신들한테서 말야."

"의원님은 한국 대통령한테서 격려 말씀을 들으신 데다 북한 위원장하고도 독대를 하게 되신 겁니다. 이런 우연이 없습니다."

그 순간 조철봉의 얼굴에 희미하게 그림자가 스치고 지나간 것을 김경준은 보지 못했다. 김경준이 혼잣소리처럼 말을 잇는다.

"어쨌든 의원님의 이용 가치가 있다고 판단했겠지요. 하지만 우리가 손해 볼 것은 아무것도 없습니다."

"바로 그거야."

이제는 정색한 조철봉이 김경준을 보았다.

"강진수가 날 불러낸 건 우연이 아냐. 내가 참관인으로 참석한다는 것을 알고 강진수가 여기에 왔는지도 몰라."

김경준이 긴장했고 조철봉의 말이 이어졌다.

"위원장 독대 카드를 갖고 말이지. 그런데 내 이용 가치는 뭘까? 나보다 더 영향력이 있는 인물이라도 그런 제의를 받으면 누가 거부하겠어? 그런데 왜 나를 택한 것이지?"

"그건 차츰 알게 되시겠지요" 하더니 김경준이 머리를 저었다.

"다른 거 신경 쓰실 것 없습니다. 의원님, 이건 기회입니다. 그 기회를 어떻게 이용하느냐가 중요할 뿐입니다."

"그렇군."

심호흡을 한 조철봉이 그때서야 소파에 등을 붙였다. 김경준은 진심으로 자신을 걱정하고 있는 것이다. 그리고 그 말이 맞다. 이런 제의를 거부할 위인이 세상에 어디 있겠는가? 다음 날, 강진수가 예상한 대로 회담은 순조롭게 진행되었다. 각각 본국의 지시를 받은 양측 대표는 일주일 후에 평양에서 마지막 합의를 하기로 결정을 한 것이다. 회의가 끝날 무렵, 잠깐 회의실 밖 복도로 나와 있던 조철봉은 다가오는 강진수를 보았다. 강진수는 조철봉을 만나려고 나온 것 같다.

"저도 담배 한 대 피울까요?" 하면서 강진수가 손을 내밀었으므로 조철봉은 국산 담배를 건네주었다.

"북·남 간 의원 모임을 하나 만들어 보시지요"

조철봉이 내민 라이터에 담뱃불을 붙인 강진수가 차분한 표정으로 말한다.

"남한에서 그렇게 제의를 해 보시란 말씀입니다."

"그러면" 했다가 조철봉이 눈을 치켜떴다. 그러면 당장에 한국당은 말할 것도 없고 민족당에서도 미친놈 대접을 받을 것이다. 지금까지 남북

간 의원 모임은 없었고 그럴 체제도 아니었다. 조철봉이 말을 잇는다.

"일단 제의를 해놓고는 미친놈 취급을 받으면서 평양으로 온단 말이지요? 그럼 위원장님이 날 불러서 격려해 주시고……."

그러면 당장에 뜬다. 대통령 후보다.

베이징에서 돌아온 조철봉은 먼저 한국당 수석부총무 이경필을 찾아가 귀국 보고를 했다. 조철봉이 회담 때 발언 한번 못 했다는 것을 다 알고 있었어도 이경필은 정색하고 듣는 척한다. 보고를 마친 조철봉이 문득 머리를 들고 이경필을 본다. 의원회관의 이경필 의원실 안이다. 이경필은 조금 전부터 손목시계를 들여다보는 시늉을 하고 있다.

"저기, 부총무님."

조철봉이 긴장하고 이경필을 보았다.

"제가 요즘 줄곧 생각한 것입니다만, 남북 간 의원 협의회 같은 것을 만들면 어떨까 하는데요?"

"예?"

자꾸 손목시계를 보던 이경필이 갑자기 어디서 돌이라도 날아온 것 같은 표정을 짓고 조철봉에게 물었다.

"뭐라고요?"

"남북 간 의원 협의회 말입니다."

"그래서요?"

"그걸 만들면 어떨까 하고"

"우리야 국회의원이 있지만 북한은 그게, 그것이."

말을 그친 이경필은 짜증이 치민 듯 이맛살을 찌푸렸다. 그때 조철봉이 말했다.

"노동당 대의원이 있죠."

"글쎄, 뜬금없이."

그러더니 이경필이 갑자기 심호흡을 했다. 화를 삭이려는 표정이 역력했다.

"조 의원, 의욕은 좋은데 북한 측이 받아들이지 않을 겁니다. 아니, 쓸데없는 짓이라고 조롱만 받을 겁니다. 그게 필요했다면 지난 정권에서 진즉 만들었겠지요. 안 그래요? 그러니까 그만둡시다."

"제가 내일 의원 모임에서 그런 발언을 해도 되겠습니까?"

"의원 모임에서요?"

눈을 둥그렇게 떴던 이경필이 어깨를 내리고 길게 숨을 뱉으면서 말한다.

"조 의원, 내가 생각해서 말씀 드리는데 그런 말씀 안 하시는 것이 ……. 우리 한국당 의원들은 같은 식구니까 괜찮지만 말요. 하지만 민족당 의원들의 웃음거리가 될 것 같아서 그럽니다."

"왜요?"

"뜬금없는 발의고, 북한이 이런 상황에서 들어줄 것 같습니까? 지난 정권에도 없었던 일인데 말요. 더구나."

더구나 다음에 이어질 말은 조철봉도 이을 수 있었다. 더구나 조철봉 같은 초짜 비례대표 끝번의 발의가 먹힐 것 같으냐는 말일 것이다. 당 대표는 물론 대통령이 제의해도 들어줄까 말까 한 일이다. 그때 조철봉이 정색하고 말한다.

"한번 해보겠습니다. 웃음거리가 되어도 말입니다."

"그렇게까지 떠보시겠다면."

마침내 쓴웃음을 지은 이경필이 말했다.

"해보시지요."

"감사합니다."

"자, 그럼 저는 바빠서" 하고 이경필이 서둘러 일어섰으므로 조철봉은 소리 죽여 숨을 뱉었다. 그리고 다음 날 오후, 한국당 당선자 모임에서 조철봉은 남북 의원 협의회 구성을 제안했다. 모두 시쳇말로 뻥한 얼굴이 되어서 조철봉을 바라보았는데 몇 명은 수군대며 웃기도 했고 임기택 의원은 이맛살을 찌푸리고 머리까지 저었다.

의원들의 반응이 하도 냉담했고 어이없어하는 사람들까지 있었기 때문에 부대표 안상호가 서둘러 단상으로 나와 조철봉의 어깨를 감아 안고 같이 내려와야 했다. 조철봉은 단상에서 내려오면서 의원들이 자신을 완전히 미친놈 취급 하는 것을 보았다. 이제 임기택과 박성규 등은 조철봉을 힐끗거리면서 노골적으로 웃는다. 조철봉은 심호흡을 했다. 그러면서 자신은 국회의원에 잘 어울린다는 생각을 했다.

떴다, 조철봉

그러나 그 비웃고, 조롱하는 분위기는 조철봉이 평양으로 떠나는 날까지 계속되었다. 언론도 마찬가지였다. 특히 TV는 사무실에서 나오는 조철봉의 모습을 화면에 잡고는 자막까지 넣어서 방송했는데 그 내용이 가관이었다.

"조철봉 당선자, 남북한 국회의원 모임을 주선한다고 했다가 웃음거리가 되다."

그러고는 조철봉의 놀란 표정을 찍었으니 보는 사람은 다 웃었다. 코미디였다.

"두고 보십시다."

분이 난 김경준은 조철봉을 비웃거나 하다못해 동참한 자들까지 메모를 해놓고 식식거렸다. 만일 조철봉이 지금 작전 중이 아니었다면 의기소침했을 김경준이다. 김경준은 이 기회에 적과 아군, 또는 인간성까지 구분해낸 다음에 복수를 하겠다고 마음먹었는지도 모른다. 조철봉이 북한 통전부 부부장 대리인 강진수하고 작전 중이라는 것은 김경준과 최갑중까지 셋만 아는 비밀이다. 그러던 며칠 후 경제회담 한국 측 대표단은 평양으로 출발했다. 이제는 공식 회담이 되어서 회담 명칭도 '남북한 제 17차 경제합의에 대한 추진 확인 회담'으로 꽤 길었는데 쉬운 말로 표현하면 간단했다. '제17차 경제회담대로 물건 보내기'였다. 평양 고려호텔에 여장을 푼 조철봉이 김경준과 최갑중을 방으로 불러들였을 때는 오후 2시 반이다.

"회담은 오늘 오후 5시에 시작할 거야."

조철봉이 말하자 최갑중이 먼저 눈썹을 찌푸렸다.

"아니, 내일 오전 아닙니까? 오늘 저녁에는 북한 대표단 초청으로 모란봉 극장에서 쇼를 보고요."

쇼가 아니고 음악회였지만 조철봉은 못 들은 척했고 이번에는 김경준이 묻는다.

"대표단에서 연락이 왔습니까?"

"아니, 북한 측에서."

그래놓고 조철봉이 손목시계를 보는 시늉을 했다.

"대표단에서 연락이 오겠지."

그렇다면 조철봉은 대표단보다 먼저 변경된 스케줄을 통보받은 셈이다. 그러자 김경준이 코웃음을 쳤다.

"임상섭 대표가 의원님을 슬슬 피하는 눈치가 훤하게 보이더군요. 아마 저희들끼리는 의원님 썹어대고 있을 겁니다."

"웃음거리로 만들어놓고 있겠지요."

최갑중도 맞장구를 쳤다. 눈을 치켜뜬 최갑중이 말을 잇는다.

"민족당 간부들이 회의 중에 의원님 이야기를 하고 웃었다는 기사 보셨지요?"

"예, 봤습니다. 그것도 기사라고 민주일보에서는 사진까지 났던데."

김경준의 목소리도 열기를 띠었다.

"웃는 얼굴들로 말입니다. 딴짓들을 하면서 웃는 걸 우리 의원님 이야기로 웃는 것으로 만들어 놓고 말이죠"

"다 그런 거야" 하고 조철봉이 말을 막았으므로 둘은 먼저 서로의 얼굴부터 보았다. 그러고는 제각기 정색했는데 최갑중의 콧구멍이 희미하게 벌름거렸다. 그때 조철봉의 말이 이어진다.

"그런 일에 일희일비하면 안 돼. 그게 정상이야. 어제의 적이 오늘의 친구가 되고 오늘의 친구가 내일은 원수가 되는 것을 자연스럽게 받아들여야 돼."

그러고는 조철봉이 이만 드러내면서 소리 없이 웃었다.

"카메라 렌즈가 비치니까 갑자기 가만있던 의원이 입을 짝짝 벌리면서 열심히 말하는 시늉을 했어. 소리도 안 내고 마치 금붕어처럼 말야."

조철봉이 갑자기 정색하고 말을 이었다.

"그걸 보고 소름이 끼치면서 그 의원이 존경스러워졌다. 보통 사람은 못해."

그때 전화벨이 울렸다. 대표단일 것이다."

오후 5시에 시작된 회의는 지난번과는 전혀 다른 분위기에서 진행되었다. 그야말로 화기애애했다. 웃음소리가 끊이지 않았고 농담까지 주고받았는데 회의 진행 속도도 빨랐다. 한국 쪽에서는 퍼주기로 작정을 한 터라 날짜만 정하면 되는 것이다. 그런데 지난번 회담 때와 같은 분위기의 인물들이 남북한 양쪽에 하나씩 있었다.

바로 조철봉과 강진수였다. 둘은 웃지도 않고 그렇다고 대화에 끼어들지도 못한 채 서로 멀뚱거리고만 앉아 있었다. 하지만 둘 다 어색한 것 같지는 않았다. 회담은 6시 반 쯤이 되었을 때 분위기가 최고조에 올랐다. 시멘트의 선적일을 한국 측이 한 달 당겨 주기로 합의하자 북측 대표인 외교부 부부장 한정철은 소리 내어 웃었다.

그때 잠깐 회의실 밖으로 나갔던 북한 측 대표 강진수가 들어왔다. 강진수의 표정은 여전히 나무토막처럼 굳어져 있었다. 한정철이 웃음 띤 얼굴로 맞았지만 강진수는 그냥 외면했다. 그것은 강진수의 비중을 다시 한 번 증명하는 것과 같다. 조금 무안한 표정이 된 한정철이 작게 헛기침을 했고 방 안 분위기가 쑤욱 가라앉았다. 그때 제자리로 돌아온 강진수가 선 채로 앞쪽에 앉은 조철봉에게 말했다.

"조 의원님, 오늘 저녁에 위원장 동지께서 같이 식사를 하자고 청하셨습니다."

그 순간 북한 측 대표단은 일제히 통나무처럼 굳었지만 한국 대표단은 서로의 얼굴부터 보았다. 그리고 강진수와 조철봉까지 번갈아 보았다. 아직 말뜻을 잘못 알아들은 것 같다. 그때 강진수가 말을 잇는다.

"지금 출발하셔야겠습니다. 준비하시지요."

"저기……."

한국 측 대표단 일원인 통일부 협력국장 김창호가 나섰다. 김창호가 긴장한 듯 눈을 크게 뜨고 강진수에게 묻는다.

"저기, 저희들도 같이 갑니까?"

"어딜요?" 하고 강진수가 멍해진 얼굴로 묻자 김창호는 헛기침을 했다.

"초대하셨다면서요. 그래서……."

"누굴 초대했다구요?"

그렇게 되묻더니 강진수가 말뜻을 이해했다는 듯이 얼굴을 펴고 웃었다. 그러고는 차분하게 말했다.

"우리의 존경하는 위원장 동지께서는 조철봉 의원 한 분만을 초대하셨습니다. 여러분은 따로 식사를 하시지요."

머리를 돌린 강진수가 다시 정색하고 조철봉을 보았다.

"조 의원님, 일어나시지요. 주석궁에서 위원장 동지께서 기다리고 계십니다."

조철봉이 일어서자 한국 측 대표 임상섭도 엉겁결에 따라 일어섰다. 그러고는 조철봉을 본다. 다급해진 표정이다.

"조 의원님."

조철봉의 시선을 받은 임상섭이 입 안에 괸 침을 삼켰다.

"저기, 미리 약속이 있으셨습니까?"

임상섭이 물었을 때 대답은 강진수가 했다.

"위원장 동지께서는 조 의원님이 제의하신 북남간 의원 교류에 대해서 신선한 발상이라고 칭찬하셨습니다."

방 안이 조용해졌고 강진수의 말이 이어졌다.

"오늘 저녁 위원장 동지께서 조 의원님과 식사를 마치시면 내외신 기자에게 발표를 하실 겁니다. 그래서 남한 언론사 기자들과 함께 주석궁으로 갑니다."

강진수가 조철봉에게 눈짓을 하더니 발을 뗐으므로 모두의 시선이 둘에게 모였다. 조철봉이 강진수의 뒤를 따라 나가다가 문 앞에서 몸을 돌려 임상섭에게 말했다. 태연한 표정이다.

"그럼 밥 먹고 오지요."

"여어, 조 의원."

응접실로 들어선 김정일 위원장이 웃음 띤 얼굴로 조철봉을 불렀다. 기다리고 서 있던 조철봉이 먼저 허리를 굽혀 절을 했을 때 다가선 위원장이 손을 내밀었다. 위원장 뒤에는 사진에서도 여러 번 본 북한 고위층이 셋이나 더 서있다. 조철봉의 손을 쥔 위원장이 웃음 띤 얼굴로 말한다.

"서울에서 물 좋은 카바레가 어디야? 내가 변장을 하고 조 의원 따라서 가보게 말야."

"예, 그, 저."

당황한 조철봉은 이마에서 진땀이 솟았고 목까지 메었다. 위원장 뒤에 선 고위층 셋은 못 들은 것 같다. 얼굴 표정이 여전히 굳어 있다. 지난번 청와대에서 대통령이 비슷한 말을 했을 때는 근처에 있던 당 대표, 대변인까지 다 웃었었다.

"그건 나중에 알려주기로 하고 자, 밥 먹으러 가자고."

위원장이 조철봉의 어깨를 한쪽 팔로 감아 안았다. 그 자세 그대로 응접실을 나가면서 조철봉은 저도 모르게 주위를 살폈다. 몸이 굳어 있었으므로 눈동자만 굴린 것이다. 이 장면을 TV로 방영하고 싶다는 간절한 바람이 가슴 속에서 솟구쳤다. 이 사진 한 방이면 뜬다. 당 대표로 추천될지도 모르는 것이다. 지금까지 위원장이 어깨를 감싸 안아주고 같이 걸어간 남한 인사가 있었는가? 낫싱, 전혀, 전무다. 이 사진 한 방이면 신세가 트인다. 그때였다. 앞쪽에서 번쩍이는 섬광이 일어났다. 카메라

플래시, 복도 모퉁이를 돌자 대기시켜 놓았던 사진기자들이 카메라 셔터를 눌러댄 것이다. 섬광은 계속해서 터졌다. 수십 명의 카메라맨 또한 이런 대특종 장면을 보자 흥분한 것이다. 누르고 또 누른다. 마치 기관포탄 세례를 맞는 전장 같다.

"자, 이제 가자고"

잠깐 멈춰 섰던 위원장이 조철봉의 어깨를 감은 손에 힘을 주더니 다시 옆으로 끌었다. 기자들은 감히 1센티미터도 따라오지 못했으므로 주위는 금방 조용해졌다. 옆쪽 복도로 들어선 위원장이 팔을 내리더니 조철봉을 향해 웃어 보였다.

"내일 아침에 방금 찍은 사진은 전 세계로 보도될 거네."

조철봉은 눈만 깜박였고 위원장의 말이 이어진다.

"조 의원, 동무는 이제 얼굴 팔려서 카바레 다 갔어."

"예에?" 하고 조철봉이 외마디 소리처럼 물었지만 지금 그것 걱정할 상황인가? 조금 정신이 돌아온 조철봉의 심장이 밖으로 튀어나올 것처럼 세차게 뛰기 시작했다. 감동한 것이다. 지금 이 기분이라면 북한으로 국적을 바꾸라고 해도 바꾸겠다. 시간이 지나면 후회할지 모르지만 지금 이 상황에서 그런 제의를 직접 위원장한테서 받고는 아니라고, 나는 헌법을 지키며 어쩌구 할 정신이 있는 자가 있다면 인간이 아니다. 로봇이다. 인간은 감정이 있어야 된다. 감동을 받고 움직여야 사람 사는 세상이다. 또한 후회하고 뉘우쳐야 발전이 된다. 주변 상황은 무시한 채 친일파 명단을 내놓는 인간들이 문득 이런 경우를 닥쳤을 때라면 어떤 처신을 할 것인가? 하는 생각까지 했을 때 어느덧 조철봉은 식당으로 안내되어 있었다.

"자, 앉자고"

위원장이 원탁에 앉으면서 조철봉에게 자리를 권한다. 자리에 앉은 조철봉은 소리 죽여 숨을 뱉었다. 원탁에는 이미 산해진미가 차려져 있다. 술병도 놓였다. 주위에 둘러앉은 사내는 위원장까지 모두 5명. 모두 엄숙한 얼굴, 사진에서 보던 고위층이다. 그런데 여자는 없다.

저녁 식사 자리여서 밥과 국, 찌개에다 생선구이도 놓였지만 차림새는 조촐했다. 전주식 한정식 백반을 먹어본 조철봉으로서는 오히려 전주식 상차림이 더 풍성했다. 어쨌든 찬 가짓수에 신경이나 쓸 여유가 있겠는가? 또 맛이나 제대로 볼 만한 상황인가? 건성으로 씹고 떠먹는 시늉을 했지만 조철봉은 제 입에 뭐가 들어갔는지도 잘 몰랐다.

"저기 말야."

옆에 앉은 고위층과 낮게 이야기를 나누던 위원장이 머리를 들고 조철봉에게 말했다. 입 안의 음식을 꿀꺽 삼킨 조철봉이 위원장을 보았다. 음식을 덜 씹고 삼켜서 식도로 돌멩이가 내려가는 느낌이 온다.

"내일 오전에 우리 의원들을 만나고 가게. 50명이야."

위원장이 부드러운 표정으로 말을 잇는다.

"북조선인민공화국의 노동당 대의원들이지. 대표는 여기 앉아 있는 김동남 상임위원회 부위원장이야" 하고 위원장이 옆에 앉은 70대쯤의 노인을 가리켰다. 노인이 조철봉의 시선을 받더니 은근하게 웃는다.

"조 의원은 내일 김 대표한테서 위임장을 받게 될 거야. 한국의 의원들을 대표해서 말이지."

그러고는 위원장이 눈을 가늘게 뜨고 웃었다.

"그리고 물론 나도 그전에 조 의원의 북남의원협의회 구성에 대한 제

안을 환영한다는 발표를 하겠네.”

“감사합니다.”

마침내 조철봉이 앉은 채로 위원장을 향해 머리를 숙여 절을 했다. 이마에 국그릇이 닿았다.

“한국 측도 환영할 것입니다.”

“내가 왜 조 의원을 뜨게 만들려고 하는지 그 이유를 아나?” 하고 불쑥 위원장이 물었으므로 조철봉은 입 안에 고인 침을 삼켰다. 이번에는 입 안에 음식이 없었지만 침의 일부가 숨구멍으로 넘어가는 바람에 하마터면 재채기가 터질 뻔했다. 조철봉이 붉어진 얼굴로 머리부터 저었다.

“모릅니다. 위원장님.”

“동무는 약점 투성이야.”

위원장이 웃음 띤 얼굴로 말했지만 조철봉의 얼굴은 빳빳하게 굳어졌다. 다시 방 안에 위원장의 말이 이어진다.

“잘난 의원들 틈에서 요즘 마음고생이 많지? 오라는 모임도 없고 말야.”

그 순간 조철봉의 눈에서 닭똥 같은 눈물이 쏟아졌다. 마치 어릴 때 헤어진 아버지를 35년 만에 만나 그동안 네가 얼마나 고생했느냐는 말을 듣는 것 같다.

“난 동무가 어떻게 재산을 모았는지도 대충 알고 있어. 그리고 중국에서 북남 합자 회사를 어떻게 운영했는지도 말야.”

그러고는 위원장이 정색했다.

“동무는 수단이 좋아. 아마 남조선 사회에서 그만큼 벌었다면 뇌물도 많이 먹였을 거야. 그런데 뇌물 사건이 한 번도 들통 나지 않았더군. 거

252

기에다 여자를 그렇게 많이 건드렸어도 덤벼드는 여자도 없고, 그건 다 유부녀이기 때문인가?"

말이 조금 헛나갔지만 위원장이 물었으니 대답 안 할 수가 없다. 조철봉이 먼저 작게 헛기침을 하고 대답한다.

"아닙니다. 위원장님. 모두."

"모두 뭔가?"

"만족시켜줬기 때문에."

"만족이라니? 무엇을 말인가?" 하고 위원장이 되물었고 좌우에 벌려 앉은 노인들은 제각기 밥그릇을 내려다보거나 벽에 그려진 금강산 그림을 보거나 했다. 그때 위원장의 시선을 받은 조철봉이 대답한다.

"예, 모두 하룻밤에 대여섯 번씩은."

"으으음."

위원장의 입에서 신음이 터졌다. 그러고는 정색한 위원장이 조철봉을 본다.

"하룻밤에 대여섯 번이란 말인가?"

"예, 위원장님."

"그럼 그동안 안 싸겠군."

"그렇습니다, 위원장님."

"어떻게 참는가?"

"예, 가끔은……."

"뭔가?"

젓가락을 내려놓은 위원장이 마치 핵실험 발사 결과를 듣는 것 같은 표정으로 조철봉을 보았다. 좌우의 노인들은 아직도 벽의 금강산 그림을 바라보고 있었는데 봉우리를 열심히 세는 것 같았다. 조철봉이 심호흡을 하고 나서 대답했다.

"고등학교 교가를 거꾸로 부르기도 합니다, 위원장님."

"고등학교 교가를?"

따라서 말한 위원장의 이맛살이 조금 찌푸려졌다.

"왜 하필 고등학교 교가인가?"

"유행가는 쉬워서 금방 거꾸로 부를 수가 있거든요, 위원장님."

"그렇군."

위원장이 남북 정상회담을 결정한 것 같은 표정으로 머리를 끄덕이며 말했다.

"지성이면 감천이라고 했어."

"예에?" 하고 조철봉이 되물었고 노인들의 시선이 일제히 모였다. 겉으로는 금강산 일만이천봉을 세는 것 같았어도 귀는 모두 이쪽에다 집중시키고 있었다는 증거일 것이다. 위원장의 말이 이어졌다.

"노력하면 안 되는 일이 없는 거야."

"지당하신 말씀입니다."

부위원장이라는 노인이 즉각 맞장구를 쳤고 나머지도 한마디씩 했다. 그때 위원장이 조철봉에게 물었다.

"어때? 해보겠는가?"

"하겠습니다, 위원장님."

대답은 금방 했지만 조철봉은 기분이 찜찜했다. 조금전까지 그런 이야기를 했기 때문일 것이다. 그러자 위원장의 얼굴에 희미한 웃음기가 떠올랐다.

"조 의원, 오늘 밤 여자하고 말이야."

"아, 아닙니다, 위원장님."

질색을 한 조 의원의 얼굴이 하얗게 굳어졌다. 그러고는 머리까지 젓고 나서 덧붙였다.

"잘 아시겠지만 전 참는 데 선수입니다. 위원장님, 넣고도 참고 넣지 않고도 잘 참습니다."

"으으음."

위원장의 목구멍에서 다시 신음 같은 탄성이 울리더니 곧 입을 벌리고 소리 내어 웃었다. 그러자 노인들도 따라 웃었다. 위원장이 웃음을 그치자 노인들의 웃음도 일제히 그쳤다.

"이봐, 나도 인간이야."

다시 불쑥 위원장이 말했으므로 조철봉은 긴장했다. 이런 성품의 인간을 겪어본 적이 있다. 착상이 기발하고 머리가 좋다. 상대방의 약점을 귀신같이 알아채는 데 용의주도하기도 했다. 옛날 조철봉이 자동차 영업사원이었을 때 고객으로 만난 몇 명이 이런 성품이었던 것이다. 위원장의 말이 이어진다.

"그리고 정상적인 사고를 하고 행동을 한다네. 난 오늘 동무한테 그걸 알려주고 싶었어."

조철봉은 위원장의 시선을 맞받았다. 진심이다. 인간의 마음은 수시로 변하지만 지금 위원장의 눈을 보면 진심을 말하고 있다는 것을 알겠다. 그때 위원장이 말을 잇는다.

"내가 조 의원을 택한 가장 중요한 이유를 아직 말 안 했어. 그건 믿음이야. 조 의원은 믿을 수 있을 것 같다는 생각이 들었어. 그래서 불러온 것이라네."

"이 부총무십니다" 하고 김경준이 전화기의 송화구를 손바닥으로 막
으면서 말했을 때 조철봉은 쓴웃음을 지었다. 수석부총무 이경필이다. 조
철봉이 남북의원협의회를 제안하겠다고 했을 때 비웃던 자. 그날 의원총
회에서 조철봉이 웃음거리가 되었을 때 이경필이 뒷자리에서 웃는 모습
도 방영되었다.

다만 부대표 안상호만이 조철봉을 위로해주었다. 물론 속으로야 배가
아플 정도로 웃었겠지만 겉은 정중했고 차분했다. 그러고는 조철봉의 등
을 토닥이면서 용기 있는 행동이라고 칭찬까지 해주었다. 그게 정치인이
다. 속을 내보이지 않고 아픈 데, 가려운 데를 어루만지고 긁어 주는 것
이 정치인인 것이다. 우습다고 실컷 웃고 저 잘났다고 뽐내고, 위세 부리
는 놈이 오래가는 꼴 못 보았다. 조철봉은 기다리고 있는 김경준한테서
전화기를 건네받았다.

"예, 전화 바꿨습니다."

"아, 조 의원."

이경필의 목소리는 다급했다. 쫓기는 놈 같다. 열띤 목소리로 이경필
이 말을 잇는다.

"뉴스 봤는데, 이거 어떻게 된 일이오? 내가 오늘 아침에 통화하려고
얼마나 애쓴지 압니까?"

쉴 틈도 없이 말이 이어진다.

"그런 일 있으면 나한테라도 보고를 해주셔야지, 어떻게 그런 일을 혼
자서 진행시키고 있단 말이오?"

"……."

"조 의원 듣고 있습니까?"

"그래서."

마침내 조철봉이 입을 열었다.

"내가 당신 지시를 하나씩 받아서 일을 진행시켜야 된단 말이오?"

"아니, 조 의원."

놀란 이경필의 목소리가 높아졌다.

"지금 무슨 말을 하는 거야!"

"갑자기 위원장이 만나자고 하는데 한국당 부총무 허락을 받아야 되었단 말이지요? 내가 오늘 오전에 위원장하고 만나기로 되었는데 그 말을 전하지요."

"아니, 이보쇼."

"당신은 남북의원협의회 제안에 비웃었던 자야. 내가 제안할 때 당신이 낄낄거리고 웃는 장면도 다 찍혔지 않소?"

"아니, 그러니까."

"당신한테는 이야기할 필요 없으니까 통화 끝냅시다. 부대표께 보고를 할 테니까."

그러고는 전화기를 내려놓은 조철봉이 김경준을 보았다.

"부대표한테 연락해."

"예, 의원님."

정색한 김경준이 어깨를 부풀리면서 다시 전화기를 든다. 김경준도 통쾌한 듯 얼굴이 상기되어 있다. 부대표 안상호는 기다리고 있었던 듯 금방 연결이 되었다.

"아아, 조 의원."

안상호의 목소리도 높았다.

"그래, 뉴스는 보았는데 이거 어떻게 된 일입니까?"

"갑자기 위원장이 보자고 하셔서" 하고 조철봉이 상황을 차근차근 말해주자 다 듣고 난 안상호가 소리 내어 웃었다.

"우리로서도 반대할 이유가 없지요. 조 의원이 국회를 대표해서 위임장을 받아오세요. 30분 내로 당대표와 상의해서 조 의원께 대표권을 위임한다는 공문을 보내드리지요."

그러더니 다시 웃었다.

"오늘 계속해서 조 의원이 위원장하고 어깨동무한 사진이 방영되고 있어요. 조 의원은 떴어."

"감사합니다. 부대표님."

안상호가 정색하고 말을 잇는다.

"조 의원은 앞으로 큰일을 하게 되실 거요."

조철봉의 사진이 또 나왔다. 이번에는 김정일 위원장과 나란히 둘이서 찍은 독사진, 김동남 북한의원단 대표하고 위원장 좌우에 서서 찍은 사진, 사진기자들은 신바람이 났다. 더구나 위원장은 북남의원협의회를 제안한 조철봉 의원을 칭찬하는 말까지 해주어서 조철봉은 완전히 떴다.

대한민국 국회의원 역사상 이렇게 뜬 의원은 의정사상 처음일 것이다. 그야말로 하루아침에 팔자가 바뀐다는 표현이 이런 경우였다. 하루 종일 수없이 카메라 플래시가 터져서 조철봉은 주석궁의 회의실로 돌아와서도 눈앞에서 불이 번쩍이는 것 같았다. 외교부 차관 임상섭 이하 경협대

258

표단이 이번 북한 방문단의 주역이었지만 기자들로부터 철저히 외면당하는 바람에 꼴이 말이 아니었다. 회담도 오전 중에 끝났지만 조철봉 때문에 귀국하지도 못하고 호텔방에 박혀 TV만 보는 중이다.

"우리 노동당 대의원은 저쪽 방에 있지만 갈 때 인사나 하라고"

자리에 앉은 위원장이 눈으로 옆쪽 방을 가리키며 말했다.

"어때? 정신이 하나도 없지?"

"예? 예."

조철봉이 건성으로 대답하자 위원장이 웃었다. 그러자 좌우에 앉은 김동남과 통전부장 양성택이 따라 웃는다.

"팔자 고치는 거, 어떻게 보면 쉬운 일 같지 않나?" 하고 위원장이 불쑥 물었으므로 조철봉이 긴장했다. 눈의 초점을 잡고 위원장을 본다.

"글쎄요, 저는."

"정치도 그래. 마음을 비우면 쉬운 거야."

어느덧 정색한 위원장이 말을 잇는다.

"통일도 그렇지, 어려운 일 아냐."

긴장한 조철봉은 숨까지 죽였을 때 위원장은 풀썩 웃는다.

"북진통일은 어렵겠지?"

그렇게 묻고 난 위원장이 바로 말을 잇는다.

"그렇다고 적화통일도 어렵고"

조철봉은 위원장 좌우의 두 거물도 긴장하고 있는 것을 보았다. 둘 다 눈동자도 움직이지 않는다. 그때 위원장의 말이 방을 울렸다.

"그래, 당분간 평화공존이야. 서로 상대방 체제를 존중하면서 협력하는 거야."

조철봉은 심호흡을 했다. 다 맞는 말이다. 핵도 체제가 불안했기 때문에 만들었을 것이다. 남한이 잘 살수록 북한이 불안해지는 건 당연하다. 어깨를 편 조철봉이 위원장을 보았다.

"위원장님, 거시기."

"뭔가?"

위원장이 부드러운 시선으로 조철봉을 본다. 지금은 잠시 쉬는 시간이다. 이제 북남의원협의회는 위원장의 적극적인 지지를 받아 창설되었으며 한국 국회의 대표권을 위임받은 조철봉이 서명을 했다. 위원장의 격려사와 기자회담까지 다 끝난 것이다. 위원장의 시선을 받은 조철봉이 입을 열었다.

"핵 말씀입니다."

"핵?" 하고 위원장이 되물었는데 마치 비명 같았다. 그 순간 좌우의 두 거물이 동시에 눈을 치켜떴다. 얼굴빛도 똑같이 누렇게 굳어졌다. 그때 조철봉이 이를 악물었다가 풀고는 말했다.

"그 핵을 나눠주시죠."

위원장은 눈만 치켜떴고 조철봉의 말이 이어진다.

"한국한테 절반만 뚝 떼어서 보내주시죠. 그럼 양쪽이 똑같이 핵을 갖게 되는 거 아니겠습니까?"

방 안은 조용했다. 두 거물은 숨도 쉬는 것 같지 않았고 위원장은 눈만 껌벅인다.

"그렇군." 하고 위원장이 말했을 때는 1분이나 지난 후처럼 느껴졌다. 그동안 좌우의 두 거물은 눈썹 하나 까딱하지 않았으며 조철봉은 침을 두 번이나 삼켰다. 위원장이 굳어진 얼굴로 조철봉을 본다.

"내가 얻어올 생각만 했지 나한테도 줄 게 있다는 것을 생각 못 했군."

혼잣소리처럼 말했지만 위원장의 목소리는 방을 울렸다.

"아주 엄청난 선물이 될 텐데 말야."

그것이 선물이 될지 재앙이 될지는 조철봉이 아직 계산해보지 못했다. 왜냐하면 문득, 그야말로 즉흥적으로 떠오른 생각을 뱉어버렸기 때문이다. 물론 한국에 있을 때부터 북한 핵은 머릿속에 깊게 박혀 있었다. 한국인 중 초등학생까지 포함해서 북한 핵을 모르는 국민은 없을 것이다.

북한 측은 수백만 명을 한꺼번에 살상할 수 있는 핵을 보유했다. 삼 팔선을 사이에 두고 주적 상태인 국가가 핵을, 그것도 비핵화 약속을 깨고 핵을 보유하게 되었다는 것은 엄청난 위협이며 압박이다. 미군의 위협에 대한 자위용이라거나 남한까지 지켜주기 위한 방어용이라고 북한은 주장하고 있지만 그 말에 동의하는 남한 국민은 극소수다. 그 극소수는 친북, 반미 또는 반역 세력이 될 것이다. 그때 다시 위원장의 말이 이어졌다.

"그렇다면 말야."

정색한 위원장이 똑바로 조철봉을 본다.

"조 의원, 고스톱 칠 줄 아나?"

"예에?" 했다가 정신을 가다듬은 조철봉이 헛기침부터 했다. 이제는 조철봉도 위원장 스타일에 길이 들었다. 뜬금없는 화제로 긴장을 풀지만 곧 부드럽게 원점으로 돌아간다. 그래서 놀라지 않고 대답해야 대화가 술술 이어진다.

"예. 좀 칩니다. 위원장님."

"고를 계속 부르면 상대가 긴장하게 되는 거 알지?"

"예, 압니다. 위원장님."

"동무는 고를 한 번 불렀어. 아주 크게."

"예. 그, 그렇지요."

"또 부르면 다른 놈들이 모두 긴장해서 서로 패를 나눠줘. 청단이나 홍단, 또는 고도리 패를 말야."

"예? 예."

"그러니까 이번 판은 그대로 먹어. 피박 쓴 놈도 있을 테니까 말야."

"예, 알겠습니다. 위원장님"

"그리고 다음 판에 다시 고를 불러. 이번 핵 문제로 말야. 무슨 말인지 알겠나?"

"예, 위원장님."

감동한 조철봉의 목이 다시 메었다. 무슨 말인지 조철봉이 모르겠는가? 이번 판의 남북의원협의회 구성만으로도 조철봉은 아마 고스톱 점수로 300점은 났을 것이다. 위원장은 이번 판은 그냥 그 패로만 먹으라고 한 것이다. 그리고 핵 패는 다음 판에 주겠다는 약속을 했다. 위원장이 조철봉을 향해 눈을 가늘게 뜨고 웃는다.

"과연 내가 사람을 잘 보았어. 머리 회전이 빠르고 순발력이 뛰어나."

"가, 감사합니다. 위원장님."

"동무, 정말 여자 필요하지 않나?"

"예?" 했다가 침을 끌어 모아 마른입 안을 적신 조철봉이 겨우 삼키고는 위원장을 보았다.

"위원장님, 다음 기회에 꼭 부탁드리겠습니다."

"나한테 노래 거꾸로 부르는 기술도 좀 전수해주고 말야."

"예, 위원장님."

그러자 위원장이 자리에서 일어서며 말한다.

"자, 다음에 또 내가 부를 테니까 오늘은 이만."

"완전히 떴군."

신문을 구겨버린 임기택이 잇새로 말했지만 목소리는 힘이 풀렸다. 이쪽은 완전히 전의를 상실한 것이다. 앞쪽에 보좌관이 앉아 있었어도 그런다. 워싱턴의 징글벨대학 박사 출신이라는 기세도 간 곳 없다. 어깨를 늘어뜨린 임기택이 말을 잇는다.

"김정일이 국회의원 중에서 가장 조종하기 쉬운 놈으로 고른 거야. 언론은 그걸 다 알면서도 일절 보도하지 않고 있어" 했지만 앞에 앉은 보좌관 하병호는 대답하지 않았다. 북한에서 돌아온 조철봉은 한국당 대표 서윤석에게 보고를 하고 나서 인터뷰까지 마쳤다. TV에 나온 조철봉의 태도는 의연했다. 바로 이틀 전만 해도 우스꽝스럽게 연출되었던 모습이 싹 바뀌어서 진중한 자세가 나갔다. 조철봉은 내일 당 대표와 함께 청와대에서 대통령을 만날 예정이었다. 그때 보좌관 하병호가 입을 열었다.

"여기, 남북의원협의회에 소속될 한국당 의원의 예비 명단입니다" 하고 하병호가 복사지를 내밀었다.

"50명 정원 중 한국당은 35명, 민족당이 10명, 기타가 5명으로 확정되었더군요"

서두르듯 복사지를 받아든 임기택이 훑어보더니 곧 신음 같은 헛기침을 뱉는다. 그러고는 복사지를 탁자 위에 던졌다.

"이게 뭐야? 다 쓰레기 같은……."

했지만 하병호는 외면했다. 물론 복사지에 적힌 한국당 의원 70명 중에 임기택의 이름 석자는 없다. 오늘 오전에 당 대표가 한국당 의원 175명 중에서 남북의원협의회에 가입할 신청자를 모았더니 175명 전원이 한 명도 빠지지 않고 신청했던 것이다. 민족당도 마찬가지라고 했다. 그래서 당 지도부에서는 175명 중 우선 정원으로 예정한 35명의 2배수인 70명을 선정했는데 임기택은 그 70명 중에도 포함되지 않은 것이다.

"이거, 조철봉의 장난이지?" 하고 임기택이 쉰 목소리로 묻자 하병호가 표정 없는 얼굴로 대답했다.

"예, 오후에 조철봉 의원하고 당 지도부가 모여서 결정을 했다고 합니다."

조철봉은 한국 의원을 대표해서 남북의원협의회 구성을 결정하고 귀국했지만 스스로 한국 측 의원단 부총무를 맡았다. 당 대표는 물론이고 민족당 대표까지 조철봉이 의원단 총무는 맡아야 한다고 했어도 극력 사양한 것이다. 그러나 조철봉이 실세인 것은 당연했다. 민족당 거물들까지 조철봉에게 공공연히 로비를 하고 있는 상황인 것이다. 임기택의 시선이 다시 탁자 위에 팽개친 복사지로 옮겨졌다. 제 이름이 없으니 쓰레기 같다고 매도했지만 명단의 70명은 모두 한국당 거물들이었다. 포함되지 않은 의원이 바로 쓰레기였다.

"응?"

그 순간 임기택의 눈이 커졌다. 명단 끝쪽에서 임유훈, 강진봉 두 의원의 이름을 보았기 때문이다.

"아니, 이 사람들."

여기까지 말하고 난 임기택이 어금니를 물고는 소파에 등을 붙였다.

264

임유훈, 강진봉은 비례대표 30번, 33번으로 조철봉의 바로 앞쪽 순서여서 신세가 비슷했다. 둘 다 초선이고 기업체 사장, 학원이사장 출신으로 지금까지 어느 모임에도 초대받지 못했던 인사들이었다. 조철봉이 포함시킨 것이다.

"으음, 조철봉이, 이 새끼."

그때 전화벨이 울렸으므로 하병호가 받았다. 잠시 응답하던 하병호가 눈을 치켜뜨고 임기택을 본다.

"의원님, 조철봉 의원인데요."

그 순간 놀란 임기택이 벌떡 상반신을 세웠다. 그리고 심호흡부터 했다.

전화기를 받아 귀에 붙인 임기택이 응답했다. 목소리에 정성이 가득 담겨져 있는 것이 느껴진다.

"예, 임기택입니다."

"저, 조철봉입니다."

"아이구, 조 의원님, 고생하셨지요?"

표정도 간절했으므로 보다 못한 하병호가 외면했다. 그때 조철봉의 목소리가 수화기를 울렸다.

"예비 명단을 보니까 임 의원이 빠져 있더군요. 그래서 궁금한 김에 전화드린 겁니다."

"예? 무슨 말씀이신지."

눈썹을 모은 임기택이 긴장했다. 온몸이 굳어 있다. 빠진 건 조철봉한테 찍혔기 때문이 아닌가 말이다. 조철봉이 남북의원협의회 구성을 제의

했을 때 미친 짓이며 북한 측의 웃음거리가 될 것이라고 임기택이 한 말이 그대로 인터넷을 통해 유포되었었다. 망할 놈의 인터넷, 인터넷 댓글이 제일 무섭다. 그때 조철봉이 말을 잇는다.

"임 의원처럼 유능하신 분이 필요하다는 생각이 들어서요. 혹시 참여할 의향이 계시다면 제가 힘은 없지만 추천해드리겠는데요."

"아아아."

탄성과 신음이 뒤섞인 소음이 임기택의 입에서 터졌다. 그러고는 임기택이 전화기를 움켜쥐었다.

"그렇게만 해주신다면 신세 잊지 않겠습니다. 조 의원님."

"그럼 승낙하신 걸로 알겠습니다."

"참, 조 의원님."

"예."

"제가 잠깐 잊었는데 저희 바른정치를 위한 모임에서 조 의원님을 가입시키자는 의견이 오래 전부터 나왔습니다."

"……."

"그래서 제가 기회를 보고 있었는데 마침 오늘 의원님이 전화를 주셨구만요."

"아아."

"제가 미력하지만 회장을 맡고 있지 않습니까? 그런데 부회장 자리가 비었습니다. 그래서 진즉부터 저는 조 의원님을 부회장으로 염두에 두고 있었는데요."

"거기 부회장에 엄상수 의원이 있지 않습니까?"

"예, 그런데 부회장 자리가 둘이거든요, 이 기회에 조 의원님이 부회장으로 오신다면 모두 환영할 것입니다. 당연하죠."

맞는 말이다. 지금 바른정치를 위한 모임에서는 남북의원협의회 예비
후보에 포함된 의원은 단 한 명도 없는 것이다. 이제 겨우 임기택이 끼워
졌다. 조철봉의 목소리가 수화기를 울렸다.

"그건 나중에 상의드리기로 하고 어쨌든 예비 명단에 포함시키도록 하
겠습니다."

"감사합니다, 조 의원님."

워싱턴 징글벨대학 박사 출신인 임기택이 정과 성을 다한 인사를 드리
고 있다.

"조 의원님의 기대에 어긋나지 않도록 열심히 일하겠습니다."

바로 눈앞에 보좌관 허병수가 앉아 있었으며 5분 전까지만 해도 쓰레
기니, 이새끼 저새끼를 찾던 조철봉에게 임기택은 온몸을 던져 존경심을
나타내고 있는 것이다. 통화가 끝났을 때 전화기를 내려놓은 임기택이
앞에 앉은 하병호를 보았다. 아직 흥분이 가시지 않은 얼굴이었다. 그러
나 입에서는 딴소리가 나왔다.

"조철봉이 완전히 들떠 있구만."

눈만 껌벅이는 하병호를 향해 임기택은 쓴웃음을 지어보였다.

"치켜세워주니까 어쩔 줄을 모르는구먼, 그래."

머리를 끄덕여 보인 하병호는 자리에서 일어나 의원실을 나왔다. 의원
실 문을 닫은 하병호가 잇새로 말한다.

"똥개 같은 놈."

조철봉은 청와대에 두 번째 온 셈이다. 지난번 당선자 환영회에서 대

통령은 단 한 번의 코멘트로 조철봉을 궁지에서 벗어나게 해주었다. 조철봉은 지금도 기억한다.

"아이구, 조 의원. 내가 진작 뵈었다면 카바레 데려다 달라고 했을 텐데."

이 말에 시중의 비판 여론이 쑥 들어갔고 인터넷에도 '야, 그만 해둬라. 지겹다'는 댓글이 무수히 달리는 바람에 조철봉이 살아난 것이다. 대통령은 의도적으로 그렇게 말했다고 조철봉은 믿는다. 시중의 무조건 반대 세력에게 '야, 어지간히 해라'는 메시지를 농담처럼 던진 것이다. 그리고 이번 두 번째 방문은 조철봉의 위치가 달라졌다. 한국당 대표 서윤석, 부대표 안상호에다 당 정책위의장 이대봉, 원내총무 박재식에 대변인까지 포함된 당의 거물들과 함께 방문하게 된 것이다. 거기에다 조철봉은 오늘 모임의 주역이다. 명분은 남북의원협의회 구성에 대한 보고였지만 조철봉은 김정일 위원장과 만난 이야기까지 대통령께 할 예정이었다. 대통령은 조철봉의 이야기를 잠자코 듣는다. 조철봉은 보좌관 김경준을 시켜 내용을 요약했기 때문에 보고는 2분도 안 되어서 끝났다. 다 아는 사실을 잘난 척 떠벌리면 효과가 반감되는 것이다. 보고가 끝났을 때 대통령 옆에 앉은 비서실장 유세진이 말했다.

"그럼 소회의실에서 잠깐."

다시 회의를 하자는 말이었는데 회의실로 입장하는 인원은 제한되었다. 조철봉과 당대표 서윤석, 부대표 안상호까지 셋만 뽑힌 것이다. 당대표 하나만 입장시키려다 조철봉이 부대표 안상호 인맥이라 안상호를 챙겨준 느낌도 들었다. 회의실에는 국방장관과 외교장관, 통일장관에다 국정원장까지 와 있었는데 청와대측에서는 비서실장과 수석 세 명이 포함되어서 둥근 원탁에 대통령을 중심으로 둘러앉았다. 조철봉은 대통령의 맞은편 자리다.

"조 의원님, 김정일 위원장과 꽤 오래 밀담을 나누신 것으로 알고 있습니다. 위원장이 한국 측에 비공식 라인으로 바라는 것이 있던가요?" 하고 먼저 비서실장 유세진이 입을 열었으므로 조철봉은 심호흡부터 했다. 이것은 비공식 회의이며 비밀회의이기도 하다. 회의 참석 전에 청와대 쪽에서 언질도 받았기 때문에 준비도 했다. 조철봉이 입을 열었다.

"전언은 없었습니다. 다만……."

10여 쌍의 시선이 조철봉을 주시했고 회의실은 숨소리도 나지 않는다. 대통령도 조철봉을 향한 채 움직이지 않았다. 조철봉이 말을 이었다.

"저한테 북진통일도, 적화통일도 어려운 상황이라는 말은 했습니다."

머리를 든 조철봉이 대통령을 보았다.

"제가 짧은 시간 동안 직접 위원장을 만난 소감입니다만 현실적인 분이었습니다."

"당연하지."

대통령이 혼잣소리처럼 말했지만 다 들렸다. 머리를 끄덕인 대통령이 말을 이었다.

"그리고 현실 감각이 없으면 지도자가 아니지."

"혹시 정상회담 이야기는 않던가요?" 하고 외교장관이 물었으므로 조철봉은 머리를 저었다. 그때 통일장관이 이어서 물었다.

"경제 지원에 대한 이야기는 없었습니까?"

"저한테는 안 하셨습니다."

"한미동맹 관계에 대한 언급은 하던가요?"

이번에는 국방장관이 물었고 조철봉은 머리부터 저었다. 그때 조철봉의 시선이 국정원장에서 멈췄다. 국정원장은 그냥 웃음 띤 얼굴로 바라보고만 있었다.

인원이 또 축소되었다. 엑기스를 만들어 내듯이 다 솎아내고 모인 인원은 네 명, 대통령과 비서실장, 그리고 국정원장 김광덕과 조철봉이다. 소회의실의 회의가 끝났을 때 비서실장이 조철봉을 데리고 나와 이곳에 넷이 모여있게 된 것이다. 작은 원탁에 둘러앉은 넷의 분위기는 부드러웠다. 특히 대통령은 웃음 띤 얼굴로 조철봉을 본다. 그것이 조철봉한테는 어렸을 때 난데없이 100점짜리 성적표를 받아왔을 때 어머니가 짓던 표정 같았다. 이번에는 먼저 국정원장 김광덕이 입을 연다.

"김정일 위원장이 전격적으로 남북의원협의회를 구성시켰지만 화해 제스처로 끝날 수도 있습니다. 북한 측 대의원이란 한국 국회의원과는 전혀 차원이 다른 사람들이니까요, 노동당 대의원들은 통전부장의 지시를 받는 꼭두각시에 불과합니다. 한국 국회의원 같은 기능이 없어요"

김광덕이 조철봉을 향하고 말했지만 대통령도 들으라고 한 소리다. 김광덕의 말이 이어진다.

"하지만 대화 채널이 다양화된 데다가 조 의원이 김정일 위원장과 직접 연결될 수도 있을 것 같습니다. 저는 이점이 가장 큰 성과라고 봅니다."

"그렇군."

대통령이 정색하고 머리를 끄덕였다.

"유사시에 조 의원을 통해 위원장하고 직접 연결될 수도 있겠다는 말이군요."

"그렇습니다. 대통령님."

김광덕이 대통령에게 말한다.

"김정일 위원장은 대통령께 그 메시지를 전한 것 같습니다."

"조 의원을 통해 현안을 처리하라는 메시지라는 겁니까?"

"예, 대통령님."

정색한 김광덕의 시선이 다시 조철봉에게로 옮겨진다.

"조 의원님, 아까 회의에서 하시지 못한 말씀이 있습니까?"

"다음에는 저한테 꼭 여자를 소개시켜 주신다고 했습니다."

"여자를?" 하고 대통령이 되물었을 때 먼저 눈치를 챈 비서실장 유세진이 헛기침을 했다.

이맛살이 조금 찌푸려져 있다. 그때서야 감을 잡은 대통령이 쓴웃음을 짓는다.

"아아, 여자를."

대통령이 혼잣소리처럼 말했지만 조철봉은 말을 이었다.

"제가 핵 문제를 꺼냈습니다."

"핵?"

대통령이 놀랐다. 그래서 "핵?" 하고 되물은 것이 "헤엑?" 하고 놀란 외침처럼 들렸다. 김정일 위원장이 지른 소리하고 비슷했다. 세 명의 시선이 모였으므로 조철봉은 헛기침부터 했다. 위원장은 아마 이 이야기를 한국 대통령한테 보고하리라고 예상했을 것이다. 갑자기 터트릴 수 있을 만한 문제가 아니다. 위원장은 다음번에 이걸로 고를 부르라고 했지만 패가 한참 돌고 나서 고를 불러야 효과가 크다. 그것도 단 한 방짜리 고

271

는 다 만들어 놓고 불러야 옳다. 조철봉이 입을 연다.

"제가 핵을 나눠 갖자고 했거든요. 남북한이 나눠 가지면 어떻겠냐고 그랬더니."

"잠, 잠깐만, 핵을 나눠 갖자고요?"

얼굴이 하얗게 굳어진 국정원장이 조철봉의 말을 자르고 묻는다.

"북한 핵을 말이죠?"

"예, 그랬더니 다음번에 저한테 알려주시겠다고, 그런 생각도 아직 해보지 않았지만 고려해 보겠다고 하셨습니다."

"으음."

대통령의 입에서 신음소리가 뱉어졌다.

그러나 얼굴 표정이 어둡지는 않다.

"그 발상은 좋지만."

국정원장 김광덕이 말한다. 이곳은 강남 힐사이드 호텔 지하의 룸살롱 레드힐. 청와대에서 나온 조철봉은 지금 김광덕과 룸살롱의 방 안에 앉아 있다. 상석에는 조철봉과 김광덕이 앉고 좌우에 1차장 서한호와 정보실장 이강준이 앉았다. 둘은 남북 합자 사업을 할 때부터 안 인사들이다. 김광덕의 말이 이어졌다.

"실현은 불가능합니다. 6자회담에 참가한 나머지 4개국이 일제히 반대할 테니까요. 한국은 북한과 함께 고립됩니다."

조철봉의 시선을 받은 김광덕이 얼굴을 일그러뜨리며 웃는다.

"하지만 핵을 공동 보유하게 되면 남북한 관계는 급속하게 가까워지겠지요. 북한에 대한 호의가 증폭되고 경계심이 풀리며 이른바 보수 세력

272

은 위축될 겁니다. 반대로 친북 반미 세력이 기세를 올리게 되겠지요."

"그것 참."

눈을 껌벅이며 듣던 조철봉이 혼잣소리처럼 말한다.

"그걸 대선 전에 터뜨렸다면 대선 판도가 바뀌질 수도 있었겠네요."

"그랬을지도 모르죠" 하고 김광덕이 정색하고 대답했다.

"만일 그때 남북한 의원협의회가 있었다면 거기서 북한 측이 제의한 형식으로 자연스럽게 이슈화되었을 겁니다."

"으음."

조철봉의 입에서 신음이 뱉어졌다. 그럴 수도 있었을 것이다. 그때 술잔을 든 김광덕이 말을 잇는다.

"위원장은 지금 그 제안을 우리가 논의하고 있다는 것도 알 겁니다. 받아들일 수 없는 내용이라는 것도 알겠지요."

한 모금 위스키를 삼킨 김광덕이 조철봉을 향해 갑자기 얼굴을 펴고 웃었다.

"어쨌든 조 의원께서는 스타가 되셨습니다. 선택받은 위치가 되셨는데 기분이 어떠십니까?"

"찜찜하네요" 했지만 조철봉은 따라 웃었다. 핵의 공동 보유에 대한 대박 꿈이 일순간에 깨졌지만 별로 실망하지 않았다. 발상이 즉흥적이었는 데다 밀고 나갈 자신도 없었기 때문이다. 머릿속에서 계산이 되지 않으면 일을 벌이지 않는 것이 조철봉 스타일이다. 국제정세와 국가간의 역학관계, 남북간 체제에 대한 공부가 부족한 자신을 알고 있는 터라 일을 크게 벌일 생각도 없다. 그때 김광덕이 말을 잇는다.

"조 의원께서 왜 선택되었는지 이유는 알고 계시죠?"

"저를 믿는다고 하시더군요."

술잔을 쥔 조철봉이 금방 대답했다. 조철봉이 웃음 띤 얼굴로 김광덕을 보았다.

"물론 이용 가치가 있었기 때문이겠죠. 내가 남북 합자 사업으로 북한 측 인사를 좀 안다는 이점도 있었을 것이고."

"조 의원께서 남북의원협의체 제안을 하신 것이 원인이라고 우리는 생각합니다."

정색한 김광덕이 말을 잇는다.

"조금 전에 말씀드렸듯이 대선 전에 그런 협의체가 있었다면, 그때 핵 공동 보유가 그 협의체에서 제안되어 나왔다면 대선 판도는 바뀌었을 겁니다. 그것에 대한 미련을 위원장이 갖고 있는 겁니다."

그러고는 김광덕이 똑바로 조철봉을 본다.

"앞으로 협의체는 다른 용도로 이용될지 모르죠. 하지만 우리 측도 소득이 있습니다. 아주 큰 소득."

김광덕이 술잔을 들고 건배하는 시늉을 한다.

"조 의원과 위원장과의 관계 말이죠. 이제 앞으로 조 의원은 대통령과 독대할 기회가 많아지실 겁니다."

따라 술잔을 든 조철봉이 심호흡을 했다. 그것도 예상하고 있다. 대통령 독대가 신분 상승에 절대적이라는 것도 안다.

국회의원이 된 후부터 조철봉은 단 한 번도 오입을 한 적이 없다. 오입이란 아내 이외의 여자와의 섹스를 말하는 것이니 사실이다. 여러 차례 기회가 있었지만 본인이 사절한 것이다. 북한에 갔을 때도 할 수 있었다.

그때는 마음 놓고 해도 되었다. 위원장이 직접 권한 경우였으니 누가 뭐래겠는가? 다음 날 오후, 조철봉이 최갑중과 모처럼 둘만의 시간을 갖게 되었을 때 말했다.

"참 안타깝다."

"예? 뭐가요?"

놀란 최갑중이 눈을 크게 떴다. 사무실 안이었다. 방금 회의를 마친 터라 탁자 위에는 서류가 흩어져 있고 여럿이 있다 간 흔적이 이곳저곳에 남았다. 갑중의 시선을 받은 조철봉이 쓴웃음을 짓는다.

"그거 말야."

"그거라뇨?"

"내가 그거 안한 지 두 달째다."

그때서야 알아챈 갑중이 어깨를 늘어뜨렸지만 먼저 입맛부터 다셨다. 혀 차는 소리보다 조금 약한 소리가 났다.

"그건 당분간 좀 참으셔야 될 것 같은데요 요즘은 사람들이 다 알아보지 않습니까?"

"영일 엄마가 지금 7개월이야."

"예, 압니다."

"북한에서 하고 올 걸 그랬어."

"그러게 말씀입니다."

"인마, 남의 일 말하는 것처럼 그러지 말어."

"예. 의원님."

고분고분 대답은 했지만 갑중의 기세는 꺾이지 않았다. 어깨를 펴고 시선도 곧다. 그것을 본 조철봉이 한숨을 뱉었다.

"방법 없을까?"

"뭐가 말씀입니까?"

"소문 안내고 탈 없는 여자."

"없습니다."

갑중이 단호한 표정으로 머리를 젓는다.

"여긴 프랑스가 아닙니다. 의원님."

"왜 하필 프랑스냐?"

"그쪽은 여자 문제가 드러나도 별 영향이 없더군요. 그런데 한국은 다릅니다."

"다르긴 뭐가 달러?"

"영상이 뜨면 만회하기 힘듭니다."

"인마, 그러니까."

눈을 치켜떴던 조철봉이 곧 길게 숨을 뱉었다. 대상이 있어야 욕구가 증가되는 법이다. 말을 하다 보니 기가 죽었고 대상도 없는 형편이라 어느덧 의욕도 떨어졌다. 그러나 오후 6시경이 되었을 때 조철봉은 당 부대표 안상호의 전화를 받고나서 생기가 되살아났다. 지성이면 감천이라는 말까지 떠오를 정도였다. 안상호는 당대표 서윤석, 정책위원회 의장인 이대동과 함께 넷이서 저녁 겸 술을 한잔 마시자고 초대를 했기 때문이다.

초대 장소를 들은 조철봉의 가슴이 세차게 뛰었다. 요정 '한양'이다. 내로라한 시절을 보냈던 조철봉이었지만 한 번도 간 적이 없었던 곳, 정치인도 거물급만 출입하는 곳이며 공무원은 장관급, 대기업 회장들이나 간다는 요정인 것이다.

'한양'은 술값도 비밀이었고 아가씨에 대한 소문만 무성했지 단 한 번도 실명 확인이 된 적이 없다. 그만큼 보안에 철저한 곳이었다. 조철봉의 저녁 행사 이야기를 들은 갑중이 진심이 우러난 표정으로 축하를 해줄 정도였다. 그곳에서는 얼마든지 될 것이었다.

"소원 성취 하십시오."

조철봉이 차에 오를 적에 문을 열어주면서 갑중이 낮게 말했다. 얼굴 표정도 진지해져 있어서 누가 그 말을 들었다면 부모의 수술이 잘 끝나기를 빌겠다는 인사 정도로 알았을 것이었다. 조철봉은 만반의 준비를 갖추고 간다. 술 마시면 머리 빗는 버릇이 있어서 빗도 잊지 않았다.

'한양'은 이태원의 주택가 끝 쪽에 위치해 있어서 겉만 보면 찾기가 쉽지 않았다. 더구나 간판도 없는 데다 숲으로 둘러싸인 이층 벽돌 건물이었다. 지붕은 청기와를 붙였지만 일부분만 보여서 표시가 나지 않았다. 높은 담장에다 철제대문은 굳게 닫혀 있었는데 조철봉이 탄 차가 일차로 일방 통행길로 내려왔을 때 담장 중간에 뚫린 주차장 셔터가 스르르 올라갔다.

차가 들어서자 셔터는 금방 소리 없이 내려갔다. 주차장은 넓었다. 이미 10여 대의 고급 승용차가 주차되어 있는데도 빈 자리가 반도 더 남았다. 기다리고 있다 종업원의 안내를 받아 엘리베이터를 타고 2층 방에 닿았을 때 조철봉은 다시 감동한다. 나무 바닥 복도를 걸어 미닫이문을 연 순간 넓은 온돌방이 드러난 것이다. 안쪽에 놓인 병풍과 넓은 사각형 상, 그리고 허리받침대가 놓인 앉은뱅이 의자, 이게 얼마 만인가? 조철봉이 첫 손님이었으므로 빈 상 윗자리에 앉았을 때 마담이 들어왔다. 50대쯤의 한복 차림으로 풍만한 체격이다.

"어서오세요, 조 의원님."

마담이 웃음 띤 얼굴로 옆자리에 앉더니 곧장 시선을 준다. 당당한 태도, 그러나 예의 바르다.

"주인 되는 박영덕입니다."

자기소개를 했을 때 역시 40대쯤의 여자 둘이 쟁반에 맥주와 안주를 가져와 조철봉 앞에 놓는다.

"여긴 오늘 시중을 들 김 마담, 오 마담입니다."

박영덕이 말하자 마담들이 제각기 공손하게 절을 했다. 박영덕이 조철봉의 잔에 술을 채우면서 말한다.

"조 의원님, 잠깐 복도로 나오시면 위쪽에 쉬실 방이 있습니다. 파트너 데리고 나오셔도 되고 쉬실 방에서 다른 애를 부르셔도 됩니다."

"허어."

마침내 조철봉의 입에서 감탄사가 터져 나왔다. 그야말로 꿈에 그리던 상황이다. 파트너가 처음에는 마음에 들었다가 정나미가 떨어지는 경우가 종종 있다. 그때는 바꾸기도 귀찮아서 남은 시간을 언짢게 보내야만 한다. 더구나 예의를 지켜야만 하는 좌석에서는 마음고생이 큰 것이다. 그것에 대한 해소책을 그야말로 근사하게 만들어 놓았다. 파트너를 방에 놔두든지 어쩌든지 하고 빈방에서 다른 여자를 불러 놓고 들어가면 될 것이다.

"그럼 방에는 카탈로그나 그런 것 있습니까?"

정색하고 조철봉이 묻자 마담 하나가 손으로 입을 가리고서 웃는 시늉을 하며 말한다.

"예, 비디오테이프가 있으니까 보시고 고르시면 됩니다."

"아아, 훌륭하십니다."

"저희들이 모셔서 영광입니다."

"내가 이번에 김정일 위원장을 만났을 때" 하고 조철봉이 입을 떼었다. 그러나 말을 뱉고 나서 바로 후회가 되었다.

여자들이 존경스럽다는 시선을 보내면서 다음 말을 기다리고 있었지만 입 안의 침을 삼킨 조철봉이 말을 이었다.

"그때보다도 분위기가 좋구먼요."

처음에는 위원장이 한 말에다 몇 가지 살을 붙여서 거드름을 피울 작정이었던 것이다. 그러나 막상 뱉고 나니 상대가 보통내기들이 아니라는 것을 깨달았다. 이 여자들은 부시 대통령을 내놓아도 감동을 받지 않을 것이다. 물론 겉으로는 놀라는 척하겠지만 말이다. 조철봉은 소리 죽여 숨을 뱉는다. 이 여자들 앞에서는 그냥 그대로 보여주는 것이 낫다. 천국에서 쇼를 하면 되겠는가?

조철봉이 맥주 한 병을 다 마셨을 때 당 대표 서윤석과 부대표 안상호, 정책위의장 이대동 셋이 함께 방으로 들어섰다. 모두 웃음 띤 얼굴, 분위기가 좋다.

"어이구, 먼저 와 계시는구먼."

호인풍의 서윤석이 조철봉의 손을 잡으면서 반긴다. 떠들썩했지만 정돈된 인사가 끝나고 자리에 앉았을 때 잠깐 나갔던 박영복이 아가씨 넷을 데리고 소리 없이 들어온다. 치맛자락이 방에 끌리면서 마치 미끄러지는 것 같다. 아직 교자상은 비어 있었지만 박영복은 엄숙한 표정으로 아가씨들에게 말했다.

"자, 앉아라."

그러자 아가씨들이 제각기 사내 옆에 앉는다. 미리 지정을 해준 것이다. 조철봉은 시침을 뚝 떼고 앞에 앉은 서윤석의 말을 듣는 척했지만 옆에 앉은 아가씨한테서 풍기는 향내를 맡았다. 문 쪽에다 등을 보이고 앉았기 때문에 아가씨 얼굴은 못 보았다. 그때 뒤쪽에서 기척이 들리더니 종업원들이 마담의 안내를 받으며 쟁반에다 요리를 받쳐 들고 등장했다. 그러고는 아가씨들의 도움을 받으면서 교자상에 온갖 산해진미를 내려놓는다. 조철봉은 아직 머리를 돌리지 못하고 상 위로 움직이는 손들만 보았다. 질서가 정연했다. 종업원들까지 모두 10쌍의 손이 움직이고 있었지만 엉키지 않고 두 번 손길이 가지도 않는다. 평소에 훈련을 받은 티가 났다. 그래서 요리는 순식간에 놓였고 종업원들은 소리 없이 물러갔다.

"얘들아, 인사해야지."

잠깐의 정적도 허락하지 않는 박영복의 지시, 조철봉은 속으로 감탄한다. 사내 넷의 서먹한 분위기는 만들어지지 않는다. 손놀림을 보는 것만으로도 족하다.

"전 김애숙입니다" 하고 회장인 서윤석의 옆에 앉은 아가씨가 공손하게 절을 했다. 일어섰다가 앉으면서 머리를 깊게 숙이는 절, 그 다음에는 시키지 않아도 안상호와 이대동의 파트너가 인사를 했으며 맨 나중이 조철봉의 파트너였다.

"유하연입니다."

유하연, 그때서야 조철봉이 머리를 비틀고 제 파트너를 본다. 그 순간 조철봉은 가슴이 미어지면서 식도가 오그라드는 느낌을 받는다. 이어서 코끝이 찡하면서 눈앞이 흐려졌다. 그러고 보니 귀도 울리고 있다. 아름답다. 조물주는 전지전능하시다. 미인을 창조하시는데도 어찌 이렇게 모두 다 다르게 만드신단 말인가? 유하연은 맑고도 또렷한 눈, 쌍꺼풀이 없는 데다가 그 빌어먹을 서클렌즈도 끼지 않은 원형 그대로의 눈동자를 내보이고 있다. 곧은 콧날, 적당한 입술, 누구는 입술을 부풀려서 풍선처럼 만들어 놓았는데, 세상에 뜨거운 김치찌개 먹다가 터지면 어떻게 될 것인가? 그때 유하연이 일어나면서 잠깐 조철봉과 시선이 마주쳤다가 양쪽이 동시에 비껴났다.

"조 의원, 오늘은 조 의원을 위한 자리요" 하고 서윤석이 말했으므로 조철봉은 정신을 차렸다. 짐작은 하고 있었다. 당 대표부는 북한 위원장을 만난 비하인드 스토리를 듣고 싶은 것이다. 박영복과 마담 둘이 상의 3면에 끼어 앉아 제각기 티 안 나게 분위기를 맞춰 주었으므로 조철봉은 조금도 어색하지 않았다. 서윤석은 박영복의 말에 소리 내어 웃고 있다. 두 마담은 제각기 안상호와 이대동의 시중을 드는 것 같았지만 조철봉을 홀가분하게 만들어 주려는 의도였다. 그때 옆에 앉은 유하연이 조철봉을 향해 낮은 목소리로 묻는다.

"의원님, 뭐 드시고 싶으신 거 있으세요?"

유하연의 눈동자가 반짝인다. 조철봉은 먼저 침부터 삼킨다. 아무렴. 있고말고

그때 서윤석이 머리를 들더니 조철봉에게 말했다.

"조 의원, 김 위원장한테 핵 나눠 갖자는 제의는 잘하신 겁니다."

모두의 시선이 모였고 서윤석이 말을 잇는다.

"물론 실현 가능성은 없는 일이지만 위원장의 반응을 보면 핵에 대한 해결방안이 나올 것 같습니다."

그러자 안상호가 맞장구를 쳤다.

"그렇게 되면 영웅이 되는 거죠."

이대동도 거든다.

"까놓고 말해서 최소한 차차기 주자는 되는 겁니다."

분위기가 완전히 깨진 조철봉이 눈을 껌벅이며 셋을 둘러보았다. 차차기 주자라니, 띄워놓아도 분수에 맞게 띄워야지, 하는 생각이 떠오른 순간 화가 무척 솟구쳤다. 사기를 치려면 상대방 분위기를 띄워야 한다. 가라앉은 상태에서는 세상없어도 일을 진행시키지 못한다. 하지만 적당히 띄워야 한다. 사기의 기본도 모르는 인간들이었다. 차차기라니, 세상에, 조철봉은 제 분수를 안다. 머리에 든 것도 모자라고 국가에 대한 개념도 없으며 국민과 헌법 따위는 모르고 살았다. 지금까지 모은 재산을 한번 멋지게 사회에 환원시켜 보겠다는 의욕 하나로 비례대표 국회의원에 응모했다가 운 좋게 끝번으로 당선되었을 뿐이다. 그런데 차차기라니, 카바레 웨이터들은 찍어줄지 모르지만 내가 뭘 내놓고 대권에 도전한단 말인가? 부질없는 짓이다. 2, 3초 동안이었지만 조철봉의 머릿속에 수백 개 단어와 상념이 떠올랐다가 지워졌다. 세 사내의 시선을 받은 조철봉이 쓴웃음을 지어 보였다. 구체적으로 이 인간들이 나를 부른 의도나 듣도록 하자.

"저한테 뭘 원하십니까?"

그러자 이대동이 금방 대답한다.

"국군포로나 납북자 송환입니다. 둘 중 하나만 성사시켜도 대박이 될 겁니다."

정색한 이대동이 조철봉을 노려보았다.

"우리 한국당에서 먼저 송환 위원회를 구성하는 겁니다. 조 의원은 위원회 간사를 맡으시고 북측에 절충을 해주시면 합니다. 만일 그 일이 성사가 되면."

그러자 안상호가 쓴웃음을 지으면서 말을 받는다.

"남쪽 가족들의 한이 풀릴 뿐만 아니라 한국당 지지율, 나아가 대통령의 인기도 하늘로 솟을 겁니다."

"이 분위기를 살립시다" 하고 서윤석이 거들었으므로 조철봉은 저도 모르게 긴 숨을 뱉었다. 놀라지는 않았다. 그렇다고 감동을 먹은 것도 아니다. 정치는 계산이다. 국리민복을 추구하지만 계산 없는 무대뽀 정치는 존재할 수가 없다. 몇 달 안 되는 초짜 의원인 조철봉도 그쯤은 아는 것이다. 조철봉이 머리를 돌려 여자들을 보았다. 마담 이하 여자들은 제각기 딴전을 피우고 있었지만 다 들었다. 하긴 이 내용이 국가 비밀은 아니다. 경쟁 상대인 민족당 쪽에 흘러들어가도 별 지장은 없다. 언론사도 마찬가지. 그리고 '한양'의 여자들은 입단속이 철저한지도 모른다. 이윽고 조철봉이 입을 열었다.

"해 보지요."

그러자 부대표 안상호가 바로 말을 받는다.

"내가 국군포로, 납북자 송환 위원회 위원장을 맡을 겁니다."

그러고는 눈으로 정책위의장 이대동을 가리켰다.

"이 의장이 실무 총책인 위원회 총무를 맡으실 것이고."

조철봉은 간사인 것이다. 그때 술잔을 든 서윤석이 호탕하게 웃는다.

"자, 한국당 발전을 위하여, 그리고 조철봉 의원의 미래를 위하여, 건배."

건배를 세 번쯤 하고 나서 넷은 각자 놀았다. 모인 목적은 달성한 터라 분위기는 고양되었으며 자연스럽게 관심이 여자에게로 옮겨졌다. 유하연은 스물여섯, 고향이 서울이고 대학을 마친 후에 1년 동안 무역회사에 근무하다가 '한양'으로 직장을 옮겼다고 했다. 세 거물들과 대화 도중에 틈틈이 유하연이 말해준 것이다. 유하연은 볼수록 매력이 넘쳤다. 경험이 쌓일수록 노련해지는 반면에 감동이 작아지는 것은 당연하다. 조철봉으로서는 오랜만에 감동을 주는 상대를 만난 것이다.

"그래, 이 직장은 다닐 만 해?"

유하연이 '한양'을 직장으로 표현한 것이 신통했으므로 조철봉은 그렇게 묻는다. 보통 아가씨들은 밤에 나가는 이곳을 가게라고 부른다. 일 년 열두 달 나가면서도 알바 나간다고 하는 여자도 있다. 그러자 유하연이 대답했다.

"네, 보람 있어요"

"보람?"

이것도 예상 밖의 대답이었으므로 조철봉의 얼굴에서 웃음기가 지워졌다.

"어떤 게 보람이지?"

조철봉이 묻자 유하연은 거침없이 대답한다.

"여긴 성공한 분들이 오죠. 기업, 정치 또는 관직에서요. 그분들을 보면 인생을 어떻게 살아야 되는가에 대한 해답이 있는 것 같아요"

"사기꾼도 있을 텐데, 거물 사기꾼."

"어쨌든 이곳에 올 정도면 그 방면에서도 성공하신 분이죠"

"그런가?"

"물론 이곳에서 탈락한 분들도 있죠. 그분들을 보면 또 어떻게 살지 말아야 된다는 교훈을 얻을 수 있거든요."

"너, 공부 잘했겠다."

"공부는 별로였어요. 대학도 2류였고."

그때 옆자리에 앉은 이대동이 불쑥 조철봉에게 말했다.

"조 의원, 좀 쉬고 오시오."

"예에?"

놀란 조철봉이 눈을 크게 떴을 때 이대동은 큰 입을 더 크게 벌리고 웃었다.

"조 의원 때문에 나이 드신 분들이 맘 놓고 노시지 못하는 것 같아서 그럽니다."

"아니, 이 사람이."

서윤석이 정색하고 나무랐지만 안상호는 소리 내어 웃었다.

"역시 적절한 때 처방을 내놓는다니까 정책위의장은."

"그럼 잠깐 실례해도 되겠습니까?"

사양하면 분위기가 썰렁해진다. 자리에서 일어선 조철봉이 반쯤 허리를 굽히고 시선을 가운데다 두고 물었다.

"그럼, 그럼. 딱 한 시간 동안만 휴회하기로 하십시다."

이대동이 말했다.

"그동안에 큰 국사는 없을 테니까."

"실례하겠습니다."

정중히 인사를 한 조철봉이 몸을 돌리자 유하연이 뒤를 따른다. 치맛자락을 치면서 살짝 내비치는 흰 버선 끝마저도 섹시했다. 방을 나왔을 때 유하연이 앞장서더니 복도 끝 쪽 방문을 밀어 열었다. 그러고는 조철봉의 가슴에 시선을 주고 말했다.

"들어오세요"

다시 조철봉의 가슴이 철렁 내려앉는다. 개 눈에는 똥만 보인다고 방에 들어오라는 말이 꼭 어디로 들어오라는 말로 들렸기 때문이다. 방에 들어선 조철봉은 심호흡을 했다. 온돌방에 이부자리가 깔려 있었다. 이불은 들어가기 쉽도록 삼분지 일 정도가 젖혀 있다. 뒤에서 문의 열쇠 잠그는 소리가 났으므로 조철봉은 입 안에 고인 침을 삼켰다. 과연 오늘 소원이 이루어지려는가?

이런 상황에서, 아무리 비단 금침이 깔려 있다고 해도 홀랑 옷을 벗은 채 회포를 풀 수는 없다. 그리고 홀랑 옷을 벗는다고 회포가 더 잘 풀리는 것도 아니다. 바로 10미터쯤 옆쪽 방에 거물들이 앉아 있는 현실인 것이다. 아무리 용인을 받았다고 해도 다 벗는 건 오히려 불편했다. 비단 금침 위에 앉은 조철봉이 유하연을 보았다. 유하연은 욕실 앞쪽에 단정히 서 있었는데 시선이 마주쳤어도 피하지 않는다. 조철봉의 말을 기다리는 것이다.

"이리와 앉아."

조철봉이 옆쪽을 손바닥으로 가볍게 두드렸다. 그러자 유하연이 소리 없이 다가와 금침 위에 마주보며 앉는다. 그러나 둘 다 옷을 그대로 입은 채였으며 표정도 좋다. 특히 유하연은 한쪽 무릎을 세운 위에 두 손을 포개 얹고는 정색하고 조철봉을 본다. 마치 지아비하고 6·25 때 피란길을 상의하는 옛날 영화의 한 장면 같다.

"방에까지 들어왔는데 그냥 나갈 수는 없지. 안 그래?" 하고 조철봉이 묻자 유하연이 머리를 크게 끄덕인다.

"네, 그래요"

꼭 한강 다리를 넘어가기로 합의한 부부 같다. 조철봉이 똑바로 유하연을 본다.

"그냥 하기는 그래서 그러는데. 너, 이런 일 가끔 있는 거냐?"

"네, 가끔요" 하더니 유하연이 잠깐 눈썹을 모았다가 말을 잇는다.

"지금까지 두 번. 아니, 오늘까지 세 번이 되겠네요"

"두 번은 각각 다른 남자?"

"그럼요"

"누군지는 말 못하겠지?"

"그럼요"

유하연이 눈을 크게 떠보였다. 강조하려는 의미일 것이다. 헛기침을 한 조철봉이 말을 잇는다.

"너, 잘해?"

"뭘요?" 했다가 곧 말뜻을 알아챈 유하연이 조철봉을 본다. 여전히 정색한 얼굴.

"좋아는 해요"

"어떤 자세를 좋아하는데?"

"정상위."

"물론 할 때 키스 같은 건 싫어하겠지?"

"네?"

눈을 크게 떴던 유하연이 머리를 기울였다가 대답한다.

"별로 싫어하진 않는데요"

"내 경험으로는 대부분이 키스를 싫어하더라. 이런 곳에서 만나면 말야."

"전 아녜요."

여전히 유하연은 면접을 보는 사원처럼 꼬박꼬박, 또렷하게, 예의 바르게 대답한다. 조철봉은 심호흡을 했다. 이것은 애무 대용이다. 분위기를 띄우려는 속셈인 것이다. 옷을 벗기고 주무르고 쓰다듬고 빨고 비벼대는 것보다 강도는 약하지만 은근한 효과가 있다. 이런 분위기에서 젖는 여자도 있는 것이다.

"의원님은 좋아하세요?"

이번에는 유하연이 물었으므로 조철봉의 얼굴에 저절로 웃음이 떠올랐다. 영리한 유하연은 이쪽 의도를 아는 것이다.

"그야, 소문대로지."

"저도 들었어요." 하면서 유하연의 얼굴에도 처음으로 웃음기가 떠올랐다. 됐다, 그것을 본 조철봉의 심장 박동이 빨라졌다. 이제 유하연이 맞추기 시작한다.

"아주 잘 하신다면서요?"

"뭐, 그야."

눈을 가늘게 뜬 조철봉이 지그시 유하연을 본다. 잘 돼 간다. 탄력을 받았다.

조철봉은 손목시계를 보는 시늉을 했다. 그러자 유하연의 얼굴이 굳어진다.

눈치를 챈 것이다. 시간이 없으니 이제 시작해야겠다는 표시.

"저기, 불 끌까요?"

288

유하연이 먼저 물었으므로 조철봉의 얼굴에 다시 웃음이 떠올랐다.

"넌 어때?"

"전 아무래도 좋아요"

"그럼 켜둘까?"

"다 벗을까요?"

"아니, 그럴 필요 없다. 밑에만 벗어."

자리에서 일어선 조철봉이 바지 혁대를 풀면서 말했다.

"바쁘니깐 이해해라."

"그럼요"

유하연이 치마 밑에서 팬티를 끌어내리면서 대답한다. 비스듬히 서 있어서 얼굴 옆모습만 보였는데 얼굴이 굳어 있지는 않았다.

바지와 팬티를 벗은 조철봉이 셔츠에 넥타이만 맨 우스꽝스러운 모습으로 섰다.

셔츠가 길어서 허벅지까지 내려온 바람에 철봉은 감춰졌다. 그러나 검정 양말을 신은 모습이 우스웠는지 힐끗 바라본 유하연이 큭 웃었다. 유하연은 한복 밑의 팬티만 벗었으므로 그대로의 모습이다. 흔적도 나지 않는다. 이대로 모인 장소에 돌아간다고 해도 아무도 모를 것이다. 조철봉이 유하연의 허리를 당겨 안았다. 그러자 유하연이 두 팔을 벌려 조철봉의 목을 감싸 안는다.

"벗어도 되는데."

유하연이 붉어진 얼굴로 말했다.

"거추장스럽지 않으세요?"

"내가 미안한데."

허리를 당겨 안은 조철봉이 유하연의 이마에 입술을 붙였다 떼면서 말했다.

"괜찮겠니?"

"그럼요" 하고 나서 유하연이 다시 큭큭 웃는다.

"신경 쓰지 마시고 그냥 하세요"

"내가 이런 꼴은 처음이야."

"정말요?"

"이렇게 바지만 벗고 덤비는 건 처음이라 그런다."

"그럼 다 벗고 하시는 게 좋으세요?"

"아냐, 그게 아니라."

"시간 있으니깐 다 벗을까요? 5분이면 되거든요?"

"아니, 그건 더 불편해, 상황이."

"그럼 그냥 해요"

다시 큭큭 웃는 유하연이 하반신을 밀착시켰다.

"아까 이야기로 분위기 부드럽게 하려고 하신 것, 그것만으로 충분해요"

"뭐가?"

"저에 대한 배려요"

"이런."

눈을 동그랗게 뜬 조철봉의 목을 더 세게 감아 안은 유하연이 말한다.

"정상위로 해 주세요"

"그러지."

그러자 유하연이 금침 위에 눕더니 치마를 뒤집어 올렸다. 그러자 맑은 바다 속에 해파리가 떠있는 것 같은 풍경이 펼쳐졌다. 치마와 흰 속치마가 뒤집혀 올라간 사이로 미끈한 두 다리가 선명하게 드러난 것이다. 아랫배의 배꼽에서부터 알몸이 다 드러났다. 발에 흰 버선만 끼워져 있는 것이 더 자극적이다.

"으으음."

조철봉의 입에서 저절로 탄성이 뱉어졌다. 과연 일품이다. 아니, 명품이다. 미끈하지만 탄력이 넘치는 몸매, 긴 다리에 부드러운 곡선, 거기에다 짙은 숲 사이로 활짝 드러난 붉은 골짜기. 조철봉은 유하연의 몸 위로 꿇어앉았다. 다리 사이에 무릎을 꿇고 앉은 것이다. 그러고는 몸을 펴고 유하연의 몸 위로 엎드렸다.

이 세상에서 가장 아름다운 것을 꼽으라면 조철봉은 당연히 여자다. 여자의 미모는 세상 어떤 것과도 비교가 되지 않는다. 화장품 용기, 꽃, 또는 산천의 풍경과도 견줄 수 없다. 아름다운 여자를 보면 감동과 함께 꿈이 생성된다. 설령 가질 수 없다고 하더라도 그 꿈은 인간에게 활력을 준다. 조철봉은 중국 황산의 절경을 보고 나서 꿈을 일으켰다는 인간은 못 보았다. 감동은 받겠지만 아름다운 여자만큼 기대감을, 또는 험난한 현실을 잊게 만드는 꿈을 만들어 주지는 못한다. 그리고 아름다운 여자의 알몸을 이렇게 둘이 있는 방 안에서 내려다보게 되었다는 것은 그 꿈이 실현되고 있다는 것을 의미한다.

사랑하는 남녀 간의 섹스만이 존재할 수는 없다. 그것은 세상 사람들이 다 알고 인정해주는 현실이 되었다. 인간은 수시로 욕정을 느끼지만 억제할 수 있는 유일한 동물이기도 하다. 그러나 지금 조철봉은 눈앞에 누운 유하연의 알몸을 보면서 감동에 몸을 떤다. 단 몇 초간이었지만 머릿속에 온갖 연상이 떠올랐다가 지워졌으며 이 순간을 아끼고 싶다는 충동으로 몸까지 떨렸다. 그때 눈을 감고 있던 유하연이 눈을 떴다. 눈동자가 또렷했다. 초점이 맞는 눈으로 조철봉을 보면서 물었다.

"눈을 뜨고 있을까요?"

"응? 응."

다시 감동으로 가슴이 막힌 조철봉이 두 팔을 금침 위에 짚고 준비 자세를 취한다. 그러고는 유하연을 내려다보았다.

"너, 참 괜찮은 애다."

"하세요."

유하연이 시선을 마주친 채 말했다. 그러나 얼굴은 긴장으로 굳어져 있었다. 그 순간 조철봉은 시간을 더 끌었다가는 역효과가 나리라는 것을 깨달았다. 심호흡을 한 조철봉은 이미 샘 끝에 붙여져 있던 철봉을 천천히 진입시켰다. 전에는 철봉 끝으로 골짜기를 애무했지만 오늘은 그것도 생략했다.

"아아."

눈과 입을 딱 벌린 유하연이 커다랗게 신음을 뱉었다. 두 팔을 든 유하연이 조철봉의 어깨를 움켜쥐었다. 조철봉은 철봉이 진입하면서 강한 압박감과 함께 피부 세포에 닿는 감촉에 이를 악물었다. 이 감촉, 때로는 수만 마리 개미가 덤벼 붙는 것 같고 또 어떤 샘은 지렁이가 엉키는 것 같기도 했다. 지금까지 셀 수도 없는 샘을 방문했지만 같은 느낌은 단 한 번도 없다. 모두 조물주의 신통한 능력이시다.

"아아."

샘 끝에 철봉이 닿는 느낌이 왔을 때 이를 악물고 있던 유하연이 참지 못하고 다시 신음했다. 어느덧 치켜뜬 두 눈의 초점이 멀어져 있다. 조철봉도 문득 머릿속에 근래에 치솟는 기름 값을 떠올렸다가 서둘러 머리를 저었다. 오늘은 그럴 때가 아닌 것이다. 빨리 끝내고 회식 자리로 돌아가야 한다. 예전처럼 참고 참으면서 시간을 끌 상황이 아니다. 조철봉도 이번에는 감각을 느끼기로 했다. 그래서 철봉을 후진시켰을 때 저도 모르게 탄성이 나왔다. 샘의 압박감이 셌기 때문이다. 유하연의 샘 안에는 생낙지 몇 마리가 살아 돌아다니는 것 같다. 조철봉은 이제 마음 놓고 샘 안으로 뛰어들었다. 유하연이 환호하며 조철봉을 맞는다.

"아아. 너무 좋아."

유하연이 소리쳤다. 어느덧 콧등은 땀이 맺혔고 허리가 요동을 쳤다. 조철봉은 머리끝이 솟는 느낌을 받으면서 헐떡였다. 샘이 곧 터질 것이다. 세상에 이보다 더 큰 감동이 어디 또 있겠는가?

국군포로, 납북자 송환 추진위원회는 하루 만에 결성되었다. 한국당과 민족당을 포함한 위원회 의원은 35명 예정이다. 조철봉은 추진위원회에서도 부총무를 맡았으므로 남북의원 협의회의 부총무직까지 겸임하게 되었다. 요직을 두 개나 꿰어 찬 것이다. 그날 저녁 조철봉은 보좌관 최갑중, 김경준과 셋이서 인사동의 식당에서 저녁을 먹었다. 최갑중과 김경준의 사기는 충천했고 특히 김경준의 위상은 의원급 보좌관이 되어 있었다. 참치가 뛰어오르면 꽁치도 덩달아서 물 밖으로 뛰는 법이다.

"오전에 임기택 의원한테서 전화가 왔었습니다."

한정식 상 앞에 둘러앉은 김경준이 말했다.

"바른 정치를 위한 모임의 부회장 취임을 기다리고 있다는군요."

"흥."

조철봉은 가만있었는데 최갑중이 먼저 코웃음부터 쳤다.

"그까짓 모임의 부회장 자리가 뭐가 대단하다고 그러는 거야?"

"의원님을 엮어서 이용하려는 겁니다."

따라서 쓴웃음을 지은 김경준이 말을 잇는다.

"오늘도 임기택이 국군포로 납북자 송환 추진위에 가입하려고 저한테 두 번이나 부탁을 했습니다. 따로 만나자는 말까지 하더군요."

"따로 만나서 뭐 한다는 거요, 김형?"

최갑중이 묻자 김경준이 피식 웃었다.

"뻔하지요, 뭐."

"봉투?"

"눈치 봐서 그것도 내놓겠지요."

"으음."

헛기침을 한 최갑중이 힐끗 조철봉의 눈치를 보았다.

"그거, 장사가 되겠는데."

그때 잠자코 밥을 먹던 조철봉이 머리를 들고 김경준을 보았다.

"김 보좌관, 납북자하고 국군포로 가족 실태는 알아보았어?"

"예, 납북자 가족은 대표도 있습니다. 하지만 국군포로 가족은 모임도 없는 데다 모두 연로하셔서."

"위원회가 결성되었으니까 곧 공고가 나갈 거야. 국군포로 가족의 신고를 받고 북한 측에도 협조 요청을 해야 될 테니까 아무래도 내가 또 북한에 가야 될 것 같아."

"그런 일 하실 분은 의원님뿐이시죠."

턱을 든 김경준이 어깨까지 펴면서 말한다. 정색한 얼굴이었다.

"아마 여럿이 따라 가겠다고 나설걸요? 서로 가겠다고 아귀다툼을 할 겁니다. 이번에 따라가 성과를 얻는다면 차기선거는 보장을 받을 테니까요."

최갑중이 투덜거렸을 때 김경준이 조심스럽게 묻는다.

"그런데 가능성이 있을까요?"

"연락해 봐야지."

젓가락을 내려놓은 조철봉이 미간을 모으고는 김경준의 가슴께를 보았다. 생각하는 표정이다.

"지금쯤 북한 측도 한국에서 무슨 일이 벌어지고 있는지는 다 알고 있을 테니까 말야."

"누구한테 연락하시겠습니까?"

"통전부장 양성택."

"만일."

입 안의 침을 삼킨 김경준이 말을 잇는다.

"그쪽에서 거부반응을 보이면 어떻게 하시겠습니까?"

"남북의원협의회까지 만든 상황에 당장 거부할 리는 없어."

정색한 조철봉이 쓴웃음을 지었다.

"그러고 보면 한국당 수뇌부도 정치력이 대단해. 기회를 놓치지 않으려는 거야."

그때 조철봉의 바지 주머니에 든 휴대전화가 진동했다.

핸드폰을 꺼낸 조철봉이 발신자 번호를 보고는 머리를 기울였다. 그러고는 핸드폰을 귀에 붙인다.

"여보세요."

"조철봉 의원이시죠?"

굵은 사내의 목소리.

"예, 그렇습니다만, 누구십니까?"

"아, 전 통전부장 양성택입니다."

그 순간 놀란 조철봉이 눈을 치켜뜨고는 심호흡을 했다. 시선을 김경준과 최갑중에게 번갈아 주면서 조철봉이 말한다.

"아, 양 부장님, 갑자기 웬일이십니까?"

김경준과 최갑중이 멀뚱한 표정을 짓다가 먼저 김경준이 알아챘다. 김경준의 얼굴이 순식간에 굳어졌다. 그때 양성택이 말했다.

"오늘 국군포로하고 귀순자 송환 추진위가 발족했다는 보고를 받고 전화 드리는 겁니다."

"바로 말씀을 드리려고 했었는데."

"언제 평양에 오실 겁니까?"

"빠른 시일 내에 가도록 하겠습니다."

"서로 오려고 야단이겠군요."

양성택이 웃음 띤 목소리로 말했으므로 조철봉의 얼굴에도 저절로 웃음기가 떠올랐다.

"아마 그러겠지요."

"내일 의원 협의회를 통해 방문에 대한 공문을 보내주시지요."

"알겠습니다."

"저희들이 바로 회답을 드리겠습니다."

그러더니 양성택이 목소리를 낮추고 묻는다.

"저희는 이번 의원 방문단 인원을 최소한으로 하고 싶은데 조 의원께서 혹시 같이 오시고 싶은 분이 계십니까?"

"없습니다."

잘라 말했던 조철봉이 생각난 듯 덧붙였다.

"제 보좌관 둘하고 비서관만 있으면 됩니다."

"그건 염려 마시구요."

그러더니 양성택의 목소리에 다시 웃음기가 띠어졌다.

"한국당 순발력이 좋습니다. 금방 조 의원을 이용해서 한건 올리려고 한 것을 보니 말입니다."

"아아."

"그럼 전화 끊습니다."

통화가 끝났을 때 숨도 죽이고 있던 김경준이 먼저 묻는다.

"통전부장 양성택입니까?"

"곧 오라는군."

"잘 되었군요."

흥분한 김경준의 두 눈이 번들거렸다.

"긍정적입니다. 국군포로, 납북자 송환만 이뤄지면 의원님은 영웅이 되십니다."

"방북 의원 명단을 보내면 북측에서 선별할 모양이야, 인원을 최소한으로 하겠다는 걸 보니까 말야."

"그건 더 잘된 겁니다."

김경준이 열에 뜬 목소리로 말한다.

"인원이 적을수록 몫이 커집니다. 물론 이번 회담의 남측 주역은 의원님이 되시겠지만 말입니다."

"과연."

이맛살을 찌푸린 조철봉이 정색했으므로 김경준은 입을 다물었다. 최갑중도 굳은 얼굴로 조철봉을 본다. 조철봉이 말을 이었다.

"위원장이 나한테 바라는 것이 무얼까? 나를 계속해서 키워주는 이유가 뭘까?"

"의원님을 차기 대통령으로 만들려는 것 같습니다."

최갑중이 웃지도 않고 말했으므로 김경준이 눈만 크게 떴고 조철봉은 가만있었다. 그러자 최갑중이 말을 잇는다.

"벌써 그런 소문이 돌고 있는데요 뭘, 여론조사도 나왔지 않습니까? 국회의원 중에서 의원님 인기가 1위입니다. 인터넷 사이트에서는 난리도 아닙니다."

유하연의 전화가 온 것은 조철봉이 평양으로 떠나기 전날 저녁이다. 한국은 국군포로와 납북자 송환 추진위원회 구성에다 위원단의 방북이 갑작스럽게 결정된 며칠간 모든 언론이 조철봉의 얼굴로 도배를 해놓은 것 같았다. 신문은 말할 것도 없고 TV만 켜면 조철봉의 얼굴이 나왔다. 옛날에 뉴스가 시작되는 종소리와 함께 대통령 얼굴이 나오는 바람에 땡천(대통령 성이 천씨였던 것 같다.) 뉴스라고 한 적이 있었는데 지금은 땡조뉴스가 되었다. 9시 정각에 땡, 하면 조철봉 의원은, 하고 앵커가 말했기 때문이다.

"아니, 네가 웬일이냐?"

의원회관의 의원실에서 혼자 있었기 때문에 조철봉이 구애받지 않고 큰소리로 묻는다. 타이밍이 좋았다. 방금 회의가 끝난 데다 내일 오전에 자유로를 통해 육로로 평양까지 달리게 되는 터라 조금 들뜬 상태가 되어 있었기도 했다.

"바쁘시지 않으세요?" 하고 유하연이 예의 바르게 물었으므로 조철봉의 얼굴에 웃음이 떠올랐다.

"괜찮아."

"갑자기 전화 드려서 놀라셨죠?"

"놀라긴, 기쁘다."

진심이다. 유하연과 '한양'의 방에서 나눈 짧은 정사는 조철봉에게 깊은 인상을 주었다. 오랜만에 받은 감동이다. 정말 오랜만에 상대를 의식하지 않고 통쾌하게 폭발해 보았다. 애국가나 어려운 노래를 거꾸로 부르면서 기를 쓰고 쾌감을 잊으려 했던 순간들이 유하연과의 짧고도 후련한 섹스를 떠올리면 다 부질없게 느껴졌던 것이다. 물론 유하연이 진정 만족했을까 하는 부분에서는 확신이 서지 않는다. 경황도 없었지만 그런 경우가 드물었기 때문이기도 하다.

"저기, 오늘 저녁에 시간 있으세요?"

유하연이 물은 순간 조철봉은 눈을 치켜떴다가 내렸다.

"아니, 별일 없어."

"그럼 저하고 시간 보내실 수 있으세요?"

그렇게 묻더니 유하연이 금방 덧붙였다.

"한양 별관에서요. 거긴 사람들 눈에도 띄지 않거든요."

"한양 별관?"

"한양 주차장으로 들어오시면 종업원이 안내해주거든요."

"너, 그럼."

"그래요, 사장님 허락받았어요. 그러니까 별관을 사용하게 해주시는 거죠."

"허어, 과연."

"거긴 아파트 구조라 아무한테도 방해받지 않거든요."

저절로 입 안에 고인 침을 삼키고 나서 조철봉이 헛기침까지 했다. 그러고는 눈의 초점을 잡은 후에 심호흡을 했다.

"그런데, 너, 나한테 무슨 용건이 있는 거냐?"

조철봉이 부드럽게 묻자 유하연은 짧게 웃었다.

"없어요."

"내가 매력 있다는 거짓말은 마."

"안 할게요."

"나하고의 섹스가 자지러지게 좋았다는 말도 안 통해."

"그럼요, 요즘 그런 말 안 통하죠."

"돈 필요하냐?"

"아뇨."

"그럼 뭐야?"

"사장님 지시죠."

"으으음."

조철봉이 저도 모르게 탄성을 뱉었을 때 유하연의 말이 이어진다.

"지시하셨지만 제가 싫다고 하면 끝나요. 그런데 저도 만나고 싶었거든요."

"으음."

"그날 너무 서둘러서 끝내신 것 같아서요 전 그것이 좀 아쉬웠어요"

한양으로 가는 차 안에서 최갑중이 불쑥 묻는다.

"형님, 별일 없겠지요?"

백미러에서 시선이 마주쳤을 때 조철봉이 입맛을 다셨다. 지금 조철봉
은 최갑중이 운전하는 차의 뒷좌석에 앉아있는 것이다. 김경준한테도 한
양에 간다는 말을 하지 않았다.

"좋아. 그럼 국정원 서 차장한테 내가 한양 별관에서 데이트를 한다고
연락을 해라. 그럼 되겠지?"

"예에?"

놀란 최갑중이 다시 백미러를 보았다가 앞차가 갑자기 속력을 줄이는
바람에 서둘러 브레이크를 밟았다.

"그게 무슨 말씀입니까?"

"별일 없겠는가 내가 문의하더라고 해. 그럼 속으로 미친놈이라고는
하겠지만 봐주겠지."

"왜요?"

"왜긴 왜야, 이 자식아. 내가 지금 국가와 민족을 위해서 필요한 존재
니까 그렇지. 기관에서 날 보호해줘야 돼."

"그럼 형님 들어가시고 연락을 할까요?"

정색한 최갑중이 확인하듯 물었으므로 조철봉은 다시 입맛을 다셨다.

"놔둬라. 이미 내 동선을 다 알고 있을지도 모른다."

최갑중이 다시 백미러를 보았는데 이번에는 뒤차를 본 것이다.

"그것 참."

최갑중이 말을 잇는다.

"이런 일 처음이시죠, 형님?"

"그렇다."

이런 일을 상의할 인간은 세상에서 최갑중 하나뿐이다. 자동차 회사 영업사원이었을 때부터 조철봉의 사기 보조 역할을 해온 최갑중이다. 그런데 십여 년간 온갖 풍상을 다 겪었지만 이렇게 요정에서 AS를 해주는 경우는 처음이다. 그렇다. 이것도 AS다. 부품 수리나 엔진오일 교환만 AS가 아니다. 이것은 자동차업계 식으로 비유하면 대형차를 엉겁결에 렌트하고 돌려주었더니 다음 날 어디 다시 한 번 마음껏 몰아보라면서 차를 공짜로 내준 것이나 같다. 어느덧 차가 한양의 일차선 도로를 내려가더니 담장 중간의 열린 주차장 안으로 슬쩍 들어섰다. 오후 7시가 되어가고 있었는데 주차장에는 고급 승용차가 삼분의 이 정도나 차 있었다. 종업원 하나가 서둘러 다가오더니 차 뒷문을 열었으므로 최갑중이 말했다.

"기다릴게요. 형님."

최갑중은 이럴 때 형님이라고 부르는 것이다. 머리만 끄덕여 보인 조철봉이 밖으로 나오자 종업원이 공손한 태도로 말한다.

"제가 안내하겠습니다."

단정한 양복 차림에 말끔한 용모의 남자 종업원은 조철봉과 시선을 마주치지 않는다. 종업원은 지난번 요정의 출구와는 반대편으로 걷더니 곧 엘리베이터에 조철봉을 태우고 지상 3층에서 내렸다. 3층 복도에는 타일이 깔렸고 끝 쪽에 철제문이 닫혀 있다. 문 앞으로 다가간 종업원이 벨을 누르더니 조철봉에게 머리를 숙여 보이고는 몸을 돌렸다. 문 앞에 선 조철봉은 심호흡을 했다. 이곳은 사무실 건물 같다. 그때 안에서 자물쇠 풀리는 소리가 울렸으므로 조철봉은 반대쪽을 보았다. 어느새 종업원은 사라지고 보이지 않았다. 그때 문이 열리더니 유하연의 웃음 띤 얼굴이 드러났다. 조금 어둑한 복도가 환해지는 느낌이 들 만큼 유하연의 표정이 밝다.

"오셨어요?"

들어오라는 듯 몸을 비키면서 유하연이 맑은 목소리로 인사를 한다. 안으로 들어서면서 조철봉의 목구멍이 또 조이는 느낌이 왔다. 갑자기 눈물까지 핑 돈다.

유하연은 헐렁한 원피스 차림이었다. 분홍색 바탕에 커다란 꽃무늬가 박힌 원피스 밑으로 맨다리가 드러났다. 방으로 들어선 조철봉이 주위를 둘러보았다. 호텔방 같다. 벽에 커다란 침대가 붙여져 있고 옆쪽에는 소파, 건너편 문은 화장실일 것이다. 유리창에 커튼이 내려졌고 방의 불빛은 은근했다.

"저, 오늘은 시간 많아요"

뒤쪽에서 유하연이 말했으므로 조철봉은 몸을 돌렸다. 시선이 마주치자 유하연이 눈웃음을 쳤다. 다가온 유하연이 조철봉의 저고리를 벗긴다. 옅게 향내가 맡아졌다. 인간에게 피부 냄새는 없다. 그러나 사용하는 화장품과 향수가 섞여서 각각 독특한 냄새를 풍기는 것이다. 유하연의 향내도 독특했다. 마치 은밀한 부분의 살 냄새 같다. 저고리에 이어서 넥타이를 풀고 셔츠까지 벗기는 유하연을 내려다보면서 조철봉은 입을 열지 않는다. 이 순간이 한양의 대표 박영복이 장삿속으로 조성한 것이라도 상관없다. 장삿속 아닌 것이 어디 있는가? 다 주고받는다. 서로 이용하는 것이다. 이용 가치가 없으면 찾지 않고 또한 스스로의 이용 가치가 소모되었다고 느꼈을 때 미련 없이 떠나야 한다. 그때 유하연이 바지 혁대를 쥐고 묻는다.

"벗겨드려요?"

아래쪽을 말한다. 그러고 보니 어느덧 위쪽은 러닝셔츠 한 장만 걸치고 있다.

"내가 네 원피스 벗겨줄까?"

혁대를 쥔 유하연의 손을 놔두고 조철봉이 그렇게 물었다.

"진작 그러셔야죠."

유하연이 혁대를 풀면서 다시 웃었다.

"가만 계시니까 제가 무안했잖아요?"

원피스 지퍼는 뒤쪽에 있었으므로 조철봉은 유하연을 당겨 안듯이 하고 지퍼를 주욱 내렸다.

"어엇."

지퍼가 다 내려갔을 때 조철봉의 입에서 저절로 탄성이 나왔다. 원피스가 어깨 밑으로 젖혀지면서 유하연의 젖가슴이 드러났기 때문이다. 눈을 크게 뜬 조철봉이 원피스를 아래로 끌어내렸다. 그 순간 조철봉은 입안에 고인 침을 삼켰다. 원피스가 발밑으로 흘러내리면서 유하연의 알몸이 드러난 것이다. 유하연은 원피스 밑에 아무것도 걸치지 않았다.

"어머."

그 순간에 유하연도 조철봉의 바지와 팬티를 함께 끌어내렸다. 어느덧 곤두선 철봉이 건들거렸으므로 유하연의 입에서 탄성이 나온 것이다.

"그날."

유하연이 두 손으로 철봉을 감싸 쥐면서 조철봉을 올려다보았다.

"정신이 없었기 때문에 그냥 좋았다는 느낌밖에 없었거든요?"

조철봉은 유하연의 허리를 두 팔로 감아 안았다. 잘록한 허리여서 가슴에 가득 들어찬 느낌이 온다. 둘은 벌거벗은 채 방 복판에 부둥켜안고 서 있는 것이다.

"내일 세상이 멸망하더라도"

조철봉이 유하연의 볼에 입술을 붙이며 말했을 때였다. 유하연이 말을 받았다.

"사과나무를 심으시겠다구요?"

"널 먹고 보겠다."

그러자 유하연이 큭큭 웃었다. 더운 숨결이 조철봉의 목덜미에 닿는다.

"내일 세상 망하지 않으니까 염려하지 마세요"

"너나 박 사장이 어떤 속셈을 갖고 있더라도 상관없어."

"속셈 없다니까요?"

그러더니 유하연이 두 손으로 움켜쥔 철봉을 문지르면서 묻는다.

"침대로 갈까요? 아니면 소파에서 하실래요? 저는 준비 다 되었어요"

그렇다. 지금 이런 상황에서는 내일이 아니라 한 시간 후에 세상이 뒤집어진다고 해도 멈추는 인간은 드물다. 조철봉은 유하연의 허리를 안은 채 침대로 다가갔다. 유하연이 먼저 침대에 등을 붙이며 누웠으므로 조철봉은 자연스럽게 정상위 자세가 되었다.

"저, 달아올랐어요"

얼굴이 상기된 유하연이 두 팔로 조철봉의 목을 감으면서 말한다.

"키스해주세요"

그 순간 조철봉의 가슴이 더 거칠게 뛰었다. 키스는 인간에게 예의와 친근감의 표시다. 따라서 섹스 도중의 키스는 상대와의 관계에 대한 윤활유 작용을 하는 것이다. 매음을 할 경우에 흥분한 남자들이 키스를 하려고 덤벼들지만 여자 측에서 대부분 거부하는 이유도 그것 때문이다. 그녀들에게 입술은 성기보다 더 소중한 것이다. 그녀들의 입술은 마지막까지 간직해둔 자존심이며 순결이다. 성기는 돈을 받고 팔았지만 입술은 지키고 있다는 자긍심이 오늘을 견디게 해주는 것이다. 조철봉은 머리를 숙여 유하연의 입술을 빨았다. 유하연이 의도적이었건 원했건 간에 입술을 주겠다는 말은 모든 것을 다 열겠다는 말이나 같다. 유하연이 입술을 열어 말랑한 혀를 내밀었다. 그러나 혀 놀림이 서툴러서 번번이 어긋났고 빠졌지만 그것이 조철봉에게는 더 신선하게 느껴졌다. 조철봉의 입술이 유하연의 입에서 목덜미로, 그러고는 젖가슴으로 내려왔다. 입 안에 젖꼭지와 함께 한 움큼의 젖가슴을 삼키듯 넣었을 때 유하연이 조철봉의 머리칼을 움켜쥐었다.

"아아, 좋아요"

헛소리처럼 유하연이 말했다. 조철봉은 입 안에 넣은 유하연의 젖꼭지를 혀로 굴리기 시작했다. 젖꼭지는 이미 발딱 세워져 있었으므로 혀로 튕기면 강한 탄력이 느껴질 정도였다. 그때 조철봉의 한쪽 손을 유하연의 허벅지 안쪽을 쓸어내리고 있다. 유하연이 허리를 비틀면서 숨을 헐떡였다.

"그때는요"

가쁜 숨을 뱉으면서 유하연이 말을 잇는다.

"그 방에서 하는 건 처음이었거든요 불안했지만 스릴이 있었어요 그래서 빨리 올라간 것 같아요"

허덕이며 띄엄띄엄 말했지만 조철봉은 알아들었다. 그것은 조철봉도 마찬가지였다. 그리고 마음껏 자신의 쾌감만을 즐기면서 대포를 쏜 것이다. 조철봉에게는 드문 경우였지만 유하연이 올라갔다니 다행이었다. 조철봉의 입술이 배꼽으로 내려와 아랫배를 한바탕 훑고 나서 곧 골짜기로 내려왔다. 그 순간 유하연의 몸이 잠깐 굳어졌다. 무의식중에 두 다리가 오므려졌다가 조철봉이 벌리자 겨우 벌려졌다. 숨소리가 멈춰진 것처럼 느껴졌으므로 조철봉은 서둘러 얼굴을 숲에 묻었다. 몇 초 후면 긴장이 풀릴 것이었다.

"아앗."

숲 끝의 낮은 언덕에 조철봉의 입술이 닿았을 때 유하연이 낮게 외쳤다. 그러나 곧 입술이 그곳을 물자 온몸이 늘어졌다. 마치 독침을 맞은 것 같다. 조철봉은 조심스럽게 입술 끝만으로 유하연의 작은 언덕을 애무했다.

"아아아."

마침내 유하연의 입에서 탄성이 흘러나왔다. 유하연의 샘에서는 이미 뜨거운 용암이 분출되고 있다. 조철봉은 끈질기게 유하연의 몸에 매달려 있었다. 오늘은 지난번의 보상을 해줄 것이었다. 지난번에는 급한 김에 내 욕심만 채웠지만 오늘은 철저하게 억제할 테다. 유하연이 온몸을 비틀면서 다시 탄성을 뱉는다. 이미 수치심은 다 잊었다. 좋기만 하다.

이윽고 조철봉이 얼굴을 들었을 때는 유하연이 입술만으로 절정에 오른 후였다. 온몸이 땀에 젖은 유하연은 절정에 오른 순간 굳어졌다. 발가락 끝이 밑쪽으로 잔뜩 굽혀졌으며 턱은 뒤로 젖혀진 상태로 한참 동안이나 사지를 뻗치고 있더니 몸이 풀린 순간 떨었다. 그러고는 가쁜 호흡과 함께 신음을 뱉었다. 조철봉은 상반신을 올리고는 유하연의 입술에 키스했다. 유하연의 온몸을 사지로 감싸 안고 떨림이 그칠 때까지 기다렸다. 마침내 유하연이 가쁜 숨을 뱉었지만 떨림은 멈췄다. 눈을 뜬 유하연이 조철봉을 보았다. 물론 눈의 초점은 잡혀 있지 않았다.

"죽는 줄 알았어요"

유하연이 헐떡이며 말했다.

"너무 좋았어."

"이제 시작이야."

조철봉이 유하연의 입술 끝에 입을 맞췄다. 가쁜 숨을 막지 않으려는 의도였다.

아직 유하연의 쾌감이 가시지 않았을 때 시작해야 되었으므로 조철봉이 상체를 세웠다. 눈치를 챈 유하연이 맞을 자세를 한다.

"아아."

철봉이 진입한 순간 유하연이 탄성을 내질렀다. 기대감에 가득 찬 표정으로 유하연이 기를 쓰고 눈의 초점을 잡더니 조철봉을 본다. 그것이 예의인 줄 아는 것 같다.

"너무 좋아."

그때 철봉이 천천히 진입해 들어갔다.

입을 딱 벌린 유하연이 조철봉의 어깨를 움켜쥐었다. 그러나 이제는 입 밖으로 말이 뱉어지지 않는다. 눈의 초점도 다시 사라졌다.

"으아아."

탄성이 방 안에 가득 찼다. 지난번에는 당의 거물들이 옆방에 있었기 때문인지 이렇게 마음껏 탄성을 뱉지 못했을 것이다.

"으으음."

조철봉의 입에서도 억눌린 신음이 뱉어졌다. 황홀하다는 표현도 맞지 않는다. 자지러진다는 표현이 조금 비슷하다. 철봉에 가해지는 강한 압박감, 그리고 피부에 느껴지는 샘 주변의 작은 돌기들. 철봉이 움직일 때마다 수백 개의 흡반이 떨어졌다가 붙는 느낌이 왔으며 그때마다 유하연의 입에서 절규 같은 탄성이 뱉어지고 있다. 그 순간 조철봉은 철봉이 무섭게 팽창되는 것을 느끼고는 이를 악물었다. 이때 대포를 발사하면 거대한 쾌감을 느끼게 될 것이다. 남자의 성 구조는 똑같아서 3초 안에 쏘거나 3시간 만에 쏘거나 쏠 때의 느낌은 오십보백보다. 다만 상대방을 무시하고 쏘느냐, 또는 함께 오를 때까지 기다렸다가 쏘느냐, 그리고 마지막으로 이쪽은 억제하고 상대방을 끝없이 솟게 하느냐의 세 종류로 나눠지는 것이다. 물론 조철봉은 마지막 경우의 인간이다. 그리고 오늘 유하연에게 그 진가를 보여주려는 참이다.

"아아아."

유하연이 솟아오르고 있다. 조금 전 입술만으로 오르게 할 때보다 더 거칠고 더 높은 충격이 오는 중이다.

"나 죽어."

조철봉의 어깨를 움켜쥔 유하연의 손등에 파란 정맥이 솟아올랐다. 두 다리를 번쩍 세워 올렸던 유하연이 다시 발바닥으로 침대를 짚으면서 세차게 조철봉의 몸을 받았다.

"아."

단말마의 비명, 그리고 이를 악물었던 유하연이 눈까지 질끈 감았다.

그 순간 조철봉은 철봉에 무서운 압박감을 느끼고 눈을 치켜떴다. 그러고는 지금까지 속으로만 외웠던 단어를 입 밖으로 뱉는다.

"라으잇 데는했, 고라으잇 데는했." 노래 가사다.

세상에 이보다 더 큰 감동이 어디 또 있겠는가?

<끝>

男子의 꿈 3

1판 1쇄 인쇄 | 2008. 7. 15
1판 1쇄 발행 | 2008. 7. 19
지은이 | 이원호
펴낸이 | 박연
펴낸곳 | 한결미디어
등록일자 | 2006. 7. 24.
등록번호 | 제 313-2006-000152호
주 소 | 서울 마포구 용강동 469 하나빌딩 3층
전 화 | 02)704-3331 팩 스 | 02)704-3360
ISBN 978-89-93151-12-1 978-89-93151-09-1(세트) 04810